黒須クロス
パメラ
Pamela
マウリ
Mauri

フランツ
Franz
バルト
Bart

四辻いそら
YOTSUTSUJI ISORA
イラスト：天野英

第一話　お侍さん、異世界に降り立つ

「何処だここは」

見渡す限りの大森林の中、一人の男が誰にともなくポツリと呟く。

ふと気が付けば見覚えのない景色。峠道の道中、多くはないが周囲に人も歩いていた。数瞬前まで町娘たちの姦しい声も聞こえていたが、今はただ木々のざわめきと鳥の囀りしか聞こえない。

先ほどまで遠くに宿場町が見えていたはずだが…………

噎せ返るような緑と土の匂い。太陽の光をいっぱいに浴びた自然が発する、独特の匂いだ。

ぐるりと辺りに視線を巡らしてみるも、樹齢百年はくだらないだろう大木が鬱蒼と生い茂っているのみで、ここまで半日歩いてきた街道は跡形もなく消えていた。

「…………………」

束の間の棒立ちのあと、男は当てもなく歩み始める。

――――まぁ、いい。

ここが何処かなど知らん。この先が何処へ通じているのかも分からん。

だが別に、そんなものはいつものことだ。

見知らぬ森を一切の躊躇なく進むその男の腰には、大小二振りの日本刀が差されていた。

◆◆◆

黒須元親、齢二十七歳。領地を治める武家の三男として生を受け、物心ついた頃から木刀を振り回していた。ただひたすらに強くなれ、我こそが武士の中の武士であると胸を張れる漢になれと、武士道のなんたるかを叩き込まれて育てられる。

『朝が来るたび死を覚悟せよ。静寂のひとときに雷に打たれ、火に炙られ、刀や槍で切り裂かれる様を想像せよ』

『武士とは何の準備もなく暴風雨に曝されたとしても、ただ一人、立ちすくせる者でなければ価値はない。どのような修羅場であっても慌てることは許されん。無様に怯え、逃げ隠れすることこそが恥と知れ。死すべきときは、ただの一歩も引いてはならん』

『命か誇りを選ぶのであれば、命を捨てることに微塵の躊躇いも持ってはならん。そのことさえ忘れなければ、武士はただ情熱を傾けて生きるのみ。何も恐れることはない。周囲に心乱されず、ただ只管に我が道を往け』

父から課せれた鍛錬は剣術のみに留まらず、槍、弓、杖、鎌、縄など、ありとあらゆる武器術から、隠形術、組討術、水泳術、馬術まで多岐に及ぶ。音を上げることなど決して許されぬ修行は過酷を極め、幼い兄弟が何度も死の淵を彷徨うほどに凄まじいものだった。毎夜血濡れで帰宅する幼子を母は嘆き、どうか手心を加えてやってほしいと父に哀願したが、その願いは聞き入れられることはなく、そしてまた、子供たちも地獄のような生活を当たり前の日常として受け入れていた。

そんな日々を過ごすうち、末弟に武の才能が開花する。手足が伸びきる頃には兄たちを打ち負かし、すでに近隣に並び立つ者はいなくなっていた。齢十五にして己の剣に停滞を自覚した三男は、他領へ繋がる山道に陣取り、自作した木刀を持って通りがかりの武芸者に手当り次第、勝負を挑み始める。黒須三兄弟で最も武に貪欲な元親に、御家の領地は狭すぎたのだ。

「まっ、参った!! 某の負けじゃ！ 降参するっ！」

「…………何を言っている。まだ右腕が折れただけだぞ」

尻もちをついて剣を手放し、滴る汗を拭うこともなくずりずりと後退る。

そんな相手を冷え切った表情で見下しながら、元親は血が滲むほど強く拳を握り締めていた。

――――何故逃げる？

腕を折られたくらいで。眼玉を潰されたくらいで。

――――何故怯える？

強くもないのに剣を握るな。覚悟もないのに武士を名乗るな。

――――何処にいる？

俺と同じ覚悟を持つ者は。俺と同じ景色を見る者は。

俺など所詮、戦うことしか能のない乱暴者だ。特別でも何でもない。この腸が煮えくり返るような腹立たしさを、この胸を潰されるような歯痒さを、共有することのできる相手が必ず何処かにいるはずだ。村にはいなかった。町にはいなかった。山国にも、海国にも、雪国にも――――

『あの山には恐ろしい鬼子が棲みついている。刀を持つ者は見境なく襲われるそうだ』

そんな噂が他領の村々にまで広まった頃、喧嘩に明け暮れる暴れん坊は、とうとう父から呼び出しを受ける。女中に案内されたのは普段家族が過ごしている武家屋敷の居間ではなく、謁見の間。

これは父親からの小言ではなく、当主としての苦言だと察した元親は、広い座敷の中央へ進むと居住まいを正して頭を垂れた。

しばし平伏したまま無言の時が流れたが、その静寂は叩きつけるようにして開かれた襖の音で破られる。どしどしと畳を踏み歩く、聞く者を威圧するかのような重い跫音。元親のひれ伏す場所から一段高い上座にどっかりと腰を下ろした父は、慇懃に口上を述べる息子を射竦めるようにして睨めつけ、面を上げることを許すと早速とばかりに口火を切った。

「元親よ、何故そうまで荒ぶるのだ。近頃は戦もなく、世の時流は泰平へと向かっておる。兄たちが剣より筆を握る時間が増えておることに、気づかぬ貴様ではあるまい」

地の底から響き、鳩尾の奥に鈍痛を感じさせるような、低く、高圧的な声。咽喉を毀した角力取を思わせるがらがら、がら声だ。

並居る猛者どもを恐怖に慄え上がらせてきた覇気は、還暦を過ぎてなお健在である。

「…………恐れながら、父上。泰平など泡沫の夢。たった一人の武将の心変わりで容易に崩れる砂上の楼閣にございます。御家を護るのが武士の務めでありますれば、時流がどうあれ、己の研鑽を止める由にはなり得ぬものと心得ます」

聞きようによれば傲慢とも取れるその発言に、父の眉が不快げに歪められる。

「貴様、兄たちが間違っておると抜かすか」

「そうは存じません。武士とは己の信じる武士道に生きる者。歩む道は違えども、行き着く先は皆同じかと」

「儂は貴様らに同じ道を歩ませたかった」

「お言葉ですが、父上。元親は父上の御指南(ごしなん)通りに生きております。己(おの)が武士道を妨(さまた)げる者を許すなと、信念を曲げるくらいならば死を選べと。どうしてもと仰(おお)せであれば……命懸けで、親子喧嘩に臨(のぞ)む所存(しょぞん)にございます」

――瞬間。親子の視線が交錯(こうさく)し、一触即発の危機を秘め激しく火花を散らす。

急速に膨れ上がった殺気は両者の間の空間が歪んで見えるほどの濃度となり、広間の襖がビリビリと一斉に震え始めた。

「「……………」」

しばしの睨(にら)み合いのあと、先に折れたのは父親だった。

「はぁ……。貴様のその石頭は、一体誰に似たのやら」

腕組みしたまま天を仰いで大きなため息を吐(つ)く父に、それまで気配を消していた男たちが声を掛ける。

「ククク、父上でしょうなァ。確実に」

「然(しか)り。我ら三兄弟で最も色濃く血を継いだのは、元親に違いありますまい。棘(とげ)のような苛烈な性格が玉(たま)に瑕(きず)ではありますが」

総髪(そうはつ)を垂らして着流しを緩く着た男が愉快げに笑い、髷(まげ)をきっちりと結った生真面目そうな男が首肯(しゅこう)して同意を示す。背後にひっそりと控えていた二人の手は、その穏やかな口調とは裏腹に刀の鯉口(こいくち)を切っており、もし元親が抜刀(ばっとう)すれば即座に弟を斬り捨てる体勢だった。

「貴様らは構わんのか。末弟(まってい)に流派の真髄(しんずい)を継がせることに」

「長男としちゃあ情けねェ限りですが、俺にゃ剣の天稟(てんぴん)はない。だからこそ、涙を飲んで筆を握(と)る道を選んだのですから。家督を受け継ぐ者として、領地領民を護る手段は剣だけではないと理解しておりますよ」

「拙者も異存ございません。剣の道を捨ててはおりませんが、己が分は弁えております。有為転変は世の習いなどと申せども、黒須の剣は受け継がねばならない。一子相伝たる流派の後継を選ぶなら、元親をおいて他にないかと」

黒須家の剣術は次期当主となる跡継ぎではなく、当代随一の遣い手に受け継がれる習いとなっている。普段から屋敷を空けることの多い三男坊は知る由もなかったが、今回、兄弟が呼びつけられたのは、実はこの後継を決めるためだったのだ。

長兄は謙遜して見せたが、三人の腕前はいずれも父に勝るとも劣らない。御家に仕える歴戦の勇士と比較しても圧倒的な力の差があったが、その中でも、元親の才能は誰が見ても頭一つ抜けていた。周囲から麒麟児と持て囃される長兄と次兄が、手放しに認めざるを得ないほどに。

父は真意を見極めるように二人の眼を交互に見つめると、神妙な面持ちで元親へ向き直る。

「元親よ、修羅の道を往く覚悟はあるか」

「是非も無く。もとより我が道は修羅道に通じております」

「よかろう、貴様に秘伝を授ける。その後、免許皆伝を以て武者修行の旅へ出よ」

「御意」

「これより先、無為に死ぬことは許さん！　ひとかどの武士になるまでは家の敷居を跨ぐな！　黒須の勇名を天上天下に轟かせよ!!」

「ははっ!!」

父や兄たちからは見えていなかったが、当主の命に恭しく頭を下げて答える元親の顔には、堪えきれない笑みが浮かんでいた。

黒須家の剣術の後継者には、武者修行の業が義務付けられている。これは近隣諸国に御家の脅威を知らしめる示威行為であると同時に、家中の者を納得させるための習慣でもあったが、元親は後継に選ばれたことよりも、外の世界に出られることがただただ嬉しかったのだ。

このご時世に剣術一辺倒の自分が、家中の者から変わり者と揶揄されていることは知っている。他家の武士を叩きのめすたびに寄せられる苦情に、父上や兄上が頭を下げてくれていることも。

「ただなァ、元親。兄ちゃんはちっとばかし心配なんだ。お前は融通が利かねェし、頑固だし、凶暴だし、かと思やァどっか抜けてるし。市井ってのァお前が思う以上に不合理で溢れてる。愚直なお前がどこまで自分を曲げずに進めるか、俺ァ心配で堪らねェ」

「何でも剣で解決しようとするのはお前の悪癖だ、元親。まさか父上にまで牙を剥くとは……。人に阿ろとは言わんが、せめて慮れ。情け容赦を覚えねば、通った道がすべて血で染まることになるぞ。努々忘れるなよ」

腕は立つが型破りなところがある末弟を兄たちは案じたが、当の本人は飄々として答えた。

「ご心配には及びません、兄上方。俺も近頃は随分と我慢強くなったと自負しております」

「………お前ェ、こないだ何日か留守にしてたよな。ありゃァ、どこへ行ってたんだ？」

「当家の百姓を殴ったという武士が山向こうの村に向かったと耳にしまして、首を獲りに参りました。命乞いする様子があまりに無様でしたので、首の代わりにこの刀を貰い受けた次第にございます。これがつまり、武士の情けと言うものでありましょう？」

やけに立派な刀を持っているとは思っていたが…………

武士の魂とも言える刀を奪ってきたと平然と宣う弟に、兄たちの不安は増したのだった。


「「………………」」


父から最後の手解きを受けた元親は、家族に見送られて旅に出た。

目的地もなく、町から町へとより強い敵を求めて流浪する日々。己と同じ武者修行の道を歩む者を見つけては勝負を挑み、天下一を謳う流派を聞きつけては道場破りを仕掛けた。道中、近くで合戦があれば雑兵として紛れ込み、誰と誰が、何のために争っているのかも知らぬまま、向かってくる相手を斬りまくり、地獄のような戦場を一心不乱に暴れまわった。

立ち合った武芸者の大半は口だけが達者な期待外れだったが、中には眼を瞠るような戦法を使う者や、天賦の才を感じさせる者も少なからずいた。砂を蹴り上げ眼潰しを狙い、鍔迫り合いの最中に含み針を飛ばしてきた者には肝を冷やされた。斬るのではなく突くことに特化し、風のような速度で突進してくる流派の高弟には片耳を奪られた。誰からの差金かは知らないが、忍どもに寝所を強襲され、短筒で腹を撃たれて血を吐きながら戦ったこともあった。

しかし、その全てを斬り、その全てに勝利してきた。幾度も死ぬような憂目に遭いながらも、死線を潜る血が沸き立つ感覚に、やはり旅に出たことは正しかったのだと確信した。死合いのたびに新たな技、新たな武具、新たな兵法を学び、着実に腕前の上昇を実感できる日々は充実していて楽しかった――――

家を出て、もう十年近くが経っただろうか。

あれだけ夢見心地だった旅路も、最近は心躍ることが少なくなっていた。己より強そうな相手を見つけること自体が徐々に困難になり、いざ立ち合ってみても敵が仕掛けてくる技や戦法は既知の物ばかり。驚きや喜びなど感じるべくもない。

最早、この旅に意義はあるのだろうか？

そろそろ家に帰ることを考えるべきなのだろうか？

今の自分は、武者修行をやり遂げたと胸を張って誇れるのだろうか？

自問自答を繰り返す。天下無双に到達したなどと驕るつもりはないが、すでに凡百の剣士では遊び相手にもならない。身に付けた技を、鍛えた身体を、学んだ知識を、磨き抜いた剣を、活かす間もなく勝負が終わる。近頃では〝黒鬼〟などという物騒な渾名が広まってしまい、名を名乗るだけで逃げ出す者さえいる始末だ。

――つまらない。

命を賭して全力で戦うことのできない鬱屈とした日々に、苦痛を感じ始めていた。闘争に酔っている間の昂奮と達成感が大きかっただけに、酔い覚めの退屈は耐え難いほどに味気ないものだ。

卑怯な手を使ってくれても構わない。不意討ちでも、騙し討ちでも、闇討ちでも、大勢で取り囲んでくれてもいい。旅の初めに感じたあの天高く引き上げられるような高揚を、全身の血潮が煮えくり返るような狂熱を、どうしてももう一度味わいたい。

久方ぶりに見つけた〝自称、天下無双〟に逢いに行くため、峠道を歩く。その道中、心の中にあるのは神仏への強い祈りだ。

嗚呼、どうか今回こそは強い敵でありますように――

どうか命脅かされるような達人でありますように――

願わくば、見たことも聞いたこともないような、難敵と巡り逢えますように――

第二話　お侍さん、変化に気が付く

「……なんとも、面妖な森だな」

道なき道を進みながら、黒須は少し違和感を覚え始めていた。幼少の頃から野山を駆け回り、旅に出てからも嫌になるほど森を歩いてきたが……この場所には、知らないものが多すぎる。

眼がチカチカしそうな極彩色の草花、地面を這いまわる仔猫ほどの大きさの蟻、尾羽が異様に長い鳥の群れ。山を越えた途端に植生が激変することはままあるが、ここまで見たことも聞いたこともない生き物だらけの森は初めてだ。

いつの間に迷い込んだのかは分からんが、知らぬうちに国境を越えたか？

音もなく飛びかかってくる奇天烈な蟲を適当に躱しつつ思案していると――唐突に、樹上からドサリと大きな物体が眼の前に落下した。

「――――ッ⁉」

一瞬、枯れ枝が折れて落ちてきたのかと思ったが、よく見ればそれは巨大な大蛇。その大きさは尋常ではなく、胴回りは人の太腿を優に超え、長さたるや成年男子五人分にも及ぶだろう。一般的な蛇の何百倍の体軀なのか、考えるのも馬鹿らしい。

啞然として立ち止まった黒須を余所に、大蛇はズルズルと緩慢な動きでとぐろを巻くと、何の感情も窺えない双眸をこちらへ向けた。

「「…………」」

互いの視線が絡み合い、凍ったように時が止まる。反射的に右手が刀の柄へ伸びかけたが、数瞬の逡巡の末、ピタリと固まった。正体は分からないまでも、こんなにも巨大な蛇が常世の生き物とは到底思えず、とりあえずは丁重に対応すべきだと判断したのだ。

「……拙者は黒須元親と申す者。通りすがりの武士だ。御身はこの森の主殿とお見受けするが、いかがか？」

蛇は知恵や福徳を齎す弁財天の化身と言われる生き物だ。一部の地域では畏れをもって信仰されている聖獣だとも聞いたことがある。大人しい様子からして妖怪変化の類にも思えず、もしも名のある土地神であれば話が通じるかもしれない。

相手からの反応を無言のままじっと待っていると、大蛇はゆっくりと鎌首をもたげ、突然、弾かれたようにこちらの顔面めがけて牙を剝いた。

「何だ、ただの蛇か」

神聖な存在かと思いきや、その行動には知性など欠片も感じられない。

黒須は少々落胆しながら素早く逆手で脇差しを抜くと、躊躇うことなく大蛇の頭を斬り落とした。

「…………………？」

頭部を失った蛇は恨みがましくグネグネとのたうち回っていたが、そんなことには気も留めずに自身の右手を凝視する。

――何だ？　今、思いのほか速く剣を振れたような……

先ほどの一刀、特段焦っていた訳でもないのに普段よりも剣速が増していると感じた。

意識に反して身体が動いたと言うべきだろうか。長年剣を振ってきたが、こんな感覚は初めてだ。

……気のせいか？

黒須は首を傾げつつ弛緩した巨体のそばにしゃがみ込み、懐から取り出した短刀でおもむろに肉を切り分け始める。大して腹は減っていないが、いつこの森を抜けられるか分からないのだ。食料を確保しておくに越したことはない。それに、森の中で手に入る食い物として蛇は上等な部類である。これだけ大きければ、さぞ食いでがあるだろう。

せっせと肉を回収して顔に撥ねた血を袖で拭った時、ふと、あることに気が付く。

「…………何故、耳がある？」

そう、とある町で最強を名乗っていた流派に挑んだ際、斬り飛ばされたはずの右耳。それがすっかり元通りになっていた。ぐにぐにと触ってみても痛みはなく、まるで欠損していたこと自体が夢であったかのような自然さだ。そして改めて意識してみれば、どことなく、身体のあちこちに違和感があるような気がする。

これは一度、しっかり検めねばなるまいな…………

武士たる者、常日頃から己の体調を完璧に把握しておく必要がある。斬り合いの最中に不調に気が付いたとしても、敵は手加減などしてはくれない。むしろ、相手の弱点を積極的に攻めるのが武芸者として正しい姿。不利な状態で戦いに臨む方が悪く、怠慢の誹りを受けるのは当然のこと。実際、立ち合いの場で〝待った〟をかけた武士が見物の聴衆から嗤い者にされる姿を何度も見てきた。あのような無様を晒すくらいならば死んだ方がマシだ。

足早に休める場所を探し、ちょうどいい小川を見つけたので少し休憩することにした。すぐ手の届く位置に刀を置きつつ、背負っていた打ち飼いを下ろして手ぬぐいを取り出す。着物を脱いで布を濡(ぬ)らし、身を清めるついでに己の身体を隅々まで確認してみた。

「…………これは、喜ぶべきなのだろうか」

案の定、変化があったのは右耳だけではなかった。

幼少の頃に長兄との手合わせでへし折られてから醜く曲がっていた指の骨、槍(やり)使いの僧兵と戦った時に石突(いしづき)で砕かれた奥歯、雪道を何日も歩き通した際に腐り落ちたはずの足の指も戻っている。斬り殺したと油断し、背後から死に際の一撃を受けて大きく抉(えぐ)られていた腰の大傷(おおきず)は跡形もなく消え、短筒(たんづつ)で撃たれて以来、動くたびに引(ひ)き攣(つ)るような痛みを覚えていた脇腹も今は何の痛痒(つうよう)も感じない。全身に刻まれた細かい古傷はそのまま残っているようだが、とにかく、身体を動かすのに不自由していた箇所が尽(ことごと)く治癒している。不気味に思いつつ軽く運動してみると、まるで旅に出たばかりの若々しさを取り戻したように思えるほどだった。

「……………………」

青竹で自作した不格好な竹筒(ささえ)に水を汲(く)みながら、己の置かれた状況に頭を巡らせる。

……狐(きつね)や狸(たぬき)に化かされているのだろうか。

峠道を歩いていると美しい女人(にょにん)が立っており、美貌に惹(ひ)かれてついて行くといつの間にやら女は消え、たった一人で森の奥深くに佇(たたず)んでいた、などという怪談噺(かいだんばなし)は掃いて捨てるほどある。

……それとも、知らぬ間に死んで黄泉(よみ)の国へ渡ってしまったか。

否(いな)、このところまともな食事をしていなかったが、飢え死にするほどではなかった。戦に紛れ込んだ時には三日三晩、不眠不休で戦い、その後一週間落人(おちゅうど)狩りに追われ続けたこともあるのだ。本当に飢え死にする間際の感覚はよく知っている。武士たる自分が五臓六腑(ごぞうろっぷ)の不調を見逃すはずもなく、病で死んだとも考え難い。

……まさか、気付かぬうちに不意討ちを受けたか？

否、咄嗟の攻撃に反応ができないような軟弱な鍛え方はしていない。旅に出た当初ならまだしも、最近では用便中や就寝中でさえ、一瞬も気を抜いたことはないと断言できる。だてに十年も一人旅をしていないのだ。遠方から鉄砲の斉射を受けでもしない限り、不意討ちで死ぬことなどまず有り得ない。それならば――


「…………いや、時間の無駄だな」


黒須は一言呟くと、堂々巡りの逡巡を止めた。考えても分からないなら、ただ前を向いて進むべし。武士としての基本則だ。いくら頭を捻ったとしても、自分で答えを導き出せるとは到底思えない。身体が元の調子を取り戻したことは、決して悪いことではないはずだ。もし妖怪変化が躍り出てくるのなら、それもまた一興。万が一ここが黄泉の国でも、地獄の獄卒と矛を交える機会に恵まれるなら、それこそ願ってもないことだろう。

気を取り直し、次に持ち物を確認することにした。この森が常世か現世かも分からない以上、念には念を入れておく必要がある。

元は濃紺だった着物・脚絆・手甲は、永い付き合いで今では真っ黒になってしまった。籠手、脛当にも錆が浮いている。打刀と脇差、それぞれの鞘の外装に取り付けられた小柄、短刀が一振り、寸鉄・袖鎖・含針が数本。数食分の玄米が入った兵糧袋、銀貨と銭貨が少量の小銭入れ、火打鉄・石・艾の入った火打袋、刀の手入れをするための丁子油、髪を結うための組紐が数本に、襷・手ぬぐい・縄・竹筒。最後に、先ほど手に入れた蛇の肉。

全て丁寧に吟味したが、持ち物に変化はなさそうだ。身体の件があったので、使い古した具足（ぐそく）が新品同然に変わっているかもと、少しだけ期待していたのだが…………

森を彷徨（さまよ）い始めてからかなりの距離を進んでいるが、人気（ひとけ）どころか、街道や獣道すら見当たらない。山歩きには慣れているので、水や食料はどうとでもなる。ただ、野宿を考えていなかったため笠（かさ）や寝筵（ねむしろ）を持っていないのが多少痛いところだ。

「〝不足を常とすれば不足無し〟か」

父の教訓を思い出す。『常日頃から厳しい環境に身を置いておけば、いざ修羅場に放り込まれても平然とできるものよ！』と、よく通る濁声（だみごえ）で笑いながら話しておられた。

〝択言択行（たくげんたくこう）〟

やはり、いつだって父上は正しい。

第三話　お侍さん、現地人に遭遇する

「グギャッ！　グギャギャッ！」

　この森に迷い込んで初めて人と出逢ったのだが、どうにも様子がおかしい。

　黒須は木陰から進行方向にいる生き物をじっと見つめ、その正体について考えていた。

　童子のように小柄な人物が五人、車座になって鹿らしき獣を食べているのだが、どう見ても生のまま、素手で臓物を喰らっている。両手と口元を真っ赤にしながら楽しげに血肉を啜る様相は、さながら地獄絵図に描かれる餓鬼のようだ。尖った耳に鷲鼻と乱杭歯、肌は土左衛門のように不健康な色をしており、粗末な腰蓑を身につけて意味の分からない言葉で会話しているように見える。

　森に暮らす貧民――〝山の民〟という奴だろうか？

　これまでに一度も遭遇したことはないが、連中は農耕せず、定住せず、山地を漂泊して独特の隠語を操る狩猟民族だと噂に聞いたことがある。人目を避けて下界に降りず、滅多に俗世と関わらないため、我々とは全く異なる文化を持つと言われているが……

　飢饉にでも襲われているのか、あの身体の大きさから察するに、日頃まともに食えてはいないようだ。久々に狩りが上手くいき、火を焚く時間も惜しいと空腹に任せて獲物に喰らいついたというところだろう。

　黒須も雨の降る山中で飢えた時、火打袋が湿気てしまって火が熾せず、捕まえた蛙をそのまま生で喰らったことがある。普段なら触れようとさえ思わないが、あの時の自分にとっては懐石料理に等しい美味に感じたものだ――などと的外れな親近感を抱きつつ、木陰から出て声を掛けてみることにした。

「もし、そこの者ら。食事中にすまない。少し道を尋ねたいのだが」

「「「「「グギャッ!?」」」」」

鹿肉に夢中だったのか、男たちは声を掛けられて初めてこちらの存在に気が付いたようだった。驚いたように顔を見合わせ、なにやら随分と戸惑った様子だ。

……拙いな。脅かしてしまったか?

百姓にとって〝二本差し〟とは、尊敬の対象であると同時に恐怖の対象でもある。気性の荒い武士が町中で人とぶつかり、その場で無礼討ちにしたなどという噂は市井ではよく語られている話だ。故に、武家を見慣れていない田舎ほど帯刀した相手に対して過剰に怯える者が多く、黒須も何度か眼の前で腰を抜かされた経験がある。実際には、いかに武士身分であろうと余程の事情でもない限り、そのような傍若無人な振る舞いは許されていないのだが。

どうしたものかと頭を悩ませていると、五人は立ち上がり、駆け足でこちらへ向かってきた。その手には武器のつもりか、木製の棍棒が握られている。

「待たれよ、俺は怪しい者ではない。武者修行の途中でな、薄汚い風体だがお前たちの食料を奪うつもりはない。ただ道を訊きたいだけだ」

怯えられぬよう精一杯穏やかに語り掛けたつもりだったが、ついに連中は棍棒を振り上げ襲い掛かってきた。その動きには連携も何もあったものではなく、こちらに殺到するあまり、互いに体をぶつけ合っているような有様だ。

「グギャッ!!」

力任せに振り回すだけの棒振りに術理の匂いは微塵も感じられず、足捌きのみで躱し続ける。

相手方の背格好も相まって、きっと傍から見れば童が侍に戯れついているように映るだろう。

「よさんか。俺は金目の物など何も持っていないぞ」

黒須は努めて冷静に窘めようとするが、攻撃の手は緩まる気配がない。

こちらの言葉を理解しているのかどうかは分からないが、聞く耳を持っていないのは確かだ。

「やめよと言うに」

「ブギャッ!」

口で言って分からないのであればと、一番近くにいた者を軽く蹴り倒してみる。

「グギャ!? グギャギャギャ――――ッ!!」

仲間をやられて逆上したのか、さらに攻撃が激しくなってしまった。

飢えた狂犬のような眼付きで口角泡を飛ばし、ぎゃあぎゃあと耳障りな気炎を吐いている。

このまま傲然と鼻の先であしらうことは造作もない……が、ここまで無遠慮に殺意をぶつけられると、さすがに少々腹も立つ。

「貴様ら、いい加減にせよ。この二本差しが見えんのか。俺もそこまで気が長い方ではないのだ。これ以上続けるつもりであれば、斬るぞ」

低い声を出して脅してみたが、連中の行動に変化は見られない。

一体何がそんなに嬉しいのか、楽しげな奇声を上げながら、何度も何度も棍棒を振るってくる。

五人がかりで取り囲んでいて掠りもしないのに、彼我の戦力差を理解できないとは……

兵法者でもない者を斬るのは気が進まないが、物事には限度というものがある。

こちらの警告に耳を貸さない以上――これはもう、致し方あるまい。

黒須は頭を切り替えると、抜刀と同時に先頭にいた男の首を刎ねた。

宙へ舞った頭部が地面に落下するよりも速く、返す刀で隣にいた者を袈裟斬りにする。

「「「ギャッッ!?」」」

突然の反撃に腰を抜かしたのか、驚愕の表情で硬直する残りの三人も、それぞれ一刀のもとに斬り捨てた。

血振りした刀を手ぬぐいで念入りに拭いつつ、転がった遺体を前に今後のことを考える。

やむを得なかったとはいえ、五人も斬ってしまった。こういった閉鎖された場所に住む村人は取り分け仲間意識が強く、それでなくとも相手は山の民というよく分からない者たちだ。このまま何事もなく立ち去って、勘違いで周辺の住民に報復でもされてしまうと後味が悪い。斬り殺した当事者である以上、厄介事になるのは眼に見えているが、せめて事情を説明して遺体の場所を伝えてやるくらいの配慮はした方が無難だろう。

黒須はそう決意すると、腹を裂かれた鹿の死骸に歩み寄る。

きっと彼らの村にとって、これは久々に得た貴重な食料に違いない。遺体は数が多くて運べないが、村に着いたら人手を借りて迎えにきてやろう。

打ち飼いから襷を取り出し、鹿を背にきつく縛り付けていく。いっそ肩に担いでしまった方が楽なのだが、武士たる者はいついかなる時も刀が抜けるよう、常に両手は空けておかねばならない。

身体を揺すって鹿がずり落ちないかを確認してから立ち上がると、臓物が抜かれているためか、見た目ほどには重くなかった。この程度なら動くに支障はなさそうだ。

「さてと、村はどっちだ？」

黒須は捕手術の一環で追跡の手法も身に付けており、実践稽古として山で獣を追った経験も数え切れないほどある。連中は大人数で移動していたため、足跡や散らされた落ち葉など、そこら中に痕跡が残っていた。町中では難しいが、森の中であれば足取りを追うことなど容易い。

早速不自然に折られた枝を発見し、その方向へと足を向けた。


痕跡を辿る道中、小腹が空いたので食事を摂ることにした。荷を降ろして薪を集め、腰にぶら下げていた火打袋から道具を取り出す。灸を据えるのによく用いられる艾だが、これは火口としても優秀な植物だ。火打鉄でカンカンと石を叩いて火花を浴びせると、あっという間に種火ができた。適当に組んだ枯れ木の中へ放り込み、強く息を吹きかけて火を熾す。

「どんな味がするのやら」

黒須の手には枝に突き刺された大蛇の肉。あれを神の使いなどとは最早思っていないが、普通の蛇とも考え難い。仮に物怪の肉だったとして、喰らうことで神通力でも得られれば面白いのだが。

下らないことを考えながら焚火で肉を炙っていく。塩など持ち歩いていないため、もちろん味付けは一切していない。毒があるかもしれないので大量には食えないが、味見は少し楽しみだ。

ほどよく焼けたところで、火から離して匂いを嗅いでみる。特に刺激臭はなく、どちらかと言えば香ばしい良い香り。河豚や曼陀羅華、附子、毒空木など、自然由来の猛毒であれば刺すような痛みが鼻の奥に来るため、大抵は匂いで判別できるが、これなら問題はなさそうだ。

物は試しにと、少し焦げた端の方をちまりと齧ってみる。

む、これは――

「旨い……!!」

蒸した白身魚に似た歯切れのいい食感、塩気は強いがあっさりとした旨みが後を引き、噛み締めるたびに脂の甘さもしっかりと感じる。これまでに食ってきた蛇は淡白でパサついた筋肉質のものばかりだったが、これはまるで別物だ。よく肥えた猪肉から獣の臭さを消したような、極上の美味。醤油で軽く香りをつけるか、味噌焼きにでもすれば絶品だろう。

無我夢中で食べ進め、瞬く間に完食してしまった。

「…………………」

まだまだたくさん残っているし……もう一切れ焼こうか。いや、駄目だ。時を空けて後から効いてくるような毒なら、こんな訳の分からん森で卒倒する羽目になりかねん。

口に残る肉の味に心を引かれつつ、焚火を踏み消して荷物を背負い直す。またあの蛇が出てきたら必ず狩ろうと、チラチラと木の上を見ながら追跡を再開するのだった。


休憩してからしばらく、集落を見つけるまでにさほど時間は掛からなかった。

ガサガサと背の高い草むらを掻き分けた先にあったのは、周囲と比べて木々の少ない平地。人の手で伐採したのではなく、恐らくは天然の空き地に村を築いたのだろう。

黒須がそう思ったのは、その集落がこれまでに見たどこよりも貧しい寒村だったからだ。まともな建物は一つとして見当たらず、木の枝と獣の皮を雑に組み合わせ、その上から枯葉を被せたような、掘っ立て小屋と呼ぶのも憚られる土饅頭がいくつも並んでいる。入り口らしき穴がなければ、ただの枯葉の山にしか見えない。失礼ながら、これでは〝住居〟ではなく〝獣の巣〟と表現した方がよほどしっくりくる。

集落の中をまばらに行き交う人々は先に逢った者たちとよく似て……と言うより、見分けがつかないほどにそっくりだが、やはり皆一様にして着物すら着ておらず、どこをどう切り取っても清潔とは言い難い格好だ。しかし逆に考えると、これだけ姿が似ているのであれば、この集落が彼らの出身地であることに間違いはないとも言えるはず。

「――よし、と。また怯えられても敵わんからな」

黒須は集落から少し離れた場所に鹿の死骸や荷物を置くと、父が持たせてくれた大切な愛刀も隠すことにした。浪人の身の上で月代は剃っていないため、これなら一見して武家の者には見えないだろう。万が一を考えて寸鉄と小柄を袖の中に忍ばせているが、傍から見れば完全な丸腰。永い流浪生活によって着物は多少薄汚れているものの、野伏や野盗に見間違われるほどではなく、むしろ遠目で覗いた住人の格好と比べればよほど小綺麗なほうだ。

集落の周りはぐるりと木の柵で囲まれているため、正々堂々入ろうにも入り口が分からない。少し考えた結果、柵の外から大声で呼び掛けてみることにした。

「頼もう！　俺は通りすがりの旅の者だ！　この集落の長に急ぎ伝えたい用件がある！　村長殿がおられたら、お取次ぎ願いたい！」

武士にとって身分を隠すことは恥とも言える。この場合は仕方がないのかもしれないが、嘘偽りを述べるのも心苦しく、苦肉の策として〝旅の者〟と名乗ることにした。これなら多少怪しまれても、初手から怖がられることはあるまい。

そう思って集落からの反応を待っていると、住処（すみか）のあちこちから一斉に奇声が上がった。

……おい、今回は丸腰だぞ。何故（なぜ）どいつもこいつも武器を振り回している？

土饅頭からわらわらと這（は）い出てきた住人は、手に手に武具を持っていた。その雰囲気はとてもこちらを歓迎しているようには見えない。

一際大きな益荒男（ますらお）が先頭を駆けているが、明らかに尋常（じんじょう）な様子ではなく、ギョロギョロと眼は血走り、口から涎（よだれ）を垂らしながら何事（なにごと）か意味の分からないことを吠（ほ）えている。他の者が粗末な槍（やり）や棍棒を持っている中で、その男だけが妙に立派な剣を掲（かか）げていた。

奴がここの長（おさ）なのだろうか。

というかこいつら、そもそも俺の言っていることが理解できていないのではないか？

山奥の村では文字が読めない者など珍しくもないが、言葉を話せない者たちの集落など聞いたこともない。いかに山の民といえど、これだけの人数がいて一人も話が通じないとは思ってもみなかった。しかし、せっかく見つけた人里だ。どうにか穏便に話し合い、せめて最寄りの町までの道くらいは聞き出したい。

「この中に俺の言葉が分かる者はいないのか！　俺はお前たちの仲間について大事なことを――」

説得しようと再度大声を出した矢先、黒須は集落の中央に〝ある物〟を見つけて閉口する。

それは、一言で表現するなら祭壇（さいだん）に見えた。周囲よりも一段盛り上がった地面に長い杭（くい）が突き立てられており、先端には大きな牙が特徴的な獣の頭骨が飾られている。杭の根元には場違いに美しい色とりどりの花がばら撒（ま）かれており――そこには、人間の頭部がいくつも転がっていた。

すでに白骨化して髑髏になっているものから、つい先ほど切り落とされたように見えるものまで、ざっと数えて二十以上の数がある。

墓標……？　いや、違うな。

一瞬だけ、この村独自の弔い方法なのではとの考えが脳裏を過ぎるも、転がされている生首の表情を眼にして、その愚考を即座に打ち消す。老若男女入り交じっているが、共通してその表情は苦悶に歪んでいた。ただ病や怪我で苦しんだだけでは、絶対にああはならない。間違いなく、あれは責苦を受けて悶え死んだ者たちの顔だ。

やけに好戦的だと思ったが………なるほど、ここは追い剥ぎどもの集落か。

黒須は一人心中で納得し、素早く腕を振った。

「ギィッ、アアァアアアア――――ッッ!!」

ビュッ！　という風切り音の後に、大きな悲鳴が森に響き渡る。

声の元を辿ってみれば、先頭を走っていた大男の左眼から小柄が生えていた。

「他人から奪うことでしか生きられぬ者どもよ、貴様らは害悪だ。死ね。この集落の者は鏖だ」

怒りに歪んだ顔で宣告する黒須の声は殺意に満ちており、腹の奥からは憎悪とも厭悪ともつかぬ感情が噴き出していた。

領地を束ねる武家の者にとって、湧き出る野盗は獅子身中の虫である。連中は丹精込めて育てた田畑を荒らし、護るべき領民に害をなす。蛆のように、最も耐え難い種類の害虫。この森が誰の守護地かは知らないが、到底見過ごせるものではない。

「アアァアッッ――――ギッ！」

黒須は両手で顔面を覆って蹲(うずくま)る大男に歩み寄ると、脳天に寸鉄を叩き込む。特注の寸鉄は先端を尖らせてあり、その一撃で男の脳は破壊された。土下座するように倒れ込んだ男を仰向(あおむ)けに蹴り転がし、事切れた遺体の手から剣を拾い上げてしげしげと観察する。

初めて見る拵(こしら)えだ。不動明王の持つ倶利伽羅剣(くりからけん)に似た両刃直刀、愛刀に比べると刃渡りはやや短く、若干重いか。

「グギャッ!?」

ちょうどよく眼の前で固まっていた者で試し斬りを試みると、肩口から侵入した刃(やいば)は鎖骨を断って胸の中央で止まっていた。両断するつもりでいたのだが。

「鈍(なまくら)だが……重さが良いな。これで十分だ」

初めて使う武器に少しばかり高揚しつつ、向かってくる相手を撫斬(なでぎ)りにする。

最初に出逢った者たちもそうだったが、この集落の連中は〝敵を取り囲んで叩く〟という当たり前の戦法すら知らないのか、ただ我武者羅(がむしゃら)に突っ込んでくるだけだ。弓などの遠距離攻撃もなく、せっかく長槍を持っている者も集団に押されて機能していない。連携して戦うという頭がないのか、早い者勝ちとでも言わんばかりに押し寄せてくる。

しかし、長を殺(や)られて逃げ出すかと思いきや、根性だけはあるのか、はたまた数の有利で勝機があるとでも思っているのか、誰一人として臆(おく)する様子がない。これだけの胆力(たんりょく)があるのなら、追い剝ぎなどせずとも戦地に出れば出世の目もあるだろうに。全くもって理解し難い連中だ。

十人も斃(たお)した頃には血脂(ちあぶら)で剣が斬れなくなったが、この程度の相手なら何の問題もない。斬れずとも、鈍器として頭をカチ割ることはできる。黒須は集落の中から悲鳴が一つも聞こえなくなるまで縦横無尽に走り回り、そこにある命を次々に奪っていった。

集落を殲滅した黒須は隠していた刀を回収し、最初に斬った五人のもとへと戻ってきていた。追い剝ぎとはいえ死ねば仏、仲間と共に弔ってやろうと考え、何度か往復して遺体を集落へ運び込む。住処の建材に使われていた鹿の角のような物を利用して墓穴を掘り、憐れにも野晒しにされていた犠牲者の首を竹筒の水で綺麗に洗い整えて荼毘に付した。追い剝ぎどもの遺体も集めて燃やし、それぞれに簡単な慰霊塚を作る。そこらにあった大きめの岩を置いただけのものだが、これが今できる精一杯だ。

名も知らぬ相手ではあるが、せめて安らかに眠ってくれと眼を瞑り、並んだ塚に手を合わせた。

「ふぅ……」

疲れを吐き出すように大きく息をして、土塗れになった着物をパンパンと手で払う。乱れた髪が海藻のように汗の滲んだ額にへばりつき、不快感で眉間に皺が寄った。どこかで一度水浴びでもしたい気分だが、この近くには水場がなく、竹筒の水も使い果たしてしまったので今更どうしようもない。森を抜けたらまずは湯屋に行こうと心に決め、腰に手を当て茜色の空を見上げる。

「そろそろ日が暮れるな」

遺体を運ぶのに時間を取られてしまったため、いつの間にやら日は傾き、夜の帳が下りようとしていた。さっさと寝床を探して疲れを癒やしたいところではあるが、この集落の中で休むことはできない。遠慮なく暴れ回った結果、辺りは一面血の海だ。この臭いで獣が集まるかもしれないし、集落を離れていた者がひょっこり戻ってくることも有り得る。

黒須はキョロキョロと周囲を見渡すと、神社にあれば御神木として祭り上げられそうなほど立派な大樹に眼をつけた。数年前、山中で野宿した際に山犬の群れに囲まれた経験があり、こういった場所ではできるだけ高所で眠ることにしている。当然ながら横にはなれないため、決して寛げるような寝床ではないが、襲撃で叩き起こされるよりは遥かにマシだ。集落の中も俯瞰で見下ろせるので、闇討ちを警戒するにも都合がいいだろう。

するすると慣れた様子で木に登り、幹を背にして太く安定した枝を跨ぐ。持っていた縄で幹と己を固定すれば、十分に身体を休めることができた。

◆◆◆

チュンチュンと、やけに五月蝿い鳥の囀りで意識が覚醒し、無言のまま視線を下に落とす。昨晩登った時には気が付かなかったが、黒須のすぐ下の枝には小鳥が巣を作っており、母鳥が我が仔を護ろうと一生懸命こちらを威嚇していた。

「…………」

他人の力で起こされた寝起き特有の苛立ちを覚え、親子丼にしてくれようかとも思ったが……起き抜けに鳥を怒鳴りつける自分を想像して阿呆らしくなった。後頭部にはまだ眠気がこびりついているものの、地上で身体を伸ばしたい欲が圧倒的に勝り、頬を暖かく照らす朝日に眼を細めつつゆつくりと木を降りる。硬い寝床で一晩を明かしたため、背中と尻が酷く痛い。

昨夜は結局夜襲もなく、静かなものだった。よく眠れたとは言い難いが、森の中でこれだけ休めれば御の字だ。固まった筋肉を解すように両手を天に向けて大きな伸びをしたあと、毎朝の日課になっている素振りで寝惚けた身体を暖めていく。剣を振りながら時間を掛けて身体の調子を確認し、どこにも異常がないことを納得したところで満足げに刀を鞘に納めた。

昨日の戦闘でかすり傷一つ負っていないのは分かっているが、童子の頃から染み付いた習慣というものは歳を重ねてもなかなか抜けず、これをやらないと一日が始まった気がしない。

周囲も随分と明るくなったので、黒須は集落にある住処を調べて廻ることにした。蝿の集る残飯や、好き放題に散らばっている糞尿に鼻が曲がりそうになるが、運が良ければ犠牲者たちの遺品が残されているかもしれないと考えたのだ。

素姓を示す物でもあれば親元に返してやろうと土饅頭を漁ることしばらく、いくつかの物品を発見した。一晩明けて無害なことが判明した大蛇の串焼きにかぶり付きつつ、見つけた品を一つ一つ念入りに検分していく。

まずは硬貨のような物が詰まった皮袋。ジャラジャラと多くの銭らしき物が入っており、中身を取り出して眺めていると絵柄が三種に分かれていることに気が付いた。どれも同一人物と思われる美しい女が彫り込まれているのだが、それぞれ顔の向きが違う。一つは正面、一つは横顔、一つは後ろ姿で顔は見えない。こんな意匠の絵銭には見覚えがないが、追い剝ぎどもが戯れに造ったにしてはやけに精巧な品だ。

武家に連なる者の多くが〝金儲け〟という行為を浅ましいと捉えており、例によって黒須もあまり金に頓着しない性分である。そのため、そもそも現在流通している通貨の種類すら正確に把握しておらず、自分が生まれる以前に出回っていた古銭か、あるいは知らぬ間に公儀が造った新銭か何かだろうと、安直な結論に至った。

次に、小さな鉄板に革紐を通しただけの簡素な首飾りが五つ。どれも同じ安っぽい拵えだが、刻印されている模様が異なっている。一見すると意味不明な記号の羅列、しかし、わざわざ身に付けるために装飾品にしたとなると、家紋や花押のように出自を表す品である公算が高い。

もとより家紋には他人から見れば意味の分からない物も多く、花押にいたっては初見で読み解くのはまず不可能だ。黒須も父祖から複雑な花押を受け継いでいるが、未だに自分自身でも書き損じてしまうことが多々あるため、文などを認める際には必ず実名を併記するようにしている。

いずれにせよ、もしかするとこれが彼らの身元に繋がるかもしれない。

黒須は串焼きを食べ終えると遺品を打ち飼いにしまい込み、大男から奪った剣を腰に差して次に進む方向を思案した。

「さて、どうするか」

この集落には馬がいなかった。となれば、少なくともここから歩いて行ける範囲に、奴らの狩場となる街道か人里があるはずだ。

地面に残された足跡を調べ、最も人の出入りが多くあった方向へと足を進めることにした。

「――――オオォ――――ォオオオッ!!」

「――――野郎！」

「――――！　こんな場所に――――じゃと!?」

「――――うな！　撤退――――げるぞ！」

　森の中をのんびり当てずっぽうに歩いていると、遠くから人の争うような物音が聞こえてきた。距離があるので判然としないが、どうやらまともな言葉を話しているようだ。黒須はようやく普通の人間に逢えるかもしれないと期待に胸を膨らませ、気配を消しつつ足を急がせた。


「くそっ、皮が厚すぎて矢が刺さらねえ！」

「マウリは攪乱に徹しろ！　俺とバルトで攻撃を抑える！　パメラは準備ができ次第火砲を撃て!!」

「お前さんの魔術だけが頼みの綱じゃ！　任せたぞ！」

「は、はいっ！　了解です！」

　茂みに身を隠しつつこっそり覗き込むと、四人組の男女が必死な面持ちで戦っていた。しかしながら、一見よく分からない状況だ。なんと女や老人、童子まで混ざっている。全員武装しているようだが、彼らがどのような一派なのかは皆目見当もつかない。いや、それよりも――

「何だ、あれは」

　黒須の視線は集団が立ち向かっている相手に釘付けになっていた。

「ルォオオォオォオオオオッッ!!」

　巨大い。目算で優に十二尺は超えるだろうか、明らかに常人の範疇を逸脱している。力士のように肥えた身体には所々瘤のような吹き出物があり、獣の皮を腰に巻き付けているが、ここまで臭気が漂ってきそうなほどに汚らしい様相だ。体毛は一本もなく、人間離れした醜怪な貌にニタニタとした満面の嘲笑を浮かべ、人の身の丈ほどもある丸太を片手で軽々と振り回している。

巨人……？　大太法師、物怪の類か？

食い入るように観戦していると、仲間に指示を出していた剣士の男が殴り飛ばされた。左の前腕に括り付けた丸盾で直撃は防いだようだが、受身が取れていない。

――意識はあるらしいが、あれはもう駄目だな。

残りは女に童子、老人だけだ。黒須は思わず前のめりになり、不覚にも物音を立ててしまった。

弓を持った童子がこちらに気付く。

「おい！　そこのアンタ、冒険者か⁉」

「…………冒険者が何かは知らんが、俺は通りすがりの武者修行だ」

「じゃあ戦えるんだな⁉　頼む、手を貸してくれ！」

…………どうしたものだろうか。

本音を言えば是非とも戦いたい。なんなら代わってくれと頼みたいほどだ。しかし、武士として他人の勝負に割って入るような卑怯な真似は許されない。

いや、待て。あの巨人が想像通りの物怪で、童子たちが襲われているというのであれば――――

「一つ訊く。そいつは一体何だ？」

「巨人だ！　この森じゃ上位の化け物で、俺らだけだと前衛が足りねえ！　頼む‼」

〝化け物〟、〝化け物〟と言ったか。そうか、やはり物怪か。

「助太刀する。盾持ち、俺と交代で下がれ」

「すまん、助かる！」

黒須は大盾を持った老人と入れ替わり、正面から巨人に向かい合う。

近くで見ると文字通り、見上げるほどの大きさだ。これまでに立ち合ってきた武芸者を思い返しても、比肩（ひけん）する者は誰一人としていない。

――嗚呼（ああ）、戦う前からこんなにも昂（たかぶ）る相手は久方ぶりだ……

ついつい緩みそうになる口元を我慢しながら、愛刀ではなく、集落で手に入れた剣を腰から引き抜く。生まれて初めての妖怪退治、更には久々の強者の風格を持つ相手とあって血が滾（たぎ）るのを感じるが、せっかく出逢えた難敵だ。すぐに終わらせてしまっては勿体（もったい）ない。

相手を嬲（なぶ）る趣味はないが、そう思うほどに黒須は敵に飢えていた。

巨人は丸太を振り回しているだけで武術という点では見るべきところはないが、この膂力（りょりょく）は驚異的だ。

まずは力を試してみようと、相手が丸太を大上段（だいじょうだん）に振り上げるのに合わせて懐（ふところ）に飛び込み、左手を刀身へ添えて頭上に剣を構えた。

「な……っ！　おい、避（よ）けろ！　潰されるぞ!!」

弓士の童子（こども）が騒いでいるが、もはや彼らのことなど完全に頭から消えている。

今はただ、少しでも永くこの興奮を味わっていたい。

次の瞬間――――岩が砕けるような轟音（ごうおん）と共に、掲げた両腕に凄（すさ）まじい衝撃が走った。

「ははは、見事だ！　こんな剛力は初めてだ!!」

受けた両腕が痺（しび）れ、背骨が軋（きし）むほど強烈な一撃。〝二（に）の太刀（たち）要らず〟と称される剛剣の使い手とも戦ったことがあるが、ここまでの威力ではなかった。

流石（さすが）は物怪、まさに金剛力（こんごうりき）だ。素晴らしい……!!

身体中の毛穴から血が噴き出すのではないかと思うほどの高揚を覚え、思わず笑みが溢（こぼ）れる。

「巨人の一撃を受け止めただと……⁉」

拾い物の剣がくの字に曲がってしまったため、巨人の顔面に向けて投げつける。

「――――ッッ!!　グゥォオォオオッ……！」

やはりこっちを使って正解だった。先ほどの攻撃を受ければ、十年連れ添った愛刀とて容易（たやす）くへし折られていただろう。

……では、次に耐久力だな。

物陰から観戦していた時、奴の地肌が鎧（よろい）の如く剣も矢も跳ね除けたのを目撃した。

俺の刀にも耐え切るか？　否（いな）、どうか耐えてみせてくれ――

巨人は丸太を取り落として膝をつき、剣をぶつけられた顔を両手で覆って呻（うめ）いている。つまり、胴がガラ空き。駆け抜けざま、黒須は全力の抜き打ちを巨人の脇腹にぶち込んだ。

第四話　冒険者さん、お侍に助けられる

――――キャインッ！

木々の合間から陽光が差し込む静かな森の中、甲高い悲鳴が木霊する。眉間に矢を突き立てられた狼は水の上を漂うようにフラフラと少し歩くと、横倒しに転がってピクリとも動かなくなった。

敵が完全に沈黙したことを確信したのか、周囲の茂みから四人の男女が姿を現す。

「えーっと、今ので何匹目でしたっけ？」

「五匹目だね。これで依頼の分は達成だけど……」

生死を確かめるように杖で狼をつつくパメラの問いかけに、フランツは浮かない顔で口ごもった。

「笑えるくらい〝黒〟ばっかだな。俺ら呪われてんじゃねえか？」

「マウリよ、先週の幽霊退治の依頼で聖水をケチっておったじゃろう。呪われとるなら儂らではなく、お前さん一人よ」

冒険者パーティー〝荒野の守人〟の一行は、森狼の討伐依頼を受けて魔の森を訪れていた。

そろそろ冬に向けた備えが始まるこの季節、低位の冒険者にとって森狼は格好の獲物となる。防寒具の需要が増えるため、普段は大して値の付かない毛皮の買取額が今の時期だけは高騰するのだ。

黒、白、茶などの単色から、斑模様や縞模様。個体によって多種多様な毛色を持っている森狼だが、ルクストラ教を国教とするファラス王国では女神が纏う純白の衣にあやかって、白に近い毛並みが特に人気があり、高値で売れる。貴族社会では誰よりも白いコートを着ることが一種の格式に

なっているらしく、庶民にはとても理解できない感覚だが、毛皮一枚に平然と金貨百枚の値を付ける者さえいるそうだ。

そういった事情もあり、毎年必ず数人は真っ白な毛皮を手に入れて、一攫千金を成し遂げる冒険者が現れる。魔の森では比較的浅い場所にも生息している上に、低位の者でも手軽に狩れる魔物という好条件も相まって、今年こそは自分がと夢見る者たちが鼻息を荒くして森に踏み込むのだ。

「まだ日も高いし、もう少しだけ粘ってみようか」

「そうですねぇ……。せめて灰色を何匹か狩らないと、今月のお家賃が払えないです」

「黒五匹だと金貨一枚くらいだったか？」

「金貨にゃあ届かんわい。依頼の達成報酬と合わせても……まぁ、せいぜい二日分の食費になるかどうかじゃな」

背負っていた荷物を下ろしながら尋ねたマウリの質問に、バルトは三つ編みにした白髭をしごきつつため息まじりに答える。

乱獲によって倒すよりも見つけることの方が難しい森狼だが、今日は森に入ってすぐ群れに遭遇できたため、すでに依頼は達成済みだ。しかし、倒した五匹はどれも値段の安い黒の毛色ばかり。運が良いのか悪いのか、女神様に弄ばれている気分になってくる。

「こないだの武器の修理費っていくらだったっけ？」

「銀貨八枚だね。……今週中に払わないと出禁にするって親方に言われたよ」

「バルト、オーラフさんとはお友達でしたよね!?　待ってもらえないか頼んでみて――――」

「パメラよ、もうすでに二度も延期してもらっとるんじゃ。あやつは鍛冶人にしちゃあ気が長い方じゃが、次にそんなことを口にした日にゃ確実に金槌が飛んでくるわい」

荒野の守人は、はっきり言えば金に困っていた。

低位の冒険者パーティーにはありがちな話だが、装備の破損で金欠になり、稼ぐために無理をしてまた装備を壊すという悪循環に陥っているのだ。原因を知りつつもこの連鎖が止められないのは、いつか高位冒険者になって単価の高い依頼が受けられると信じて疑わないから。食うに困るほどではないが、そろそろ破産が視野に入っている状況だ。

毛皮が少しでも高値で売れますようにと、普段よりも幾分か丁寧に倒した狼を解体する。作業をしながら顔を突き合わせて相談し、もう少し森の奥まで探索範囲を広げることに決めた。


「おい、見ろよ。小鬼の群れだぜ」

狼を探して森を進む道中、マウリが複数の足跡を発見した。

「……フランツ、どれが足跡か分かります？」

「いや、正直全然分からない」

旅行小人はフランツやパメラのような繁人族よりも目端が利くため、マウリには弓士と兼任して斥候も務めてもらっている。落ち葉が積もったなんの変哲もない地面、これのどこをどう見れば魔物の数や種類が分かるのかさっぱりだが……彼がそう言うのであれば、きっと間違いないのだろう。

「見た感じ四、五匹の小せえ群れみてぇだ。追うか？」

小鬼は単体では弱く、武器さえあれば子供でも倒すことのできる低級な魔物だ。ただし、奴らは繁殖力が極めて高く、数が増えると集落を作り、人や家畜を攫うという厄介な習性を持っている。

更に規模が大きくなると知能の高い特殊個体が生まれ、統率された軍のような集団を形成、しばしば魔の森に隣接する村を襲うこともあるのだ。そのため、冒険者の間では〝小鬼を見つけた場合は積極的に狩るべし〟という、不文律が存在していた。

「そうだね。時間にはまだ余裕があるし、森狼を探しがてら追おうか」

リーダーであるフランツの判断に、異議を唱える仲間は一人もいなかった。

足跡を辿り始めることしばらく。先行していたマウリが突然立ち止まり、右の拳をサッと顔の横に上げた。〝全員静止せよ〟という意味の手信号だ。フランツたちがその場で足を止めると、彼は右斜め前方を指差しながら、引き攣った表情でジリジリと後ずさりを始めた。

「…………？」

突き出された指の先へ視線を向ける。が、木々が邪魔でよく見えない。焦点を合わせるようにパチパチと瞬きを数回、目を細めてじっと凝視すると、何かが藪の中を同じ方向に向かって移動しているのが分かった。体色からして小鬼か豚鬼の群れ――いや、違う。動いているのは複数ではなく、たった一体の巨大な魔物。その正体を理解したフランツは、思わず目を見開いて息を呑んだ。

そんな、まさか……。アレはもっと奥深くにいる魔物のはずだ。

悪夢の真っ只中にいるかのように、見続けたくないのに視線を逸らすことができない。

「ヒッ――」

パメラが掠れるような声で小さく悲鳴を上げた途端、耳を劈くような咆哮が周囲に響き渡る。

「くそっ！　パメラ、てめぇ馬鹿野郎！」

「ご、ごめんなさいっ!!」

「馬鹿な……！　こんな場所に巨人じゃと!?」

「チッ！　どうするフランツ!?」

フランツは胸に湧き上がる動揺を強く拳を握り締めることで抑え、どう動くべきか、頭を高速で回転させる。

巨人は強敵だ。途轍もない怪力に加えて無尽蔵の体力、極めて高い物理耐性を持っている。魔術が弱点とされているが、まともな攻撃魔術を使えるのはパメラだけ。冒険者ギルドが定めた脅威度はCランク……とてもではないが、Eランクパーティーの自分たちが敵う相手ではない。

瞬時にそう結論付けたものの、災難にも巨人との距離は二十メートルもなく、相手はすでに臨戦態勢に入ってしまっている。全力で逃走したとしても逃げ切れないのは目に見えていた。

「マウリは牽制、バルトは壁役、パメラは魔術を準備しろ！　倒し切ろうと思うな！　撤退戦だ！隙を見て逃げるぞ！」

指示の声に反応してマウリの矢が放たれるが、巨人はそれを意に介すこともなく、体格に見合わない速度で猛然と突っ込んでくる。

「――――――ッ！　マウリ、足を狙え！」

大声で叫びながらすれ違うように突進を避け、片手剣で太腿を斬りつける。

苔むした岩を斬ったかのような感触。身に纏っている獣の皮が裂けただけで、本体にはまるで歯が立っていない。たった一撃で、自身の攻撃が通用しないことを明確に理解させられた。

「ちくしょう、なんて硬さだ……！」

手応えのなさに悪態を吐いていると、巨人は近くに落ちていた丸太を拾い上げ、剛腕に任せてブンブンと振り回し始めた。動作は鈍いが、一発でもまともに食らったら終わりだ。しかし、パメラの魔術だけが唯一有効な攻撃手段である以上、絶対に後衛へ意識を向けさせる訳にはいかない。

「バルト、下がってパメラを守れ！　俺が攻撃を引き付ける！　マウリは矢を撃ち続けろ！」

効果がないと知りつつも、巨人の体に剣を叩き込む。顔のすぐ横を風きり音を立てて通り過ぎる丸太に足が竦みそうになるが、魔術が放てるようになるまで時間を稼ぐにはこうするしかない。

なんとか直撃を避け、歯を食いしばって数合の大振りを凌いでいたが――不意に、地面から飛び出した木の根に足を取られた。

「しまっ――!!　がはっ……！」

咄嗟に盾を構えて防いだが、殴り飛ばされて大木に叩きつけられた。

後頭部と背中を強打し、肺から空気が押し出される。

「あぁっ！　フランツが!!」

「パメラ！　集中を乱すな！」

こみ上げる嘔吐感、視界がゆらゆらと揺れて見える。興奮しているせいか、痛みはほとんど感じなかった。生暖かい液体が眉を伝って頬に流れる。意識ははっきりしているが、足に力が入らず声も出せない。

まずい、このままじゃ前衛が持たない…………!!

鍛冶人であるバルトは人間に比べると遥かに頑丈だが、それでも一人であの猛攻を防ぎ切るのは不可能だ。こうしている間にも滅多打ちにされ、今にも倒れそうなほどフラついている。

――――動けッ！　動けよッ!!

言うことを聞かない自らの足をバシバシと殴りつけ、どうにか立ち上がろうと必死に藻掻(もが)くが、気持ちが焦るばかりで一向に足は動いてくれない。そうこうしている内に巨人の大振りがまともに盾にぶつかり、ついにバルトが片膝をつく。

……クソッ、ここまでか。せめて俺を喰(く)っている間に仲間だけでも逃げてくれれば――――

「おい！　そこのアンタ、冒険者か!?」

フランツは絶望感に押し潰されて顔を伏せていたが、不意に聞こえた大声に目線を上げる。

マウリの視線の先を追うと、いつからそこにいたのか、茂みの奥に奇妙な男が立っていた。

「…………冒険者が何かは知らんが、俺は通りすがりの武者修行だ」

この辺りでは見掛けない顔立ちだ。漆黒の衣に身を包み、剣は三本も携(たずさ)えているが鎧(よろい)は着ておらず、簡素な篭手(ガントレット)と臑当(グリーブ)だけを装備している。魔の森に入るには些(いささ)か軽装すぎるように思えるが、駆け出し冒険者のような浮(うわ)ついた雰囲気ではない。異様な凄(すご)み……と言うべきだろうか。背はあまり高くないけれど、なんというか、全身から発している空気のようなものが、男をとても大きく感じさせた。一目見て危険人物だと思わせられる強烈な存在感(オーラ)だ。ただ腕を組んで立っているだけなのに、窒息しそうなくらいに怖い。自分より強大な存在(もの)に出会った野生動物が無意識に抱くであろう、逃走への欲求のような本能的な感情が掻(か)き立(た)てられる。

珍しい黒髪を頭の後ろで結い上げており、これまた珍しい黒目は巨人をじっと見据えているが、なぜかその瞳には好奇の色が宿っているように見えた。二十代に差し掛かったくらいだろうか、随分と若そうだが、巨人を前にして全く怯(おび)えた様子がない。それどころか、整った顔に薄(うっす)らと笑みさえ浮かべている。偶然に不思議を見つけた子供のような、恍惚とした表情だ。

数度の問答のあと、男は巨人の前に躍り出た。どうやら助力してくれるらしい。

ありがたい……！

前衛さえ耐えられればまだ希望はある。パメラの魔術が決まれば絶対に巨人は怯むはずだ。その隙に逃げ出して、どこかへ身を隠せばいい。

これも調和神ルクストラの思し召しかと女神に感謝を捧げたくなったが、フランツは男が次にとった行動を目にして凍りついた。何を考えているのか、男は巨人が振り上げている丸太の下へ、わざわざ自分から飛び込んだのだ。

馬鹿な。一体なにを――

「な……っ！　おい、避けろ！　潰されるぞ‼」

マウリが大声で呼び掛けるが、男はその場から動こうとしない。あろうことか、剣を頭上に持ち上げて防御の姿勢を取っている。

なんだよ、素人だったのか⁉　頼む、どうか避けてくれ！

そんな懸命の祈りも虚しく、無常にも丸太は振り下ろされてしまった。

ああ……死んでしまった………

再度絶望したのも束の間、巻き上げられた土埃の中からはしゃぎ声が聞こえてきた。

「ははは、見事だ！　こんな剛力は初めてだ‼」

巨人の一撃を受けて……笑っている？　まさか、わざと攻撃を受けたとでも言うのか？

イカれてる――

常軌を逸した行動にフランツが戦慄していると、男は持っていた剣を相手に投げつけ、腰に差していた細い剣の柄(つか)に手をかけて姿勢を低くした。

ダメだ！　そんな刺突剣(レイピア)みたいな細剣じゃ、アイツの攻撃は防げない！

次の瞬間、おかしなことが起きた。男が疾風のような速度で駆け抜けたと思ったら、突然、巨人がピタリと動きを止めたのだ。呆然(ぼうぜん)と眺めること数秒、巨人の脇腹から大量の血潮が噴出する。

「「「はぁ⁉」」」

脇腹は大きく斬り裂かれ、どう見ても背骨まで断ち斬られている。致命傷だ。

訳が、分からない。なんだ、今のは……？　風の魔術？　いや、身体強化の奇跡を使ったのか？　傷跡を見るにあの細剣で仕留めたのだろうが、剣を抜く動作さえ目で追えなかった。

巨人が崩れ落ちる重い音が辺りに響く。

フランツは目の前で起きたことを理解しようと必死だった。仲間たちも皆、完全に固まってしまっている。この男、一体何者なんだ——

◆　◆　◆

「立てるか？」

戦闘中とは打って変わって、男は穏やかな雰囲気で声を掛けてくれた。

すぐに返事を返そうとしたが、頭をぶつけた影響か、上手(うま)く舌が回らない。しばらく何も言えずにモゴモゴと口を動かして、ようやく口を利くに至った。

「今はちょっと無理そうだけど、少し休めばなんとか……。それより助かったよ。君は命の恩人だ」

「…………。いや、構わん。こちらとしても面白い相手と戦えて満足だ」

なんだろう、今の間は。訝しげな表情をされてしまったが、特に気に触るようなことを言ったつもりはない。不思議に思っていると、硬直から解けた仲間たちが急ぎ足で集まってきた。バルトも相当くたびれており、背丈の近いマウリが肩を貸してやっている。

「助かったぞ、お若いの。もう駄目かと思ったわい」

「本当にありがとうございました！　なんとお礼を言えばいいか…………」

「すげぇなアンタ！　巨人を一発だぜ！」

バルトとパメラが丁寧に頭を下げているのに対して、人懐っこいマウリは男の背中をバシバシと叩きながら話し掛けている。あの戦闘を見たあとでよくそんな気安い態度を取れるなと、フランツは内心、戦々恐々とした気分だった。

全員が揃ったところで改めて感謝の気持ちを伝え、簡単に自己紹介をする。

男はクロスと名乗った。ありふれた名のように思えるが、彼の場合はこれが名字に当たるのだそうだ。ファラス王国において名字を持つことは王家と貴族だけに許された特権のため、一般人にはあまり馴染みがない。周辺国の中には身分に関係なく名字を名乗る地域も存在するので驚きはしなかったが、この近辺では見かけない顔立ちということもあり、彼は外国から来た旅人なのだろうとフランツは当たりをつけた。名前も教えてくれたのだが、こちらは逆に難解極まる複雑な名で、誰も正確に発音することができず、何度も口に出して合っているかと尋ねる仲間たちに、彼は胡乱気な目でクロスと呼んでくれて構わないと言ってくれた。

「クロスさんが出てきてくれて助かりましたけど、急に現れたからビックリしました。いつから見てたんですか？」

「ふらんつが殴られる少し前からだな」

「俺は割と耳が利く方だけどよ、クロスの気配には全然気付かなかったぜ」

「儂は攻撃を防ぐのに必死でそれどころじゃなかったわい………」

そんなやり取りをしている内に、ようやく足の感覚が戻ってきた。フランツはヨロヨロと立ち上がって調子を確かめるように何度か足踏みをすると、仲間たちの談笑を横目に巨人の死骸に歩み寄る。当初の目的だった森狼は見つかっていないが、とても探索を続けられるような状況ではない。激しい戦闘で前衛二人が満身創痍な上、剣は刃こぼれ、盾と鎧もボロボロだ。今から引き返しても乗合馬車の最終便に間に合うかは微妙だが、せめて日が暮れるまでに森を抜けた先の草原へ辿り着きたい。

一刻も早く撤収するため、早速ナイフを取り出して巨人の指の切断に取り掛かる。馬鹿に硬い皮に四苦八苦していると、いつの間にかクロスが背後に立っていた。

「ふらんつ。貴様、何をしている？」

声に怒気が篭っていることを感じ取り、自分の失態に思い至る。

気を利かせて雑務をこなしたつもりだったが、獲物を横取りしたと誤解されたか。

「す、すまない。戦闘ではほとんど役に立てなかったから、素材の回収だけでも手伝おうと思ったんだ。もちろん、討伐報酬はクロスの全部取りで構わないよ」

他意はなかったと釈明するが、彼は依然として腑に落ちないという表情のままだ。

剣の柄にかけられた右手が地味に怖い。

「何の話をしている？　俺は何故お前が遺体の指をちぎろうとしているのかと訊いているのだ。〝討伐報酬〟とはどういう意味だ」

「………？　あぁ、そうか！　クロスは冒険者じゃないのか！」

巨人との戦いで度肝を抜かれて忘れていたが、たしかに彼は冒険者を知らないと言っていた。討伐報酬という冒険者用語が伝わらないのも当然だ。

フランツは乗合馬車を諦め、腰を据えて話をすることに決めた。


クロスはやはり他国の人間だった。〝ニホン〟という国を一人で旅していたところ、気が付くとこの森の中に佇んでいたそうだ。広大な魔の森はいくつかの国に跨っているが、そんな国の名前に聞き覚えはない。つまり、よほど遠くの国から迷い込んだことになる。当の本人もファラス王国の名を知らなかったらしく、ここが王国最西端の辺境だと教えると酷く驚いた様子だった。なんというか……豪快な迷子だ。

「街道の一つも見当たらなくてな、人里を探し歩いていた。悪いが、近場の町まで道案内を頼めるか？」

「もちろんだよ。俺たちも街に戻るところだから、一緒に行こう」

「フランツとバルトがこんな状態ですし、こっちがお願いしたいくらいです！」

「助けてもらった礼としちゃあ、ちと足りんかもしれんがの」

彼の故郷について話を聞いていると、さらに衝撃的な事実が発覚した。なんと、ニホンには魔物が存在しなかったと言うのだ。これには全員が思わず腰を浮かせるほど驚愕した。魔物とは人類にとって不倶戴天の天敵。世界中のどんな場所であっても、その脅威は変わらないと思っていた。

「そんな国があったなんて……」

「魔物のいない国か。想像したこともなかったが、まるで楽園じゃな」

「そんな国に暮らしてたなら、冒険者を知らないのも当然ですね……」

「待てよ。じゃあアンタ、巨人の正体も知らずに戦ってたのか？」

「あれも〝魔物〟なのか。お前が化け物と言うから、物怪の一種だとばかり思っていた」

彼の国では遺体を弄ぶことは禁忌とされており、それは敵対した相手であっても例外ではないらしい。巨人が人間ではないと理解はしていたようだが、フランツが面白半分で傷付けていると思い不快に感じたそうだ。冒険者ギルドから報酬を受け取るために魔物の一部を提出する必要があることを説明すると、『首級や耳削ぎと同じことか』と、よく分からないがすんなり納得してくれた。

「討伐証明は魔物によって提出する部位が違うんだ。巨人は右手の親指、小鬼や森狼は右耳という風にね」

「では討伐報酬とは、その魔物を倒したことに対する褒美か」

「褒美とは違うな。俺たちゃ別に冒険者ギルドに仕えてるワケじゃねえし。……どう説明すりゃいいんだ？」

「例えばですけど、村で畑が魔物に荒らされて困った時に、自分たちでは退治できない村人が依頼金を払って討伐依頼を出すんですよ。私たち冒険者は、その依頼を受けて魔物を狩ることで報酬を受け取ります。だから、ご褒美というよりは対価に近いですね。……まぁ、元の依頼金から仲介手数料としてギルドが何割か持っていくんですけど」

クロスは頭の中を整理するように口を真一文字にして、数秒、考え込むような仕草を見せた。

「なるほど、たしかに奉公人とは趣が違うな。依頼を受けて戦い、その対価として知行を受け取るのか。忍の生業に近い」

「シノビ………？」

聞き慣れない単語の登場に、フランツたちは目を見合わせる。

「多分イマイチ伝わってねぇな、こりゃ。えーっと、じゃあ傭兵なら分かるか？」

「金で雇われて戦に参陣する……悪党どものことだったか」

「悪党とは限らんが、仕組みとしちゃあ傭兵と同じじゃな。違うのは、基本的に傭兵は人と、冒険者は魔物と戦うっちゅうところじゃ。それに、儂らは戦闘以外の依頼も受けるぞ。植物や鉱物の採取依頼から、人探し、手紙の配達、下水道の掃除や老婦人の荷物持ちまで。傭兵どもは冒険者を〝便利屋〟などと呼びおるが、戦争屋と違って退屈せんわい」

三つ編みにされた立派な白髭を揺らし、バルトがガハハと豪快に笑う。

「詰まるところは万事屋か……。なかなか大変そうな職だ。ではお前たちは今回、巨人を狩るために森にいたのか？」

「俺たちは森狼の討伐依頼を受けてきたんだ。巨人と遭遇したのはただの不運だよ」

「依頼ではなかったのか。それでは巨人との戦いは骨折り損だな」

「いや、実はそうでもねえんだ。依頼を受けてなくても、危険な魔物を討伐するとギルドから特別報酬が出ることがある。巨人は間違いなく〝危険な魔物〟だ。そこそこの金になると思うぜ。それに、コイツの皮と魔石は高値で売れるって聞いたことがあるんだが………」

マウリは複雑そうな顔で息絶えた巨人の屍に目を向ける。その視線は先ほどまでフランツが切断しようと躍起になっていた右手の親指に向けられているが、解体用のナイフを鋸のように使ってもなお、半ばまでしか切れていない。

「剣もナイフも通らない怪物の皮を、どうやって剝ぐんだって話ですよねぇ…………。もったいないですけど、素材の回収は諦めるしかありませんね」

魔銀のナイフでもあれば話は別なのだろうが、万年貧乏パーティーの自分たちがそんな代物を持っているはずもない。皆が残念そうにしていると、クロスは無言のままおもむろに立ち上がり、懐から美しい装いのナイフを取り出した。艶やかな黒地に金の装飾をあしらった、高級感のある外装だ。つかつかと死骸に歩み寄り、腕に向かって軽く一振り。

「――――えっ⁉」

「マジかよ!」

「こりゃあ凄い…………」

近づいてみると、巨人の腕の皮はすっぱりと綺麗に切断されていた。

「この短刀であれば皮も剝げそうだが……。俺は上手くやる自信がない。どうだろう、もし代わりに剝いでくれるのなら、町までの案内料として売った金は折半で構わんのだが」

「「「「お願いします‼」」」」

フランツたちは満面の笑みでその提案を承諾した。

第五話　お侍さん、冒険者の話に驚く

――此奴等（こいつら）、ここで斬り捨てておくべきか？

とりとめのない雑談をぼんやりと聞き流しながら、黒須（くろす）は頭を悩ませていた。

命を救われたなどと大袈裟（おおげさ）なことを口にしているが、どいつもこいつも武器を手放して隙だらけだ。唯一まともに戦えそうな大男は霍乱（かくらん）でも起こしたのか、呑気（のんき）に座り込んでいる。

先ほどの戦いの様子や使い込まれた武具の具合から察するに、ずぶの素人ではない。しかし、初対面の武芸者の前でこれだけの不用心を晒（さら）すとなると、殺し合いを常とする種類の人間でないことは容易に想像がつく。ましてや、柄（つか）に手を掛けた武士の間合いに丸腰で踏み込むとは、殺してくれと言っているに等しい暴挙だ。

女童子（こども）を斬るのは心苦しいが、今なら一息で四人とも殺（や）れる――

何年か前、気まぐれで立ち寄った港町で新鮮な海の幸に舌鼓（したつづみ）を打ち、船来品（はくらいひん）を並べている露店を冷やかして歩いていた時だ。

港の辺りが急に騒がしくなり、何事かと野次馬（やじうま）根性に駆られて見物へ向かうと、停泊した船から珍妙な面貌（めんぼう）の男たちが降りてくるところだった。奇天烈（きてれつ）な装束（しょうぞく）に身を包み、天狗（てんぐ）の如く大きく突き出した鼻に深く窪んだ両眼、異様に毛深いボサボサの髪や髭は赤狗のような色をしている。物珍しさから無遠慮に向けられている好奇の眼差しを気にすることもなく積荷を運び、訳の分からない言葉を口にしていた。

「お武家さん、異人が珍しいのかい？」

不思議に思っていたのが顔に出ていたのか、煙管を銜えた漁師衆の一人が声を掛けてきた。

「ああ。話には聞いたことがあるが、実際見るのは初めてだ。あれが唐人とかいう連中か？」

「そいつぁ古い呼び方だ。お侍なら蒙古や大陸は知ってんだろ？　唐人ってのぁ俺らと見た目は変わんねぇ、海を挟んですぐ向かいに住んでる奴らのことさ」

「鎌倉の時代に攻めてきたという異人か。なら奴らは？」

「ありゃあ阿蘭陀って国から何か月も掛けて船に乗ってきた連中よ。アイツらみてぇな妙ちくりんを、今どきは南蛮人とか紅毛人って呼ぶんだぜ」

どこか得意気に語る男は気を良くしたのか、こちらに煙管を勧めてきた。

紫煙は肺腑を腐らせるため丁重に断り、さらに問う。

「異人に種類があるのか？　皆同じ所から来ているとばかり思っていたが」

「俺の友達に通詞をやってるお役人がいてよ、そいつが言うには遥か遠くの海の向こうにゃ、数え切れねぇほどたくさんの国があんだとさ。それぞれの国にゃ俺らとは文化も風習も丸きし違う連中が暮らしてて、日本とはまるで別世界ってぇ話だ」

いやに薄汚れていると思ったが、なるほど、永い船旅を終えたばかりならば頷ける。

「遥か遠くの国か……。道理で随分と草臥れて見える。にしても御仁、やけに詳しいな」

黒須が素直に感心すると、男は照れ臭そうに無精髭の生えた頬をポリポリと掻いた。

「いやぁ、実はその友達に誘われてな。船の中に南蛮の宣教師がいてよ、そいつの語る伴天連が面白ぇんだ。よかったら、お武家さんも一緒にどうだい？」

「伴天連の神が切った張ったに寛大ならな。切支丹の門徒は不殺が信条で破れば地獄行きと聞く。戦場に出ない大名連中には流行りらしいが、武者修行中の武士に似合うと思うか？」

「ははっ!!　そいつぁ違ぇねえ！　今朝方も大捕物があってよ、槍で名高い恩生院の僧兵を斬った〝黒鬼〟って侍が、番士を殴って関所破りだとよ。二本差しを見りゃ手当たり次第に襲う危ねぇ野郎らしいから、お武家さんも気ぃつけなよ」

「……………ああ、礼を言う」

◆　◆　◆

久方ぶりの難敵に舞い上がり、思わず助けてしまったが……森で出逢った連中は、異人によく似た特徴を持っていた。

「立てるか？」

「今はちょっと無理そうだけど、少し休めばなんとか……。それより助かったよ。君は命の恩人だ」

「……………。いや、構わん。こちらとしても面白い相手と戦えて満足だ」

物怪に殴られた大男に声を掛けると、流暢な日本語で言葉が返ってきた。その口調は淀みなく、とても一朝一夕で身につけたような練度ではない。そもそも、木陰で観察していた時から妙だと思っていたのだ。顔立ち、体格、装束、武具。連中はどこをどう見ても日本人には見えないが、こちらの存在に気が付く前から当然のように日本語を話していた。

……流暢な日本語を操る武装した異人の一派か。どう考えても怪しいな。

まず最初に頭に浮かんだのは〝異国の間者〟。この森に迷い込む前に歩いていた峠道は、海から遠く離れた山中だ。港の近くならまだしも、こんな所に南蛮船の関係者が彷徨いているはずがない。

……数百年前のように、また戦でも仕掛けるつもりか？

黒須は不審感を悟られぬよう、大雑把な自己紹介をしながら彼らの容姿を観察する。事と次第によっては公儀に進言すべき案件かもしれず、人相をできるだけ覚えておこうと考えたのだ。

フランツは鈍色の胴鎧を着た大柄な偉丈夫。兜はしておらず、短く刈った明るい金髪に碧眼、人の良さそうな面構え。片手剣を腰に吊り、左の前腕には巨人に殴られてひしゃげた小盾をつけている。指示を飛ばしていたことから察するに、この男が一派の頭目なのだろう。

バルトは大鎧に牛角の脇立が付いた兜を被った背の低い老人。歳の割には恰幅が良く、やたらと手脚が太い。臍まで伸ばした白髭を三つ編みにして揺らし、自分の背丈と変わらないほどの大盾を背負っている。濃紺の瞳には年齢を重ねた者が持つ独特の思慮深さがあり、四人の中では唯一こちらを警戒するような仕草を見せた。

パメラは深草色のゆったりとした羽織りを着て、杖頭に紅玉らしき宝石が嵌め込まれた長い杖を持っている。武器として使うには些か装飾過多に思えるため、戦闘要員ではないのかもしれない。肩まで伸ばした紅髪に緑眼、意思の弱そうな顔をしている娘だ。

マウリは弓を持った小さな童子。まだ幼く、恐らくは元服も済んでいないだろう。使い古したボロボロの革鎧を着て、腰の帯革に小刀や物入れなどをいくつも取り付けている。癖のある茶髪に茶色の瞳、童にしては少々眼つきが悪い。

しかし……。ようやくまともな人間に出逢えたかと思えば、よりによって異人とは。

黒須は己の天運のなさを内心で呪い、いつでも刀を抜けるよう柄に手をかけたまま異邦人との会話に意識を戻した。

彼らの口から飛び出したのは、信じ難い話の数々だった。ここは魔の森と呼ばれる大森林の中であり、ファラス王国なる国の最西端に位置していること。先ほどの巨人は魔物と呼ばれる存在であり、獣と違って人を恐れず、人に仇なす生き物の総称であること。魔物は別段珍しい存在ではなく、多種多様な種類がそこら中を闊歩していること。そして、彼らはそんな魔物を狩ることを生業としている、冒険者という職に就いていること――

まさに荒唐無稽。とても素直に受け入れられるような話ではない。しかし、そんな夢物語を語る彼らからは人を欺こうとするような悪意は見て取れず、むしろ命を助けられたことを恩義に思い、できるだけ丁寧に説明しようという誠意すら感じるほどだった。

世間知らずの武士を騙そうとする詐欺師は存外に多く、黒須はその手の害意に敏感な方だ。これまで勘を信じて外したことは一度もない。嘘偽りを述べているようには思えないが、仮に真実だったとしても、疑念は雲の如く湧き起こる。

「…………」

教わった内容をじっくりと咀嚼し、ありとあらゆる可能性を考え――ある、突拍子もない可能性に思い至る。脳裏に蘇ったのは、港町で逢った漁師の言葉だ。『海を渡った遥か遠くには、日本とは全く異なる文化風習を持った人々が暮らす、別世界のような国がある』あの漁師はたしか、そんなことを言っていた。百歩、いや、千歩譲ってこいつらの言葉を信じるならば――俺は、異国に来てしまったのではないか？

当然、海を渡った覚えなどない。しかし、彼らの語る内容はあまりにも自分の常識とかけ離れている。離れすぎている。突飛な考えだと自分でも思うが、すぐそこを見れば実際に化け物としか言いようのない巨人の遺体が転がっているのだ。あんな存在がそこら中にいるだと？　少し風習の違う町に迷い込んでしまったなどという生易しい差ではない。

いや、しかし、まさか……

…………

…………

……ッ！

ぐるぐると思考の海に沈んでいたが、ふと、己が無様にも狼狽していることに気が付いた。

――よし、考えるのはやめだ。

何度か強く瞬くことで心の視座を切り替える。考えても分からない時はまず前進する、武士の鉄則。いかに難解な状況であったとしても、慌てふためくなど許されようはずもない。奴らの言葉が嘘か誠か。ここが異国なのか否か。どちらも実際に人里へ行ってみれば分かることだ。

決意を新たに町への道案内を頼むと、フランツはあっさりと快諾してくれた。

町へ向かう道すがら、黒須は冒険者たちの観察を続けていた。ここまでの会話で彼らはとても友好的だと感じていたが、完全に信用するつもりはない。今までも数え切れないほど不意討ち、騙し討ちを受けてきた。油断した瞬間を狙っていることも十分に考えられる。

とはいえ、体格の良いフランツ以外はとても戦うことを生業とする武人には見えない。特に、マウリはどう見てもまだ十をいくつか超えたくらいだ。そんな幼子(おさなご)に重い荷物を背負わせ、自分だけ手ぶらというのは流石(さすが)に忍びなく、思わず手助けをしてしまった。

とりあえず、警戒すべきはフランツだな…………

巨人との戦闘である程度実力は見えていたが、黒須には異人と戦った経験がないのだ。異国の冒険者、どんな兵法(ひょうほう)を身につけているか分かったものではない。

「これから向かう町はどんな所だ？」

少し試してやろうと考え、声を掛けつつフランツの左隣へ並んでみる。

「辺境都市アンギラって街だよ。魔の森が近くて、領内に迷宮(ダンジョン)もあるからね。〝冒険者の楽園〟って呼ばれてる大きな街さ」

――無反応。武芸者なら本能的に警戒してしまう位置に踏み込んだのだが。

刀の届く間合いで左側に立たれると、相手の腰にある刀が死角になる。つまり、不意を突かれて居合の抜き打ちを食らう恐れのある危険な位置だ。実際にその気があれば、今、この瞬間にもフランツの首を落とすことができる。瞬(まばた)き一つの時間もかからない。

〝武士(もののふ)の　道行(みちゆき)連れのある時は　いつも人をば右に見て行(ゆ)け〟

武士同士であれば、並んで歩く時に相手の右側には絶対に立たない。そもそも、間合いに入ること自体が無作法とされているのだ。今のように無遠慮に踏み込めば、その瞬間に敵意ありと見做され、抜刀されても文句は言えない。この位置に立たれて無反応ということは、こちらの攻撃を全く警戒していないか、もしくは、先に抜かれても迎撃する自信があるかのどちらかだ。

　ちらりとフランツに視線を戻すと、返事をしなかったことを疑問に思ったのか、困ったような顔で口をパクパクと開けたり閉じたりしている。山吹黄金、生家の庭にいた錦鯉によく似た面だ。

　………この様子では、前者だろうな。

　その後もわざと鞘を当ててみたり、これ見よがしに袖鎖を取り出してみたりと、あの手この手で仕掛けてみたが、逆にこちらが心配になるほど隙だらけだった。

　いくら命を救われたといえ、帯刀した相手に対して無防備が過ぎる………

　冒険者とは魔物との戦いが日常だと言っていたが、これでよくここまで生きていられたものだ。

　念の為に他の者にも試してみたが、結果はフランツと大差なかった。こちらを怪しんでいたバルトでさえ、真横で鯉口を切られたにも拘わらず『その剣を見せてくれ！　金なら払うぞ！』と大騒ぎだ。途中からやっていて阿呆らしくなってしまい、黒須は彼らへの警戒を大幅に緩めたのだった。

第六話　冒険者さん、お侍と街へ行く

　クロスの貸してくれたナイフは素晴らしい逸品だった。

　岩のように硬い巨人（トロル）の皮が牛酪（バター）のようにスルスル切れる。

「いい加減代われって‼　いつまでやってんだお前！」

「うるさいです！　今は私の番ですよ！」

　いつもは解体を嫌がるパメラまでもが率先して皮を剝（は）ごうとするので、終（しま）いには仲間うちで取り合いになるほどだった。

「クロスよ、このナイフはどこで手に入れた代物じゃ⁉　どんな金属で造られとるのか、まるで分からん！」

　鍛冶人（ドワーフ）はその名が表す通り、鍛冶や細工、彫金（ちょうきん）など、物造りを好む者が多い種族だ。普段からパーティーの武器や防具を管理してくれているバルトもご多分に漏れず、全身の怪我（けが）を忘れたかのように興奮している。

「それは旅に出る時に母が持たせてくれた品だ。俺は鍛冶には疎（うと）くてな、何でできているのかまでは知らん」

「売ってくれっ‼」

「駄目だ」

　取り付く島もなく断られているが、その気持ちもよく分かる。高価なナイフがこんなにも便利な物だとは思ってもみなかったのだ。バルトが言い出さなければ、自分が頼んでいたかもしれない。

「………っと。おら、全部剝げたぜー。傷も少ねえし、こりゃ期待できそうだ」

マウリが剝ぎ取った皮をバッと広げて見せる。クロスが斬った部分以外に目立った損傷はなく、初めての巨人の解体にしては上々の出来栄えと言えるだろう。しかし――

俺も頑張ったんだけどなぁ………

フランツは自分が攻撃していた足と彼が斬った脇腹の皮を見比べて、少しだけ悲しくなった。

最後に胸を切り開き、魔石を取り出して解体終了だ。

「よし、それじゃあ出発しようか。今から出れば日暮れまでに森を抜けられるだろうし、草原で一泊して明日には街だ」

荷物をまとめ、帰路に就く。今回は大変な冒険だったし、街に戻ったらしばらく休息期間にしようとフランツは考えていた。どのみち、装備を修繕に出さないことには次の依頼も受けられない。

修理費用を想像して憂鬱な気分になっていると、クロスがすっと隣に並んで話し掛けてきた。戦闘中は狂気じみた人物なのかと思ったが、話してみれば意外と気さくな青年である。

「これから向かう町はどんな所だ？」

「辺境都市アンギラって街だよ。魔の森が近くて、領内に迷宮(ダンジョン)もあるからね。〝冒険者の楽園〟って呼ばれてる大きな街さ」

「………………」

そう言って横を見ると、なぜか彼は驚いたような、呆(あき)れたような、不思議な顔をしていた。

冒険者の楽園などと言ったのが大袈裟(おおげさ)に思われたのかもしれない。

「そういえばクロスさん、魔の森に迷い込んだって言ってましたけど、身分証はお持ちなんですか？　アンギラの城門には兵士さんの審査がありますよ」

「関所があるのか。身分証……通行手形のような物か。生憎と随分前に雨でやられてしまってな……。今は持ち合わせていないが、拙いか？」

「いえ、身分証がなくても保証金を払えば大丈夫ですよ。ただ、街に出入りするたびにお金を取られてしまうので、持っておいた方がいいですね」

　ファラス王国は封建制度の国だ。アンギラを含め、各地の都市は貴族たちが支配しており、平民は街に入るたびにその地を治める領主が定めた通行税を支払う必要がある。よほどの悪徳領主でない限り大した金額にはならないが、どこの街も外国人に対する税は割高になっていたはずだ。

「そうか……。路銀は多少持っているが、その身分証は俺のような他所者でも手に入るのか？」

「ワリと簡単に手に入りますよ。住人用とか商人用とか、色々と種類もありますけど……やっぱり、オススメは冒険者用ですね！　冒険者として登録するだけで身分証が貰えます。冒険者になればほとんどの街が無料で通行できますし、毎年の税金も取られません！　冒険者向けの宿で身分証を提示すれば、割引を受けられたりもしますよ！　旅人のクロスさんにはピッタリです！」

　パメラはクロスを冒険者にしたいようだ。

　普段は人見知りする性格なのだが、どうやら命を助けられたことで彼に懐いたらしい。

　ただ、冒険者に登録するということの意味について、肝心な部分の説明を省いている。

「それなら街にいる全員が冒険者になりたがるのではないか？　税を免除されるなど、百姓どもにとっては夢のような話に思えるが」

「うっ……。い、意外と鋭いですね。実は良いことばかりでもなくて……まぁ、大したことではないんですが、多少の不利益もあるような、ないような――」

あえて隠していたであろう点を指摘され、彼女は分かりやすく狼狽えた。

クロスから目を逸らし、明らかに誤魔化そうとしている。

「詐欺師みてぇな説明してんじゃねえよ！　……いいか、クロス。冒険者は税を免除される代わりに、流民として扱われる。住民として認められてねえから結婚はできねぇし、家も買えねぇ根無し草だ。それに〝強制依頼〟ってのがあってな。他の住人と違って、魔物が街に攻めてきたら最前線で戦う義務があるんだ」

魔の森や迷宮など、魔物が多く棲みついている場所では稀に大暴走が発生する。原因はよく分かっていないが、理性をなくした魔物の群れは、なぜか人の多い場所へと一直線に向かうのだ。そういった緊急事態の場合、冒険者は領軍の指揮下に入り戦う義務を負っているのだが、往々にして最前線へ送られることが多い。税を納めず、各地を放浪する冒険者の命の価値は、領主から見れば兵士よりも格段に安く映るのだろう。

「マウリは難しいことを知っていて偉いな。よく学んでいる。立派なことだ」

「お、おう。なんか……。いや、まぁいいか」

クロスはマウリがお気に入りなのか、彼にだけ特に優しい気がする。

「しかし、聞いた限りでは不利益と呼べるようなものではないな。俺も街に着いたら冒険者用の身分証とやらを手に入れるとしよう」

忠告が心に届かなかったのか、彼はいとも簡単に結論を出してしまった。

パメラは目を輝かせているが、その判断は少々軽率に思える。

「さらっと即決するような軽い選択じゃあないわい。お前さんはまだ若いんじゃ。よく考えて決めた方がええぞ。アンギラじゃあ強制依頼の頻度は多い。アレのたびに死体が山と積み上がる」

バルトが瞳を覗き込むように優しく諭しても、彼の顔色はまったく変わらなかった。

「定住や所帯を望むなら、そもそも十年も武者修行の旅などしておらん。それに義務と言われずとも、己の暮らす場所を命懸けで護るのは当然の話だろう。戦える者が戦えぬ者を護るのは武芸者としての根本、物の道理だ。それを忘れてしまっては、何のために戦っているのか分からなくなる」

クロスが平然と言った言葉に、フランツたちは目を見合わせた。

その思考は冒険者というよりも、街を守る兵士や騎士に近いものだ。

それに、強いとは思っていたが、まさかそんなに長く戦いの旅を続けていたとは…………

彼は一体、どんな人生を歩んできたのだろう。

そんなことを考えさせられる言葉に、しばらく無言で歩む時間が続いた。


当初の予定通り、夕方には森を抜けることができた。目の前にはアンギラへと続く広大な草原が広がっている。紅に金を混ぜた鮮烈な色彩、夕焼けに照らされて風に靡く草原は何度見ても美しい。

「暗くなる前に野営の準備をしてしまおう。悪いけど、クロスも手伝ってくれるかな」

「勿論だ。指示をくれ、リーダー」

冒険者パーティーについて説明して以降、クロスは面白がっているのか、リーダーリーダーとからかってくるようになった。自分よりも遥かに強い男にそう呼ばれるのは、照れ臭いような、恥ずかしいような、むず痒い気分だ。しかしなによりも、堅物だと思っていた彼にそういった一面があると知れたことが嬉しかった。

「私はテントを張りますね、リーダー」

「儂は竈を作るぞ、リーダー」

「んじゃ俺は晩飯でも調達してくるぜ、リーダー」

――まぁ、仲間たちまで悪ノリしているのはムカつくが。

「じゃあ、クロスはマウリと一緒に食料の調達を頼めるかな？」

「承知した」

「よっしゃ！　俺の予備の弓貸すからよ、どっちが多く獲物を狩れるか勝負しようぜ！」

「いいだろう。だが、勝負ということなら手加減はできんぞ。負けても泣くなよ」

「言ってろ！　剣じゃ勝てねぇが、俺は弓士だ！　絶対負けねぇ!!」

ワイワイと騒ぎながら走っていく二人を見送り、フランツは薪を集め始める。

ここまでの道程でクロスは随分とパーティーに馴染んだが、やはりマウリを一番気にかけているようだ。荷物を代わりに持ってやったり、マウリが何かをするたびに『凄いな』『偉いぞ』『立派だ』などと褒めたりする。きっと、彼の生まれた国では他種族への差別や偏見が少なかったのだろう。

多種多様な冒険者が集まるアンギラでは、王国の他の地域に比べると種族間の差別は少ない方だ。それでも、小人族への偏見だけはいまだ根強く残っている。

小人族には盗手小人という亜種がいるのだが、彼らはとにかく手癖が悪い。欲しい物や気に入った物が目の前にあれば、相手や場所を考えずに手を伸ばすのだ。それでいて、捕まったとしても悪びれることもなく『このパンがボクに食べてほしいって言ったんだー！』などと平気で言うような不良種族である。斥候(せっこう)としては極めて高い能力を持っているが、その悪癖のためにパーティーに誘われることは少ない。

そして残念なことに、その悪評は小人族全体に波及してしまっている。小人族というのは種族間で見た目に差異がなく、本人たち以外には見分けがつかないのだ。よって、善良な種族である旅行小人(ハーフリング)や妖精小人(グラスランナー)、兵団小人(リリパット)、蕗下小人(コロポックル)たちも盗手小人(ケンダー)と同一視され、敬遠される傾向が強い。人によっては小人族は諍(いさか)いの種だと言って憚(はばか)らない者さえいるのが実情だ。現在は陽気なお調子者(ムードメーカー)であるマウリにも、荒野の守人(もりびと)に加わるまでには様々な苦難があったと聞いている。

………少なくとも、俺の目の届く範囲ではもう嫌な思いはさせたくないな――

「おおい、竈(かまど)ができたぞい」

「テントも張れましたよー」

もやもやと取り留めもないことを考えていると、後ろから聞こえた声に耳をくいと引っ張られる。

「ありがとう。薪も十分集まったし、パメラ、火を頼むよ」

「はいはーい」

彼女は竈の前にしゃがみ込み、火口(フリント)の奇跡で火をつけた。やはり火の魔術は便利だなと思う半面、時折、僅(わず)かばかりの嫉妬に苛(さいな)まれることがある。フランツは光の属性に適性を持っているが、才能には恵まれなかった。これまできちんと魔術を学ぶ機会もなかったため、唯一できることと言えば暗闇で小さな明かりを灯(とも)すくらい。熟練者になれば他の属性よりも強力な治癒の奇跡が扱えるそうだが、現状、冒険にはなんの役にも立っていなかった。

俺がパーティーの回復役になれれば、もっと依頼の幅も広がるんだけどな………

「よし、じゃあ後は食料班の帰りを待とうか」

焚火(たきび)にあたりながら待っていると、獲物を持った二人が戻ってきた。

両腕に角兎(ホーンラビット)や赤頭鳥(クルル・フェザント)を何羽も抱えている。

「おかえり。大猟だね」

労(ねぎら)いの言葉を掛けるが、マウリにはいつもの元気がない。

どうやら狩り勝負はクロスに軍配が上がったようだ。

「弓で負けた……。コイツ、やっぱバケモンだ」

「クロス、お前さん剣士じゃろう？　弓も使えたのか？」

「武芸十八般(ぶげいじゅうはっぱん)と言ってな、俺の国では剣術以外にも、弓術、槍術(そうじゅつ)、馬術など、戦いに役立つ十八種の武技を修めることが推奨されていた。俺も得手不得手はあるが全てそれなりに扱える。中でも弓は得意な武器だ」

「「…………………」」

「マウリ、クロスさんの腕前はそんなに凄かったんですか？」

「……一流だよ。俺と同じ弓なのに、飛距離も威力もケタ違いだった。森人(エルフ)の弓みてぇだったぜ」

「ま、まぁ、とりあえず食事にしようか」

夕飯は兎(うさぎ)と鳥に塩を振って焼いただけの簡単な料理だったが、量だけはたくさんあったので、十分に満足することができた。………塩加減を間違ったのか、ちょっと塩辛かったが。

夕日が丘の向こう側へ完全に落ち切り、一行は交代で不寝番を立てて眠ることにした。遮蔽物のほとんどない草原とはいえ、ここはまだ魔の森の間近。油断はできない。順番は適当に決めたのだが、最初はクロスが名乗りを上げてくれたので、他の面々はテントへ潜り込む。

ところで、ここで少し問題が起きた。冒険者は行軍中の負担を減らすため、依頼に出る時は決まって最低限の荷物しか持たない。当然テントも一つしか持ってきておらず、いつものように皆で寝る準備を進めていたのだが――――これに、クロスが強い拒否感を示したのだ。

彼いわく、『婦女子と同衾などできるか！』だそうだ。

それを聞いたパメラは久々に女性扱いされたのが嬉しかったのか、大喜びしていたが……。

結局、何を言ってもクロスは頑として頷かず、彼は一人、外で寝ることになってしまった。

「……みんな、まだ起きてるよね？」

テントに入って三十分ほど経過しただろうか。フランツの囁き声に仲間たちが顔を上げる。

本来、野営中は次の日に備えてさっさと寝ることが冒険者の鉄則なのだが、明日の昼にはアンギラに着く予定だ。多少の夜更かしは許容範囲だろう。

「クロスってさ……何者なんだと思う？」

外に漏れ聞こえないよう、ボソボソと言葉を続ける。

実は、彼について少しだけ怪しんでいることがあった。命を救われた立場で疑うような真似はしたくないが、疑念が頭にまとわりついて離れず、このままでは眠れそうにない。

「俺さ、もしかするとクロスはニホンって国……いや、もしその国から来たって話がデタラメだったとしても、どこかの貴族様なんじゃないかと思うんだ」

彼の立ち振る舞いに感じた強烈な違和感。一挙手一投足に隙がなく、食事の様子一つ取ってもどこか気品が見え隠れしていた。浮世離れした雰囲気というか、洗練されている、という表現が適切だろうか。なんと言えばいいか分からないが、とにかく、明らかに自分たちとは〝何かが違う〟と感じさせられたのだ。

仲間たちも似たような感想を抱いていたのか、その発言に驚く素振りは見せなかった。

「儂もその話は鵜呑み(うの)にゃしとらんが……。貴族の息子にしちゃあ、アレはちと強すぎる。どこの国の貴族もそれなりに剣を学ぶらしいが、あくまで手習い程度のおままごとじゃ。単身で魔の森を踏破できる貴族なんぞ、おるとは思えんがの」

バルトの言う通り、貴族には剣よりも魔術を重視する風潮がある。

大暴走(スタンピード)の際も前線には出ず、後方から魔術による支援攻撃をしている印象が強い。

「でもよ、アイツ〝己の暮らす場所を守るために命を懸けるのは当然だ〟って、言い切ってたぜ。ありゃどう考えても貴族の言葉だろ」

「うーん……。もしかして、騎士様なんじゃないですか？」

ファラス王国では大きな活躍をしたと国王が認めた者に、騎士爵という貴族位が与えられることがある。建前上は平民や流民にもその可能性(チャンス)があるとされているが、実際にはよほどの大偉業でもない限り、取り立ててはもらえない。事実上、家督(かとく)を継げない貴族子弟たちを救済するためにあるような制度だ。相続のできない一代限りの爵位であるのため〝準貴族〟などと呼ばれているが、庶民からすれば貴族は貴族である。

「あの若さで騎士ってのも無理があるような……。いや、他国だとそうでもないのかな」

「そもそも、ニホンって本当に実在すんのか？　俺はアンギラに来る前は大陸中をあちこち旅してたが、魔物のいねぇ国どころか、そんな地域すら聞いたことねえぞ」

「有り得るとすりゃあ、北の小国群じゃな。あの一帯はまだまだ戦争も多い。いまだに毎年、国が増えたり減ったりしておるらしいからの」

この大陸は四大国と呼ばれる王国・帝国・聖国・共和国の四つの列強国と、その周辺に点在する無数の小国で構成されている。その大国の一つ、大陸北西部に位置するオルクス帝国は、大陸統一を国是に掲げる覇権国家だ。常に周辺国を相手に侵略戦争を企てており、その煽りを受けた北の小国群は、帝国に恭順する国と抗う国が小国同士でも争い合い、混迷を極めているらしい。

「いっそ明日、本人に聞いてみますか？　クロスさんならあっさり答えてくれそうな気もしますし」

「どうだろう……。十年も旅してるって話だし、もし貴族様だとしたら、何か訳ありっぽい気もするんだよね」

冒険者にもごく稀に貴族関係者がいるが、それは若い貴族子弟のお遊びか、あるいは不祥事などでお取り潰しにされた貴族家の縁者が止むを得ず、という場合が多い。アンギラのギルドにも何組かそういうパーティーが在籍していたはずだ。流民に混ざるのは彼らの矜持が許さないのか、ほとんど会話をしたことはないが。

「やめとけやめとけ。冒険者同士でもアレやコレやと詮索するのは無粋者だけよ。あやつが何者にせよ、とにかく儂らは命を救われたんじゃ。小事に拘（こだわ）って大事を失う必要はあるまい」

バルトは蝿（はえ）でも払うように手を振って、枕にしていた森狼（フォレストウルフ）の毛皮に寄りかかる。

「だな。よく分からねぇところもあるが、根は善人だと思うぜ、アイツ。でなきゃ、そもそも俺らを助けたりはしねぇだろうさ」

「それもそうですねぇ。まぁ、巨人と戦ってる時はちょっと危ない人なのかなと思いましたけど……。それに、みんな気が付きましたか？　クロスさん、角兎も赤頭鳥も慣れた手つきで綺麗（きれい）に捌（さば）いてましたよ。巨人の皮を上手（うま）く剥げないって言ってましたけど、アレって、私たちが無駄骨にならないように気を遣ってくれたんだと思います」

それは――――気が付かなかった。もしその話が事実なら、彼はお人好（ひとよ）しとさえ言える人物だ。そんな相手を疑ってしまうとは、自分で自分が恥ずかしくなる。

「そうだね、出自なんて関係ないか」

会話を総括するように言ったフランツの言葉に、仲間たちは首肯して同意を示した。

「そんなことより、儂はあの強さと剣の方に興味があるけどの。まさか巨人を一撃で仕留めるとは……。一体どんな鍛錬をすればあんな真似ができるのか、想像もつかんわい。結局、剣は見せてくれんかったが…………」

ここまでの道中、バルトは何度もクロスに『一目でいいから剣を見せてくれ！』『剣を触らせてくれ！　金なら払うぞ！』と頼み込んでいたのだ。相当しつこく食い下がっていたが、彼は決して首を縦には振らなかった。よほど大切な剣なのだろう。

「Cランクの魔物相手に楽勝だったからね……。間違いなく高位冒険者クラスの実力だと思うよ」

「弓も片手間にやってるようなレベルじゃなかったぜ。十八種の武技を身に付けてるって話も、あながち大げさじゃねぇかもな。……それと、あの妙な歩き方だよな」

「ああ、アレか」

「たしかに、独特な体の使い方だよね」

「歩き方？　どこかおかしかったですか？」

目敏(めざと)いマウリと前衛二人はそのことにすぐ気が付いていたが、後衛のパメラには分からなかったようだ。

「普通は左右の手足を交互に前に出して歩くだろ？　クロスは右手と右足、左手と左足を同時に動かすヘンテコな歩き方なんだよ」

そう、一見すると自然な動作で分かりづらいのだが、彼は背中に棒が刺さっているのかと思うほど上半身をまっすぐに固定させ、体を捩(ね)じらず、足を高く上げず、手をほとんど振らず、前傾姿勢のまま滑るように歩くのだ。凹凸が多い森の中、その異様な動きは嫌でも目についた。

「狩りの時に聞いてみたら、アイツの国じゃそれが当たり前らしいぜ。逆に俺らの歩き方が変だと思って見てたんだとさ。『その歩法で疲れんのか？』って、不思議そうな顔で言ってたよ」

「………本当に、どこから来たんでしょうね」

「食事中も不自然なほど右手を使わんようにしておった。ありゃあ、いつでも剣を抜けるように備えとるな。並の剣士ではあそこまで徹底でききんもんじゃ」

「同じ剣士としては耳が痛いなぁ……。それでさ、実はここからが本題なんだけど……今回の遭遇戦で、俺は改めて力不足を実感した。今生きていられるのは、本当に運が良かっただけだ。だから、もしクロスが――――――」

結局、フランツたちの話し合いはクロスが次の見張り番を呼びに来るまで続いた。

「見えてきたよ。あれがアンギラ辺境伯領の領都、辺境都市アンギラだ」

草原で朝を迎えて出立し、小高い丘を登り切ったところで、ようやく見慣れた街の景色が視界に入った。王国最西端の要衝であるアンギラは、高い城壁に丸く囲まれた城郭都市だ。内外の壁際には緑も残っているが、煉瓦造りで統一された街並みは円の中央に向かって密集し、中心には純白の領主城がそびえ立っている。周囲を見張るために一際高く造られた城の尖塔は〝西方の守護塔〟の愛称で街の象徴として親しまれており、あの塔が見えるとやっと帰ってきたのだという実感が湧く。

「…………クロスさん？」

当惑したパメラの声に振り返ると、そこには、これまで見たことのない顔をしたクロスが案山子のように突っ立っていた。ぽかんと半開きにした口を気にも留めず、目を見開き、肌は色を失って茫然としている。晴天で雷に打たれたかのような、心底驚愕した表情だ。喜怒哀楽をなかなか表に出さないため、業火に呑まれても顔色一つ変えないのではと思っていたが、こんな顔もできたのか。

「――この街は、いつから、ここに在る？」

眼下の街に視線を固定させたまま、一つ一つ、頭の中で必死に言葉を捜しているような話し方。

たしかにアンギラは他に類を見ないほど巨大な都市ではあるのだが、ここまで驚くとは思わなかった。失礼ながら、彼は相当辺鄙な田舎から出てきたのかもしれない。

「えっと……。どうだっけ、バルト？」

「儂も正確な年代までは知らんが、少なくとも、あの城壁が完成したのは二百年以上前という話じゃ。アンギラ家はその功績を認められて辺境伯に陞爵されたと言われておるからの」

その答えに納得したのかしていないのか、彼はたっぷり十秒ほど顎に手を当ててじっと考え込むと、意を決したような面持ちになった。眉根を寄せ、死地に赴く兵士のように酷く神妙な表情だ。

「…………いや、驚いた。こんなに大きな街は初めてだ。堀でなく、城壁で総構えを築くとは……。音に聞こえた大坂城も斯くや有らん。まるで街そのものが一つの城のようだ。完成するまで一体どれだけの年月が掛かったのか、想像もできん。あの長い行列は街に入ろうとする者たちか……。ここを治める人物は、相当な傑士なのだろうな」

遠くに見える都市を目を皿のようにして見つめ、興奮しているのか、いつになく饒舌だ。

自分たちの住む街を褒められ、仲間たちの顔に笑みが浮かぶ。

「さあ、今日は結構混んでいるみたいだ。俺たちも早いとこ列に並ぼう」

風景に釘付けになっているクロスの肩をポンポンと叩き、一行は審査待ちの行列へと向かった。


「身分証の提示を」

槍を持った門兵に要求され、フランツたちは首から下げている冒険者証を取り出して見せる。

「よし、お前たちは問題ない。……そこの者は？　身分証は持っていないのか？」

「ああ、他国からの旅の途中でな。金を払えば街に入れると聞いたのだが」

「おお、外国からの来訪者だったか。なら、そこの窓口で保証金を払えば問題ないぞ。ようこそアンギラへ！　この街は旅人を歓迎する！」

城門の脇に隣接するように建てられた小さな建物へ向かう。存在は知っていたが、これまで保証金を支払ったことがないため、フランツもこの窓口に来るのは初めてだった。物々しく槍で武装した門兵と違い、こちらには頑丈そうな鉄柵越しではあるものの、平服に近い格好の女性が受付に座っている。

「保証金の支払いはここで合っているか?」

「はい、こちらで受け付けできますよ。銀貨三枚を保証金としていただいております。それと、こちらの台帳に記入をお願いできますか?」

「承知した。では、これで頼む」

「……………あの、この硬貨はあなたの国のものでしょうか? 申し訳ありませんが、これは使えません。共通通貨かルクス貨幣はお持ちではないですか?」

受付の困惑した声を聞いて手元を覗き込むと、クロスが差し出したのは見たことのない四角い硬貨だった。たしかに銀でできてはいるようだが――

「クロスさん、もしかしてこの国のお金持ってないんですか? 四角じゃなくて丸いやつですよ!」

パメラがそう教えると、彼は何かを思い出したように別の袋を取り出し、その中身をジャラジャラとカウンターの上にぶちまけた。

「この中に使える物はあるか?」

「なんだ、ちゃんと持ってるじゃないですか。あっ、これが銀貨ですよ」

広げられた硬貨は保証金を払うには十分な額があった。…………というか、金貨も数枚混ざっており、ちょっとした大金だ。ファラス王国を知らないと言っていた彼が、どうしてこんな大金を持っているのか疑問に思ったが、それを口にする前に声を掛けられる。

「フランツ。すまんが、台帳の文字が読めん。代筆を頼めるか？」

「ん？　ああ、いいよ」

台帳は名前と出身国を記入するだけの簡単な内容だった。羽根ペンでサラサラと書いていく。

ファラス王国では他の四大国と同じ共通語が使用されているが、文字を学ぶ機会というのは案外少ない。貴族たちは庶民に過度な知識を与えると反乱を招くと考えているらしく、教育機関を全て王都に集約してしまっているのだ。そのため、地方で生まれた者には読み書きのできない者が多く、識字率は六割に満たないと言われている。フランツは小さな頃から通っていたルクストラ教の教会で、子供たちが互いに教え合う勉強会のようなものに参加して文字を学んだ。親から言われて嫌々やっていた勉強だったが、今となっては依頼書を読むにも大きな助けとなっている。

「はい、書けたよ」

受付に内容を確認してもらい、ようやく門を抜けることができた。露店の並ぶ見慣れた広場が目に入り、肩の荷が下りたようにほっと息を吐く。たった数日の外出のはずが、今回は色々と濃度の濃い冒険だったため、随分と街が懐かしく感じた。

第七話　お侍さん、街を見て確信する

アンギラの城門で受けた審査は、関所というには拍子抜けするほど簡素な検閲だった。全身の黒子の数まで確認される日本の関所と比べれば、有って無いようなものだ。こちらの顔をちらりと見るだけで、武器を所持する者を大した吟味もせず歓迎するとは、驚きの弛みっぷり。もはや素通りである。もしこれが故国で行われた怠慢なら、番士は横目付に張り倒されているだろう。

黒須は数年前に手形を雨にやられてから、たびたび関所破りを繰り返している。武士の場合は素通りさせてくれることもあるため、一度顔を出し、断られれば迂回路からの強行突破だ。捕まれば打首獄門よりさらに重い、磔刑という大罪になるとは知りつつも、『失くすこと罷り成らぬ』という父の厳命に反して再発行を頼むことの方がよほどに恐ろしく、常習犯となってしまっていた。

しかし、まさか手持ちの路銀が使えないとは思わなかったが、あのとき集落で拾った硬貨がこの国の金で助かった。盗品と思われる物を勝手に使うのには若干引け目を感じたものの、皮袋には名前など書かれていないのだ。どの道、誰に返すこともできなかっただろう。

窓口で台帳に記入を求められたが、そこには訳の分からぬ異国文字。フランツたちだけではなく、門番や受付も流暢な日本語を話していたので、てっきり文字も同じと思い込んでいた。話し言葉と書き言葉が違うとは、これ如何に。おかしなこともあるものだ。

何にせよ、ようやっと念願の人里だ――

高さ三十尺はあろうかという両開きの城門を潜ると、そこには生まれてこのかた眼にしたことのない、圧倒的なほど美しい街並みが広がっていた。門から真っ直ぐに続く目抜き通りは広く、余す所なく石畳が敷かれているため、水たまりや轍は一つも見当たらない。通りの両脇には白茶色の建物がずらりと軒を連ねているが、どれも立派な石造り。二階建、三階建と背が高く、花で飾り付けられた出窓が街の景観をより一層華やげている。いずれも一階部分は商店になっているようで、商いをする商人どもが元気な声を張り上げていた。眼前の広場には露店が賑わい、そこかしこから食欲を唆る匂いが漂ってくる。行き交う人々は活気に溢れ、皆がニコニコと幸福そうな様子だ。

これまで立ち寄った町との違いの大きさに、黒須は自分の予想が正しかったことを確信する。

見知ったものなど何一つとしてなく、住民も日本人とは似ても似つかぬ者ばかり。

――決まりだ。やはり、ここは異国。フランツたちの言葉に嘘はなかった。

街までの道行で、彼らのことは信用に値すると思っていた。素朴にして単純、気立てのいい連中だ。異人とは人より獣に近い民族と聞いたこともあったが、あの噂は何だったのか。全くの的外れ、見当違いも甚だしい。

黒須はこれまで誰かと旅路を共にしたことはなかったが、彼らとの同行を存外に楽しんでいた。もし自分に友と呼べる者がいればこんな感じなのかもなと、似合わぬことを考えるほどに。

「クロスのそんな顔は初めて見たな」

フランツの可笑しそうな声にはっと我に返る。どうやら不覚にも間抜け面を晒したらしい。

「すまん、見蕩れてしまっていた。美しい街だな」

「気に入ってくれたみたいで嬉しいよ。じゃあ、早速だけどギルドに向かおうか」

フランツの先導で街の中を進む。商店の前を通るたび、皆が挙って何を売る場所なのかを解説してくれるのだが、どれもこれも興味を惹かれるものばかりだ。

八百屋に並ぶ野菜や果物は一見して毒々しい色や形で、味の予想が全くつかない。大声で客寄せをしている屋台が売っているのは、魔物肉の串焼きらしい。店の外にまで商品を並べている武器屋は、永く武の道を歩む黒須でさえ使ったことのない武具だらけ。

これまで町を訪れた際には剣術道場や武家屋敷以外に意識を向けたことはなかったが、時間が空けば一通り散策してみようと心に決める。

――そうだ。異国の街並みに夢中で忘れていたが、まずはこれを訊いておかねば。

「この辺りに湯屋はあるか？」

「ユヤ……？　ユヤってなんだ？」

「銭湯風呂、功徳風呂、施浴場、沐浴場、入込湯。呼び方は何でもいいが、森で汚れたので身を清めたい」

黒須は風呂が大好きだ。武に関わること以外では、唯一の趣味と言っても過言ではない。

入浴中は無防備になるため武士には風呂嫌いが多く、家族でも父と次兄は『垢と共に張り詰めた備えまで湯に溶ける気がする』と、決して湯船に浸かろうとしなかったが、黒須は朝晩の入浴を欠かさない潔癖症のきらいがある長兄の影響を過分に受け、旅の途中にもよく湯屋に立ち寄っていた。

武士は刀を預けてから浴場に入るのが風呂の作法なのだが、一度、阿呆な侍が刀を持ったまま入ってきたのを見たことがある。丸腰を嫌う気持ちは分かるが、刀を握った片手を濡らさぬよう必死に上に伸ばしたまま湯に浸かる姿に、笑いを堪えるのが大変だった。

裸の付き合いをした者に身分は関係ないなどと言われており、湯屋の二階では武士も町人も入り交じって寛いでいたものだ――――

「ふむ、どれも聞き覚えがないの。体を洗いたいのなら、そこらの井戸を勝手に使っても叱られはせんぞ？」

「値段の高い宿屋だと、部屋に香油入りのお湯を運んでくれたりするらしいけど、この辺の安宿じゃ外で水浴びが普通だよ」

二人から申し渡された無慈悲な宣告に愕然とする。異国の街並みを見たとき以上の衝撃だ。

「湯屋が……ないのか。こんな大きな街に」

〝武士は食わねど高楊枝〟

飯が食えずとも楊枝を使ってみせるという、侍の清貧と忍耐を表した言葉だ。黒須も飯など十日食わずとも平然と過ごす自信はあるが、風呂だけは別。唯一の楽しみが叶わないと知り、外聞もなくがっくりと肩を落とした。


「ここがアンギラの冒険者ギルドですよ！」

パメラが指差したのは周囲と比べて一際目立つ建物だった。見る者を圧するが如く聳え立つ、四階建ての大建築。入り口には盾の前で剣と斧が交差するような意匠の看板が風に揺れ、キィキィと音を立てている。やたらと窓が多く、他の家屋が蔀戸なのに対して、こちらは豪勢なびいどろ仕様。丁寧に磨き上げられた窓が輝く様は、まるで訪れる者に財力を見せつけているかのようだ。

慣れた様子で建物に入っていく皆に続いて入り口を潜ると、中も広々とした造りになっていた。正面にはいくつかの窓口があり、その奥では大勢が忙しげに働いているのが見える。右手は食堂になっているらしく、並べられた机で何組かがわいわいと賑やかに食事中だ。左手の壁には巨大な掲示板があり、天井近くまで大量の紙が貼り付けられている。その前では内容を吟味中と思われる冒険者たちが難しげな顔で話しているが、魔物と戦う職というだけあって、全員が何かしらの武器を携えていた。人里に下りてきた熊のようにキョロキョロと建物内を観察する黒須を余所(よそ)に、フランツは窓口へ歩み寄る。

「お疲れ様です、ディアナさん。討伐依頼の達成報告に来ました」

「おかえりなさい、フランツさん！　依頼書の内容を確認するので少々お待ちください」

どうやら受付とは顔見知りらしい。軽く挨拶を交わして、狼(おおかみ)の耳が入った皮袋を差し出している。

「――はい、森狼(フォレストウルフ)五頭の討伐依頼ですね。それでは、こちらが今回の報酬です。お確かめください」

ディアナと呼ばれた女は、なにやら紙を取り出してサッと眼を通したあと、討伐証明の数を数えて何枚かの硬貨をフランツに手渡した。

「…………」

頭の中に疑問符が舞う。冒険者とギルドの関係は事前に説明を聞いていたが、想像していたよりずっと簡潔なやり取りだ。もしあれがただの狗(いぬ)の耳だったとして、あの受付に見分けがつくのだろうか。猜疑心(さいぎしん)の強い質屋や骨董屋(こっとうや)のように、長々と査定を待たされるのだとばかり思っていた。

何処(どこ)にでも悪知恵を働かせる者はいるものだが、ああ見えて熟練の目利きなのか？

「それと、魔の森を探索中に巨人(トロル)と遭遇したんです。討伐したので、そっちの手続きも一緒にお願いできますか？」

「えぇっ⁉　よ、よくご無事でしたね…………。巨人はCランクの魔物ですよ！」

えらく驚いているが、〝しーらんく〟とはどういう意味だ。フランツたちは流暢な日本語を話す割に、時たま妙な単語を口にすることがある。この辺りのお国言葉のようなものかもしれない。

「いえ、俺たちは手も足も出なかったですよ。正直言って、殺される寸前でした。ほら、彼に助けられたんです」

そう言ってこちらに眼を向けるので、黒須も窓口に歩み寄る。

近くで見ると、窓口の中にいる者たちは皆揃い（そろ）の装束に身を包んでいることが分かった。白の上に紺を重ね着する手の込んだもので、街の住人と比べても上等そうな着物だ。首元には紐（ひも）で作ったような飾りを付け、髪にも――……⁉

「彼、国外から来た旅人なんですけど、巨人を一撃で倒すような凄腕（すごうで）ですよ。今回は彼の冒険者登録もお願いしたいんです」

「それは凄いですね……。ようこそ冒険者ギルドへ！　私は受付担当のディアナと申します。よろしくお願いします」

「………………………」

「あ、あの……？」

ディアナは丁寧な挨拶をしてくれたが、黒須は全く別のことに気を取られており、言葉を返すどころではなかった。

第八話　お侍さん、冒険者になる

――――――この女、何者だ？

「クロスさん、どうしたんですか？　ディアナさんの美しさに見蕩(みと)れちゃいましたか？」

いや、どうしたもこうしたもない。俺だけか、違和感を持っているのは。

改めてディアナという受付を凝視する。窓口に近づいて初めて気が付いたのだが、彼女の頭には、獣のような大きな耳が生えていたのだ。珍妙な髪飾りの一種かとも考えたが、その耳はピコピコと忙(せわ)しなく動いており、とても作り物には思えない。

耳(それ)以外は普通の人間に見えるが……この女は巨人と同じ、魔物ではないのか？

刀の柄(つか)にそっと手を掛け、無言のまま横を向く。

「おい、どうしたんだよ？」

「なんじゃいその渋面(しぶづら)は。腹でも痛いのか？」

他の面々は何の疑問も抱いていない様子だ。

ディアナと眼を見合わせて、不思議そうな顔でこちらを見ている。

「…………」

異国に来たのだと確信した時点で、多少の文化風習の違いは受け入れようと覚悟していたつもりだった。しかしまさか、人の頭から獣の耳が生えているなどと誰が予想できようか。こんなものは断じて文化の違いで済まされるような話ではない。

………いや、俺の覚悟が足りなかったのか？

魔物という妖怪変化が跳梁跋扈（ちょうりょうばっこ）する国、故国の常識は通用しないと考えるべきだ。この地において、彼らから見れば自分の方こそが異人。〝郷（ごう）に入（い）っては郷に従え〟という言葉もあるように、彼女（アレ）の正体が何だったとしても、これが既知の事柄であるならば受け入れる度量が必要ということなのだろう。つまり今、武士としての器を問われているのだ。

……今後、異国とは人外魔境だと思うことにしよう。

「――いや、何でもない。冒険者への登録を頼めるか？」

髪に隠れて見えない普通の耳が一体どのようになっているのか、無性に気になって仕方がなかったが、どうにか平静を装って会話することに成功する。

「は、はい、分かりました。では、こちらの用紙に必要事項の記入をお願いできますか？　書けない部分は空欄で結構ですので。それと、登録料として銀貨五枚をいただきます」

「あっ、彼は文字が読めないので代筆をお願いできますか？」

「そうなんですね。かしこまりました」

フランツが気を利かせてくれ、ディアナは出しかけた紙と筆を引っ込めた。

黒須（くろす）は持ち主不明の皮袋から登録料を取り出して手渡す。

審査の窓口で銀貨がどの硬貨かは把握していたので、今回は特に迷うことはなかった。

「それでは、まずお名前から教えてください」

「黒須元親（もとちか）。姓が黒須、名が元親だ」

聞くところによると、この国でも名字は限られた身分にのみ与えられる特権なのだとか。そして名乗る際は名を先に、姓を後にする風習だという。

誇るべき家名よりも名の方を重視するとは、全くもって理解し難い文化である。名乗りは武士にとって軽々しく変えられるようなものではなく、これに関しては流石に受け入れることはできない。

「お名前はムトゥーティ……ん？　モトティカ、さん？　失礼しました。モトゥーティカ・クロスさんでよろしいでしょうか」

「違いますよ、ディアナさん。彼の名はムゥートテッカ・クロスです。それで登録してくださ――」

「いや、クロスだ。ただのクロスでいい」

どうも元親という名は発音しづらいらしく、フランツたちと出逢った時にも似たようなやり取りがあった。黒須と呼ぶことを許しはしたものの、いきなり呼び捨てにされるとは思わなかったが。

「クロスさんですね。では次に、ご年齢は？」

「たしか、今年で二十七になるはずだ」

「へぇ……。お前、意外と歳いってんだな」

「私と同じくらいかと思ってました！」

黒須はどちらかというと母に似た童顔で、若く見られることが多い。死合う相手にもそれを理由に油断する愚か者が絶えず、斬り伏せながら人を見掛けで判断することの危うさを学んだ。

「ご出身は？」

「日本国だ」

ディアナは聞き慣れない国名に少しばかり首を傾げたが、聞き返すことなく筆を進めた。

「種族は人間でよろしいですね」

「………〝種族〟とは何だ？」

「「「「えっ？」」」」

黒須の発した質問に、ディアナだけでなくフランツたちまでもが眼を丸くする。

この反応から察するに〝種族〟とは知っていて当然の常識なのだろうが、『お前は人間か』などと尋ねられる意味が分からない。

「クロス、お前……。なぁ、もしかしてニホンって人間しかいなかったのか？」

「人間しか……？　どういう意味だ」

ポカンと呆（あき）れたような表情のマウリに問い返したが、返事を聞く前にバルトが割り込む。

「のぉ、クロスよ。お前さん、儂（わし）が人間に見えるか？」

「…………急に何を言い出すのかと思えば。当然だろう」

無理問答でもしている気分だ。突拍子もない問い掛けに、怪訝（けげん）に思いながらも素直に回答する。

だが、次に彼の口から飛び出したのは、さらに突拍子もない内容だった。

「やはりか……。クロス、儂は人間ではない。鍛治人（ドワーフ）という種族じゃ。それに、マウリは旅行小人（ハーフリング）、ディアナは犬獣人（クーシー）。それぞれ繁人族（レギオン）とは異なる種族じゃ」

――混乱、疑念、当惑。

聞き慣れない単語を耳にして、説明の中身を一直線に理解することができなかった。

「……すまんが、何を言っているのかまるで分からん。俺にはお前が人間にしか見えん。何が違うというのだ」

「儂ら鍛治人は繁人族に比べると総じて背が低く、手先が器用で力が強いのが特徴じゃ。それと少しばかり寿命も長くての、百五十年ほど生きる者が多い。儂はまだ四十に差し掛かったばかりの若輩者じゃがの」

「四十（しじゅう）、だと？」

黒須の眼からは、バルトは古希（七十）を疾（と）うに過ぎた老人に見える。いや、たしかに街までの道中では、年の割によく弱音も吐かずに自分たちの歩調についてこられるものだと感心していたが、それは冒険者という特殊な職が故（ゆえ）の体力だと思っていた。しかし、彼が言うには、鍛治人という種族は若い頃からずっとこんな外見なのだそうだ。その証拠に――

「ほれ、あそこで飲んどる鍛治人。アレなんぞ、まだ二十歳（はたち）にもなっとらんわい」

顎でしゃくるように示したのは、食堂で豪快に酒盃（しゅはい）を傾けている男。正直、バルトと瓜二（うりふた）つの老人だ。ほとんど見分けがつかない。違いと言えば髭（ひげ）が茶色く、編んでいないという点だけだ。

「あー……。なんか分かった気がするぜ。クロス、お前さ……俺のこと何歳（いくつ）だと思ってる？」

「十（とお）かそこらだと思っていたが……違うのか？」

「やっぱりかよ!!　妙にガキ扱いしてくると思ったぜ！　お前まだ二十七だよな？　俺は三十五だ!!　お前より年上だっ!!」

――バルト以上の衝撃だ。ここにきて彼らが嘘（うそ）偽りを述べているとは思わないが、こんなにも小さな童子（こども）が年長者という事実はどうにも受け入れ難い。

半信半疑に陥（おちい）っている黒須を置き去りにして、マウリ以外の面々は大笑いしている。

「……お、落ち着きなよマウリ。ふふ……クロスに、説明してあげないと。……ブフッ！」

「チッ！　旅行小人は鍛治人と寿命は変わらねぇが、見た目の件が真逆の種族なんだよ！　俺らは百歳を超えた辺りから急激に老けるが、それまでは若い外見のままだ」

それは何とも羨ましい限りだが……まさか、フランツやパメラもこう見えて高齢なのか？

そう思い、黒須はバッと彼らを振り向く。

「えっと……。何を考えてるのかだいたい分かるけど、俺とパメラはクロスと同じ繁人族だからね。見た目通りの年齢だよ。ちなみに俺は二十二歳」

「私は十八歳ですよ！」

よかった。今度は『実は俺は百歳なんだ』とか『私はまだ三歳です！』などという言葉が飛び出してくるかと思いきや、彼らは普通の人間なのか。いや、何が〝よかった〟なのかは分からないが。

「あとは……これだな」

マウリは履物を脱いで裸足(はだし)になる。その足には足裏から踝(くるぶし)の辺りにかけて、髪と同じ色の巻き毛がびっしりと生えていた。濡(ぬ)れた足で茶色の綿毛を踏んだような状態である。

「俺は怪我(けが)が怖(こえ)ぇからいつもブーツを履いてるが、物音を立てたくねえヤツは素足のまま歩いたりする。人間よりも身軽で素早く動けるのも旅行小人(ハーフリング)の特徴だ」

マウリの話が終わったので、黒須は当然のようにディアナへ視線を移す。

「あ、やっぱり私も説明する流れですよね……。えっと、私は犬獣人(クーシー)という種族です。五感、特に嗅覚が繁人族よりも優れていて、身体能力が高いのが特徴ですね。私のように体の一部に獣の性質を持つ者を、総称して獣人族(セリアン・スロープ)と呼びます。最も多様な種族と言われていて、狼獣人(ウルガルド)、猫獣人(ケットシー)、獅子獣人(レオパルドス)など、色々な亜種がいますよ」

………やはり、異国は摩訶不思議(まかふしぎ)だ。

彼らが言うには、他にもたくさんの種族が存在しているのだとか。鍛治人や旅行小人よりも遥かに長命な種族もいるらしく、この国では人を外見で判断しない方がいいと助言を受けた。武芸者として最低限の教訓だと思っていたことだが、そんなことは分かっているとはとても口にできる心境ではない。教わった内容がまだ完全に腑に落ちず、一人で悶々と考え込んでいる内に、ディアナは登録作業を終えたようだ。

「では、こちらがクロスさんの冒険者証です。これは身分証としても利用できますが、紛失された場合は再発行にまた銀貨五枚が必要となりますので、注意してくださいね」

……ともかく、これで身分証の件は解決だ。

少々気疲れしつつ冒険者証を受け取り————そこで、あることに気が付く。

ディアナが渡してくれた冒険者証は、薄い石板に異国の文字が細々と彫り込まれているのだが、黒須はこれと似た物を持っていた。

「森の中の集落で拾ったのだが、これも冒険者証か？」

打ち飼いから拾った首飾りを五つ、取り出して見せる。

「それは……。クロス、集落ってどんな場所だった？」

先ほどまでの大笑いはどこへやら、フランツたちは急に真剣な表情になった。

「お前たちと出逢った所から少し離れた場所にある、みすぼらしい寒村だった。小柄な者が大勢住んでいたが……その、襲い掛かってきたので、止むを得ず殲滅した」

————拙い。あの者たちを斬ったのは、ここが異国だと知る前だ。この国では罪に問われるかもしれない。

「それって、緑色の肌で耳の尖った生き物だったんじゃねえか？」

「そうだ。村の中に生首が転がされていたので、追い剝ぎの里だと思ったのだが…………」

「それ、小鬼っていう魔物だよ。あんな浅い場所に集落があったなんて……。何匹くらいいた？」

……あれも魔物だったのか。

黒須は一気に魔物とそれ以外の区別が分からなくなった。巨人のように一眼見て異形と分かるものならまだしも、小鬼は奇怪な風貌ではあったが、一応は人型。身なりを整えて着物を着せれば、体格はマウリと相違ない。頭から耳の生えているディアナの方が、よほど異様な人外に見える。

あれを魔物と呼ぶのなら、他種族と魔物の違いは何なのか。理性の有無か、知性の有無か。それとも巨人の心臓から出てきた〝魔石〟という宝石の有無か。人の臓腑など見慣れているが、常人の腹の中にあのような石が埋まっているとは寡聞にして聞いたことがない。敵意を持って向かってくるのなら人でも魔物でも斬り捨てるのみだが、いずれにせよ、どうやら想像以上に曖昧な線引きだ。

「小柄なのが三十ほどと、大柄なのが一匹いたな」

「大柄……小鬼頭までいたのか。……ディアナさん」

「……ええ、確認しました。これはFランクパーティー〝フルムントの剣〟の皆さんの物です。最近見かけなかったので、その可能性は考えていましたが……。クロスさん、ありがとうございます。こちらはギルドから遺品として、彼らの縁者に届けさせていただきます」

何にせよ、身元が分かってよかった。これで御霊も少しは浮かばれるだろう。

黒須は拾った首飾り、もとい冒険者証をディアナに渡し、覚えている範囲で集落の場所を伝えた。

深い森の中なのでおぼろげな位置しか教えられなかったが、アンギラの冒険者は魔の森に精通しているため、おおよその土地の特徴さえ分かれば辿り着けるらしい。あれだけ広大な森を目印もなく進むとは、仕立飛脚も真青である。

「ギルドから調査依頼を出して詳しく調べます。集落の規模に応じてクロスさんには特別報酬が支払われると思いますので、また追ってご連絡させていただきますね」

あの集落を潰したのは冒険者になる前だったが、直近の出来事だったので報酬の対象にしてくれるそうだ。

「それと、これも拾ったのだが………………」

おずおずと差し出したのは、少しばかり目減りしてしまった皮袋。

つい先ほど、我が物顔で登録料を取り出したばかりなので居心地が悪いが、持ち主が判明した以上は黙って懐に入れる訳にもいくまい。

「いえ、それは魔物の巣に落ちていた物ですので、拾ったクロスさんに所有権があります。そのままお持ちください」

「……そうか」

遺品を貰い受けるのは猫糞のようであまり気分の良いことではないが、返金しようにもこの国で使える金は持っていないため、正直助かる。

「では、脱線してしまいましたが、次に冒険者ギルドの規則についてご説明しますね」

規則はさほど難しい内容ではなかったものの、〝A〟や〝B〟、〝ランク〟など、件のお国言葉が何度も登場したため、理解する方とさせる方、お互いに努力が必要だった。

ディアナの説明を要約すると――――

・冒険者ギルドは国を跨（また）いだ大組織である
・冒険者として活動している間、その者は流民（るみん）という扱いとなる
・冒険者はG～A、最上位にSと、八つの等級（ランク）に格付けされる
・依頼にも難易度に応じてG～Sの格付けがあり、冒険者ランクと同じか、その上下のものしか受けられない
・依頼に失敗すると、依頼ごとに定められた違約金を支払わなければならない
・魔物にも危険度に応じてG～Sという格付けがあり、冒険者ランクとは同級の魔物を単独で倒せるかどうかという目安になっている
・冒険者ランクの査定には依頼の達成率、ギルドへの貢献度、本人の素行などが加味されるため、単に戦闘能力が高いだけでは昇格しない
・冒険者ギルドが発出した強制依頼を拒否することはできない
・法を犯した場合、長期間依頼を受けなかった場合、強制依頼に応じなかった場合には、冒険者ランクの降格や冒険者資格を剥奪（はくだつ）される処罰もあり得る

――――とのことだ。

長々と説明させておいてなんだが、黒須は元来、人の決めた法度（はっと）に従うことを良しとしない性分のため、この規則にはあまり関心を持っていなかった。身分証欲しさに登録しただけであって、冒険者として立身出世したい訳ではないのだ。街が魔物に襲われるようなことがあれば戦うのは吝（やぶさ）かではないが、それはあくまで自らの意思。ギルドの命令に従うつもりは更々ない。

「これで手続きは完了です。クロスさんは登録したばかりなので最下位のGランクですが、巨人（トロル）の

討伐が実績として換算されますので、小鬼の集落討伐が確認されればすぐにFランクに昇格されると思いますよ」

「そうか。……フランツ、お前たちのランクは？」

「俺たちは全員Eランクだよ。ほら」

フランツが胸元から取り出した冒険者証は、厚みのある立派な銅板でできていた。

植物の蔦が文字に絡まったような装飾も施されており、それなりの値打ち物に見える。

「俺のとは違うな」

「冒険者証は昇格するたびに石、鉄、銅、銀、金……という具合に、高価な素材に変わってゆく。これなら一目で相手のランクが分かるじゃろ」

「なるほどな。刀の格のようなものか」

都の公家連中が佩く煌びやかな糸巻太刀、父上のような大侍が差す名刀初代、浪人が持つ御国刀、御家人どもが持つ数打ち、町人が護身用に所持を許される小刀、博徒や侠客が違法に持っている長ドスなど、日本においても身に付けている刀剣を見れば、身分は一目瞭然となっている。たまに見栄を張って身の丈に合わない刀を差す不届き者もいるが、露見すれば罪に問われるため、基本的には信用できる尺だ。

「アンギラはどの冒険者証でも出入りに金は取られねえが、GランクとFランクは駆け出し扱いだからな。提示しても通行税を取られる街もあるから覚えとけよ」

「駆け出し、か。心得ておこう」

この歳になって新米扱いとは。体内に流れる負けず嫌いの血が疼きそうになる。

ディアナに礼を言って別れ、次に端の窓口で巨人と森狼（フォレストウルフ）の素材を売却する。

先ほどの冒険者が手続きをする窓口以外に、素材の買取、依頼の発注、雑貨の販売と、役割ごとに四つの窓口に分かれているようだ。

買取窓口の受付には中年の男が座っていた。やや強面（こわもて）の金柑頭（きんかんあたま）だが、普通の人間に見える。

「登録したての駆け出しが巨人討伐とは恐れ入ったぜ。特別報酬が金貨三枚、皮と魔石の買取額が合わせて金貨四枚だ。お疲れさん」

「フランツ、お前らの毛皮は価値が違うと分かっているが、これだけの金貨を手にするのは初めてだ。

大判小判（おおばんこばん）とは銀貨六枚だな。今年はまだ〝白〟は出てきてねぇからよ。次も頼むぜ」

「うー……。やっぱり金貨には届かなかったかぁ………」

皆して項垂（うなだ）れていることから、彼らの方はあまり良い成果ではなかったらしい。

「では、約束通り折半（せっぱん）だ」

受け取った金貨七枚の内、素材の代金の半額、金貨二枚をフランツに差し出す。

「えっ？　約束は皮のお金だけだよ。これじゃ俺たちが貰いすぎだ」

「道案内だけの約束が、色々と教わってしまったからな。その礼だ。それに、お前たちがいなければ、どの道捨て置いたはずの物だ」

「そういうことなら……遠慮なく受け取らせてもらうよ。ありがとう！」

「これで今月のお家賃はなんとかなりますね！」

「お前、装備の修理代のこと忘れてんだろ。これでも結構ギリギリだぜ？」

「じゃがまぁ、一時凌（しの）ぎにはなるわい」

拾った皮袋の残金と合わせると、これで黒須の所持金は金貨十一枚、銀貨六枚、銅貨八枚だ。

安宿の素泊まりが銀貨一枚で釣りがくると言っていたので、これだけあればしばらく生活するには困らないだろう。金の価値を聞いてみると、銅貨十枚で銀貨に、銀貨十枚で金貨に、金貨十枚で白金貨になるそうだ。白金貨は額が大きすぎて街で暮らす者には敬遠されるため、基本的には金貨以下で持っておいた方がいいと助言された。

「クロスさん、この国に来たばかりなのにお金持ちですねぇ」

「そうなのか？　この辺りの物の値が分からんから、あまり実感はないが」

「それなりの小金持ちじゃな。もし使う予定がないのなら、買取の窓口で金を預けておくこともできるぞ」

冒険者証で個人の情報を管理しており、窓口で頼めばいつでも預けた金を引き出せるらしい。大金など持った試しがないのであまりその恩恵は理解できなかったが、重い銭をジャラジャラと持ち歩くのは、たしかに不便なのかもしれない。

ギルドを出る前に掲示板に貼られた〝依頼書〟をいくつか読んでもらったが、Ｇランクが受けられるのはどれも銅貨数枚という、安い報酬の内容（もの）ばかり。こんな端金（はしたがね）でどうやって生活するのかと不思議に思えば、低ランクの内はこれらの依頼を複数掛け持ちして達成するのがコツなのだとか。森狼と小鬼討伐を両方受けておけば、一度の遠征で同時に達成できるという要領だ。

……冒険者としての格付けに興味はないが、金を稼ぐにはランクを上げた方が良さそうだな。

冒険者証に髪を結うための組紐（くみひも）を通し、首から下げる。こうやってすぐに取り出せるようにしておくのが、冒険者としての流儀らしい。

「これで俺も今日から〝冒険者〟か」

薄っぺらい石板を見つめながら、教わった内容を思い返す。

ディアナが言うには、あの巨人すらCランクの魔物なのだという。つまり、危険度は上から四番目。まだまだ上がいるということだ。それに魔物だけではない。聞くところによると、冒険者の最高位、Sランクとは一人一人が一軍に匹敵するほどの強者なのだとか。

――聞けば聞くほど、知れば知るほど、この国は、この巷は、面白い。

魔物、冒険者、他種族。他にもまだ見ぬ猛者がいるのだろう。一切衆生、挑む相手には事欠かない国だ。戦う相手に飢えていた身の上で、こんなに嬉しいことはない。

一度は家に戻ることも考えたが、この国でならきっと、きっともう少し旅を続けられる――

冒険者ギルドの前で、黒須はフランツたちに向き直る。

「フランツ、パメラ、バルト、マウリ。街までの道案内、助かった。俺は宿でも探しに行こうと思う。しばらくはこの街に留まるつもりでいるから、またいずれギルドで逢うだろう。色々と教えてくれて、有難う」

彼らとの旅路は短くも楽しかった。名残惜しいが、出逢いと別れは旅の常だ。

別れを告げて踵を返し、歩き出そうとした矢先、背後から声を掛けられる。

「クロス、それなんだけどさ……。よかったら、俺たちの所に来ないか？　俺たち、安い家をパーティーで借りて住んでるんだ。部屋も余ってるから、クロスがまた旅に出るまで好きなだけいてくれて構わない。どうかな？」

「願ってもない話だが……。その、いいのか？」

黒須はチラリとパメラに眼を向ける。誘いは嬉しく思うが、彼らのパーティーには婦女子がいるのだ。何処の馬の骨とも分からない男を泊めてしまって、本当に大丈夫なのだろうか。

「実は昨日、みんなで相談して誘ってみようって決めてたんですよ！　クロスさんってこの国のこと全然知らないでしょう？　このまま放っておけませんよ！」

「それに、ただの善意ってワケでもねえぞ。もちろん家賃は払ってもらうし、こっちにも打算があるんだ」

「打算か。俺に何を求める？」

「儂らはお前さんにこの国の常識や、冒険者としての知識を教えよう。その代わり、お前さんには儂らに稽古をつけてほしいんじゃ」

「俺たち、冒険者としてもっと上を目指したいんだ。今回の冒険で力不足を実感したからね……。クロスさえ良ければ、臨時のパーティーメンバーって待遇で迎えたいんだけど、受けてくれるかな？」

「……そういうことなら、厄介になろうと思う。引き続き、よろしく頼む」

そう言って、黒須は彼らに向かって頭を下げる。

彼らにはきっと、この動作の本当の意味は伝わらないだろう。

黒須が家族以外に対して頭を下げたのは、これが初めてのことだった。

俺が人に頭を下げたなどと知ったら、父上は何と言うだろうな——

◆◆◆

フランツたちの住居(すまい)は冒険者ギルドのある目抜き通りから遠いらしく、〝乗合馬車〟で向かうことになった。

「ちょうどギルドの前に乗合所があるから便利なんだ。家から正門までの直通便もあるんだよ」

「あっ、来ましたよ！」

てっきり三宝荒神(さんぽうこうじん)のような複数名が乗れる大鞍(おおぐら)を想像していたのだが、ガタゴトと音を立てながらやって来たのは、大八車(だいはちぐるま)に馬を繋(つな)いだような乗り物だった。荷台にはすでに何人かが思い思いに腰を下ろしている。詰めて乗れば、十人は座れそうな大きな車だ。

「これが〝馬車〟か」

牛でなく、希少な馬を荷運びに使うとは。

日本において、馬は大事な軍備物資。武家が優先して飼育するため、村や町で駄載馬(ださいば)は相当な贅沢品(ぜいたくひん)である。これだけを見ても、この国の国力が窺(うかが)えるというものだ。

「お前さんの故郷にゃ馬車はなかったのか？」

「牛車(ぎっしゃ)なら見たことがあるが、もっと小さい車だった」

狭い荷台に身を寄せ合うようにして乗り込むと、御者が馬にひと声掛けて発車した。

早歩き程度の速度ではあるが、長距離を移動するならたしかにこれは楽だ。敷き詰められた石畳のおかげで大して揺れず、寝ようと思えば寝られるほど快適な乗り心地だった。

周囲に人家も疎(まば)らになり始めた頃、黒須たちはようやく馬車を降りる。

「ようこそ、クロス。ここが俺たち荒野の守人の拠点だよ」

借家と聞いていたので、長屋のような集合住宅に住んでいるかと思いきや、その家はまさかの一軒家。屋敷と言っても差し支えないような大きな物件だった。中心街の建物と比べれば年季は入っているものの、立派な石造りの二階建て。蔦に覆われた外壁や、所々に草の生えた屋根が築年数を物語っている。家の周囲を鉄柵が囲っているが、畑でも作れそうなほど広い敷地面積だ。

「こんなに大きな屋敷に住んでいるとは思わなかった。Ｅランク冒険者とはそんなに儲かるのか」

黒須の問いかけに、フランツたちは苦笑して答えた。

「いや、それが実は訳あり物件でね」

「今はそれなりの見た目だけど、俺らが借りた時はほぼ廃墟だったんだぜ。元は貴族のご隠居が暮らしてた別荘で、幽霊が出るなんて噂もあってよ」

「屋根も壁も穴だらけで、外で寝てるのと変わらないくらいでしたからねぇ。それをみんなで頑張って補修したんですよ。特にバルトの力が大きかったですね」

「儂とて鍛治人の端くれじゃ。一から建てろと言われれば難しいが、補修程度ならお安い御用じゃわい。最初は雨漏りやら隙間風で往生したがの……」

言われてみれば、屋根や壁にはあちこちつぎはぎのような補修跡がある。

しかし、大工でもない素人の仕事にしては大したものだ。

「ギルドや街の正門からは遠いけど、この場所も気に入ってるんだ。周りには民家がほとんどないから、外で好きなだけ訓練できるしね。それじゃ、とりあえず部屋に案内するよ」

ギーギーと軋むような異音のする門を開け、建物の中へ入る。

玄関で草鞋を脱ごうとしたところ、なんと家の中でも履物は脱がないそうだ。

土足で家に上がるのは抵抗があるが………

家主がそう言うなら従おうと、意を決して敷居を跨ぐ。屋内を土足で歩き回るのは、後ろめたいような、罪悪感を覚えるような、なんとも落ち着かない感覚だった。

「さぁ、今日からここがクロスの部屋だ。物は少ないけど、掃除はしてたから寝起きするには問題ないはずだよ。この部屋は好きに使って構わないからね」

案内されたのは六畳ほどの板の間。寝台と文机だけがポツンと置かれた簡素な内装だが、一人で暮らすには広すぎるほどだ。部屋の奥には大きな窓もあり、西日が差し込んでとても明るい。


部屋に荷物を下ろしたあとは、屋敷の中を案内してもらった。二階には皆それぞれの個室があり、黒須が入った部屋を除いてもまだ二部屋の空きがある。空き部屋は普段使わない物などを仕舞う物置として使っているそうだ。中を覗くと古びた家具が整然と積まれ、よそよそしいくらいに片付いている。家主の性格をそのまま反映させたような空間だった。一階は共用部。炊事場と厠があり、食事をする机や寛ぐための〝ソファー〟という布張りの大きな椅子が置かれている。どうやらこの国では屋内を土足で歩き回る故に、床に座るという文化がないらしい。

「あの穴は何だ？　土間にしてはやけに小さいが」

「暖炉だよ。冬場はあそこで火を焚いて暖を取るんだ。薪置き場も家の裏にあるから、後で案内するね」

「そんなことよりクロスさん！　ちょっとこっち来てください！」

どこか興奮した様子のパメラに腕を引かれ、屋敷の奥に連れられる。

勝手口を出た先にあったのは——

「風呂か！」

家の裏手には小川が流れており、その畔に衝立で囲むようにして風呂桶が鎮座していた。

露天風呂だ。

「はいっ！　普段はお湯を沸かすのも面倒なのでそこの川で水浴びですけど、クロスさんお風呂好きなんですよね？」

「ああ……。すまんが、早速使ってもいいか？　身体が痒くて仕様がない」

「構わんが、使い方は分かるか？　そこの湯鍋で川の水を沸かすんじゃ」

段取りを簡単に教えてもらい、部屋から手ぬぐいを持ってきて湯の準備をする。生家では女中が、湯屋では三助が用意をしてくれていたため、自分で湯を沸かすのは初体験だが、やってできないことはない。川で汚れた着物を洗いながら待ち、ほどよいところで風呂桶に湯を注ぐ。水を追加して温度を調整すれば準備万端だ。

「冷え物御免」

一人きりの風呂桶に冗談めかして一言呟き、足を差し込む。

「はあぁ〜……」

ゆっくりと身体を沈めると、思わず声が出る。汗みどろになったあとの風呂は、まさに格別。全身に溜まった疲れが滲み出てくるようだ。黒須は顎まで湯に浸かり、久々の風呂を堪能した。

生乾きの着物を身に着けて中へ戻ると、皆が夕飯の準備をしているところだった。

「今日はクロスさんの歓迎会ですからね！　豪華な晩ご飯を作りますよ！」

「作りますよ！　じゃやねぇよバカ。大人しく座ってろ！」

「パメラよ、ほれ、こっちへ来んかい。皿を並べるのを手伝っとくれ」

――――ちらり。

「パメラの料理は……その、なんて言うか…………」

「クソ不味(まず)いんだよ。だからな、クロス。料理は当番制なんだが、アイツ以外の四人で回すことになる。頼むぜ」

「ひどいっ!!　最近は上達したじゃないですか！　昨日の晩ご飯だって手伝いましたよ！」

「角兎(ホーンラビット)と赤頭鳥(クルル・フェザント)に塩振っただけだろうが！　偉そうにすんじゃねえ！　それにアレ、めちゃくちゃ塩辛かったぞ！」

たしかに、昨晩の肉はやけに塩が利いていると思った。

異人と自分では味覚や味付けの好みが違うのかと思い黙って完食したが…………なるほど。

結局、その日の料理はマウリとフランツが作ってくれた。


「「「「かんぱーい！」」」」

夕飯は昨日狩った獣の残りを使った料理だ。肉と野菜を煮込んだ〝シチュー〟、生の野菜に塩と油をかけた〝サラダ〟、牛の乳を固めた〝チーズ〟、麦の粉を捏(こ)ねて焼いた〝パン〟。

この国では米は食されておらず、このパンなる物が主食となっているそうだ。蒸し饅頭(まんじゅう)によく似た見た目をしているが、パサついていて甘みも薄く、味は似ても似つかない。一口嚙むと意外に硬くて、粉がボロボロと膝にこぼれ落ちる。面倒だなと眉を顰めていたところ、マウリがシチューに浸して食べているのを真似てみると、それほど悪くはなかった。米と同じく、他のおかずと合わせることで格段に昇華する食い物だ。

酒も振る舞ってくれた。葡萄という果物から作った葡萄酒という名の酒らしい。海牛が出す紫色の汁のような色合いに若干躊躇したものの、これも呑んでみると案外旨かった。渋みはあるが、力強く芳醇な味わい。香りも良く、舌の上にどっしりと立ち上がる味の姿が見事だ。この酒は大樽で銀貨一枚と安いらしく、水代わりに昼間でも飲む物なのだとか。

荒野の守人の仲間になって初めての食事は、わいわいと楽しい時間だった。


食後、ソファーで寛いでいると、フランツがいつになく真面目な顔で話し始めた。

「……クロス。実は、聞いておきたいことがあるんだ。今日から俺たちは命を預け合う間柄になった。だから、モヤモヤした部分をできれば解消しておきたい。ただ、クロスがどうしても話したくないことなら、無理には聞かない」

「俺には人に話して恥ずべきことなど何一つ無い。何でも好きに訊けばいい」

自分の言おうとすることに怯えているのか、フランツは少し尻込みするような仕草を見せた。

「じゃあ、まずは一番気になってたことから。クロスは……どこから来たんだ？　クロスの国、ニホンってどこにあるんだ？」

すでに答えたはずのその質問に、思わず気が抜ける。出逢った当初は彼らを信用しておらず、こちらの素性を探るような話題はのらりくらりと躱していたが、出自に関して偽ってはいない。

「それは前にも言った通り、俺自身もよく分かっていないのだが……。峠道を歩いていて、気が付くと突然あの森の中にいた。ファラス王国など聞いたこともないし、俺の国に魔物はいなかった。マウリやバルトのような、人間以外の種族にも逢ったことがない」

「北にある小国群の一つではないのか？」

「いや、〝小国群〟が何かは知らんが、そもそもにおいて、日本国は島国だ。同じ島の中にこのような大きな国が存在していれば、一度も耳にしたことが無いなど考えられん」

ましてや、十年もあちこちを旅していたのだ。そこいらの過客よりも知見が広い自信はある。

「島国だと？　東の果てに獣人族の作った島国があるらしいが……。お前、獣人も知らなかったもんな。どういうことだ？」

「分からん。だが……笑われるかもしれんが、俺は神隠しのようなものに遭って、海を渡ったのではないかと考えている。以前、お前たちによく似た顔立ちの者に逢ったことがあるのだ。その者は、海を隔てた別の大陸から来たと言っていた」

ここで、先ほどから難しい表情で話を聞いていたパメラが思いついたように顔を上げる。

「それって……もしかして〝転移罠〟じゃないですか？　迷宮の深層には、部屋に入った途端に別の場所に飛ばされる罠があるって聞いたことがあります。クロスさんはニホンでその罠を踏んだんじゃないですか？」

「人を別の場所に飛ばす罠、だと？」

刹那、黒須は強烈な恥と自責の念に襲われた。

無様にも罠を踏み抜いたというのか――この俺が。

あの時、たしかに足下へ注意を払っていなかった。人通りのある往来だ。そんなものが仕掛けられているとは夢にも思わなかったが、そんなことは言い訳にすぎない。

なんたる未熟……。なんたる油断――！

〝虎を画きて狗に類す〟

黒鬼などと恐れられ、調子に乗っていたのだ。

付け上がり、増長し、図に乗り、思い上がっていたのだ。

黒須の家名に泥を塗る恥晒し者が………ッ!!

無性に暴れ出したい衝動に駆られ、奥歯をギリギリと噛み締める。

奥歯を噛み砕いてしまいたかった。

突如として豹変した黒須にフランツたちは驚きはしたものの、落ち着くまで黙って見守っていてくれた。顔色が戻ったのを見計らい、会話が再開される。

「その辺の道端で転移の罠に掛かるなんぞ、聞いたこともないが……。どうも、状況的にはその可能性が高そうじゃの。となれば、お前さんは想像もつかんような遥か遠くからこの国に移動してきたことになる」

「なんつーか、思ってたよりも重い事情みてえだな……。じゃあ、クロスはどうにかしてニホンに戻んなきゃなんねぇワケか」

「……いや？　たしかにいつかは戻らねばならんが、特に急ぐつもりはないな。最近は旅にも倦んでいたが、この国には見るべき所が多そうだ」

まだ見ぬ強者どもを前にして、それを放置して帰宅したなどと父上が知れば、きっと『元親、貴様！　臆病風に吹かれたか!!』と激怒することだろう。

父上の性格だ。良くて勘当、下手をすると自刃を命じられることも有り得る。

「クロスは、その……貴族様じゃないのか？　家に戻らないといけないんじゃ？」

「俺は貴族ではなく、武家の三男だ。俺がおらずとも黒須家には父や兄たちがいる。何の問題もない」

「武家というのは、お貴族様とは違うんですか？」

「俺はこの国の貴族を知らんし、そもそも政治には疎いので説明は難しいが……。黒須家も領地を預かる御家の一つだ。アンギラほど立派な土地ではなかったが」

身体を張って領地領民を守護する我らと違い、公家連中は有名無実、金勘定に浅ましい守銭奴だ。巨万の富に胡坐をかき、蹴鞠などして優雅に暮らす宮仕えの腑抜けどもと一緒にされたくはない。

「なるほどの……色々と納得したわい。じゃがお前さん、そんな良家の息子にしちゃあ、ちと強すぎる。十年も旅を続けておったことといい、なんぞ、特別な事情でもあったんじゃあないのか？」

「黒須家に限らず、武家に生まれた者に弱卒など一人もいないぞ。俺の国では武家の一門に連なる者は武士と呼ばれ、その全員が強さを求める。〝戦えぬ者は武士として無価値〟と言われていてな。物心ついた時から剣を振り、厳しい環境に敢えて身を置き、修羅場を探しては飛び込み、極限まで心身を鍛え上げる。俺のように武者修行の旅に出る者も多い。そんな者同士が出逢うたびに勝負をして、生き残った方が旅を続けるのだ。あの巨人を斃せる程度の武芸者は掃いて捨てるほどいたぞ」

弱肉強食の世。武の道を極めんと欲する達人が鎬を削り合い、狭い島国の中で蠱毒を形成しているのだ。むしろ、あれを斬れない武芸者を探し出す方が難しいとさえ言える。巨人は見事な剛力であったが、それだけだ。徒手格闘が得意な次兄であれば、素手でも容易くひねり殺すだろう。

「………どうした？」

ごく一般的な常識を語ったつもりだったのだが、何故だかバルトは絶句したように黙り込んでしまった。他の面々もポカンと間の抜けた表情だ。

「いや、お前みてぇなのがウジャウジャいるって、どんな国だよ………」

「せ、戦闘民族ですねぇ……」

「俺、魔物がいないって聞いて、平和で牧歌的な国なんだと思ってたよ……」

「他に訊きたいことはないのか？」

「え？　えっと、じゃあどんな人生を送ってきたのかを………」

「俺の人生など大して面白くもないぞ。幼少の頃から戦うことしか能がなくてな、十五の時に本来立てるべき兄上を皆の前で打ち負かしてしまった。それ以来、家中の者から変わり者扱いされて、十七で旅に出た。強そうな相手を見つけては斬り、戦場を探しては飛び込んで――」

その晩の語り合いは深夜にまで及んだ。

◆◆◆

翌日の早朝、拠点前に広がるのどかな草原に黒須の姿はあった。

昨晩の深酒の影響か、仲間たちはまだ起きてくる気配もなかったが、長年の規則正しい生活によって日が昇る頃には勝手に眼が覚めてしまう。

「――いい天気だな」

明けきらない太陽の青い光と、すがすがしく澄んだ清らかな空気。国は違えど、朝焼けの美しさは残酷なまでに変わらない。不運に見舞われた人間の矮小な苦悩など笑い飛ばすかのように、往古来今、雄大な自然はいつも等しく同じ感動を抱かせてくれるものだ。

「……………」

冷たい空気を胸いっぱいに吸い込み、細く、長い息をゆっくりと吐くことで精神を統一する。カチリと鯉口を切り、蹲踞の姿勢から前方へ一閃。風に舞った枯れ草が音もなく両断された。動きの無駄を一切排し、影よりも速く、音よりも鋭く――

頭の中にのみ存在する天下無双を相手取り、斬り、躱し、突く。幾千幾万と繰り返してきた動作だ。大半の時間は型の反復で、指南書をなぞるように網羅的に動きを確かめ、納得するまで執拗に繰り返す。音のない芝居のように、血みどろの敵の姿が空想の景色の中を縦横無尽に走り回る。そんな幻像が息絶えるまで、何度でも、何度でも――

「あれ？　クロスさん、早起きですね」

「お前もな」

こんなものかと刀を鞘に納めていると、寝間着姿のパメラがやってきた。

裏手の小川で顔を洗ってきたのか、首にかけた手ぬぐいで濡れた紅髪を押さえている。

「朝のお稽古ですか？　お邪魔しちゃいましたかね」

「いや、構わん。ちょうど終えたところだ」

そのまま二人連れ立って家の方へ戻ろうとしたが、黒須は不意に歩き出そうとした脚を止めた。

……いい機会だ。気になっていたことを尋ねておくか。

「パメラ、一つ訊いてもいいか？」

「なんでしょう？」

「俺の国には女の武芸者がいない。男は人を護り、女は家を護るという風習があるからだ」

諸侯の奥向きには〝別式〟などという帯剣女がいるそうだが、所詮は御座敷剣法の類。

実戦を想定していない真似ごとの暇つぶしを武芸者とは認めん。

「お前はどうして冒険者などという血生臭い職に就いている？　他にも道はあっただろう」

バルトやマウリの年齢の件を完全に信用した訳ではないが、仮にそれが事実だとするならば、彼らが冒険者をやっていることに違和感はない。しかし、黒須の常識からして、彼女の理由だけが謎のままだった。

「えーっと、ですね…………」

パメラは視線を彷徨わせて迷うように口ごもったが、苦笑を漏らして語り始めた。

「私は十歳のときに地元を離れて、王都にある学校……あっ、子供たちが集まって勉強をする場所なんですけど、そこに通ってたんです。こう見えてそれなりに優秀な生徒で、学年でもけっこう上位の成績で卒業したんですよ！　それで将来をどうするか、家族に相談しようと思って村に帰ったんですけど――」

その取り繕ったような悲しげな笑顔に、事の顛末を察する。

「五年ぶりに帰ったら、私の故郷はなくなっていました。ビックリしましたよ。実家も焼け跡だけしか残っていなくて」

女の身でありながら武器を握り、蝶よ花よと愛でられることもなく、いつ命を落とすかも分からぬ綱渡りのような危うい生活。並大抵の事情ではないと思っていたが、やはりそうか。

「……戦か？」

彼女は唇を薄く噛んで首を横に振った。まるで忌まわしい記憶を払いのけるかのように。

「魔物の大群に襲われたんだそうです。両親や妹とも、それ以来会っていません」

無残に荒れ果てた故郷の村には、遺体が一つもなかったらしい。辛うじて逃げ延びた村人を訪ね歩き、何か月も延々と探し回ったが、結局、家族を見つけることはできなかったそうだ。

「分かってるんです。みんなが死んでしまったってことは。でも、どうしても諦め切れなくて……。冒険者を続けていれば、いつかどこかで再会できるんじゃないかって、そう思ったんです。それと…………」

寂しげな、今にも泣き出しそうな声。手ぬぐいを握る両手も僅かに震えている。しかし、彼女の瞳に映る感情の色は、ただの悲痛さだけではないように見えた。陰鬱とした、重く、暗い色。この眼のことはよく識っている。これまでに幾度も自らに向けられた瞳、応報感情だ。

「私の故郷をめちゃくちゃにした魔物に……復讐したいんです。冒険者としては間違った考え方ですし、パーティーの方針とも違います。今更そんなことをしても無意味だってことも、色々な人から言われて頭では理解しているつもりなんですけど――」

「それのどこが間違っている？」

「えっ……？」

黒須の発した言葉を受けて、彼女は足元に落としていた視線を上げた。

「お前は正しい。復讐とは願望に非ず。果たすべき義務だ。俺の国では親を殺された場合、子が仇討ちを果たさねば家名の継承は当然として、家の敷居を跨ぐことさえ許されん」

〝一富士　二鷹　三茄子〟

正月の初夢に見ると縁起がいいとされる言葉だが、これも元を辿れば有名な三大仇討ちに由来している。それを誰も彼もが有難がって慶事としているのだ。要するに、復讐とは孝子の所業。称賛されることはあれど、非難される謂れなど微塵もありはしない。しかしそれでも、世間は人を三匹の猿に倣えと強いるのだ。口を塞ぎ、眼を瞑り、耳を押さえていればよいと言うのだ。

「世間の風潮や時流など、信念なき者が語る下らぬ妄言に過ぎん。他人に何を言われようとも気にする必要はない。家族を殺した怨敵を必ず見つけ出して報復しろ。憎悪を込めて八つ裂きにしてやれ。それで初めて、お前の義務は果たされる」

パメラはしばらく啞然としたかと思えば、突然、堰を切ったように笑い出した。

「…………どうした」

「いえ、すみません。これまでそんな風に言ってくれる人がいなかったので、とっても新鮮でした！」

小さな童子のように笑い転げる彼女を眺めながら、黒須は複雑な想いに駆られる。

……やはりこの国でも、我らの思想は異質なのだろうか。

武士には武士の世界ならではの常識がある。民草には理解し難い、侍だけの常識だ。

己の掲げた信念を貫くために命を懸けることこそが武家の大義。そのためならば、ありとあらゆる無理は平然と罷り通る。故に、世間よりも命に重みはない。義、勇、礼、智、信……五倫五常、命よりも優先すべきものがあるからだ。

「なんだかスッキリした気分です！　一人で抱え込んでいたのが馬鹿らしくなってきました！」

ひとしきり笑ったあと、パメラは真っ直ぐこちらに眼を向けた。その瞳は何の邪心も虚飾もなく、ひたむきな情熱と頑固さと負けん気が宿る、二つの美しい宝石のようだった。

「改めて、お稽古よろしくお願いしますね！　私の復讐を達成するためにも！」

「承知した。一度引き受けた以上、手を抜くつもりはない」

門外不出である黒須の刀法を教えることはできないが、それ以外ならいくらでも手を貸そう。

食客としてではなく、彼らの仲間として。

「まずはアレですね、巨人を倒したかっこいい技！　私もアレ、やってみたいです！」

「居合いか。あれは鞘走りを利用して斬撃の威力を高める技だが……。そもそもお前、剣を遣えるのか？」

拠点に向かって横並びに歩く二人の距離は、昨日よりも少しだけ縮まっていた。

第九話　お侍さん、お買い物へ行く

　その日の午後、一行は街へ繰り出していた。フランツとバルトが装備を修繕に出しに行くと言い出し、そこに生活に必要な物を買いたいと黒須が同行を志願。どうせならついでに街を案内しようという話になり、結局は全員で馬車に乗り込んだのだ。

「荒野の守人……。荒野の守人か……」

「まだ言ってんのかよお前」

「気に入ってくれたみたいですねぇ」

　馬車の荷台で一人ブツブツと呟く男を、仲間たちは呆れた顔で見ていた。

　パメラからパーティーの馴れ初めを聞き、黒須は甚く感銘を受けたのだ。フランツが旗揚げし、バルト、パメラ、マウリの順で加わり、今の面子となったそうだが、彼らは皆が地方出身者。魔物が蔓延るこの国において、都市部と田舎では冒険者の数に大きな格差があり、フランツたちは幼い頃から魔物の脅威に怯えて過ごす日々だったらしい。

『たとえ誰も住まないような荒野であっても、助けを求められれば守りに行く』

　そんな想いを込めて付けた名なのだとか。

〝武士は相身互い〟

　自分のような一本独鈷の浪人が言える立場ではないが、その精神は武士道に通ずる所がある。この国の守護者は何をしているのかと腹の立つ一方で、彼らのように高潔な考えを持つ者もいるのだ。

歪だが、平らか。やはりこの国は面白い。

「おーい。行くよー」

「ほれ、シャッキリせんかい。降りるぞ」

肩を叩かれ、黒須は追われるように乗合馬車を後にした。


まずやって来たのは、昨日ギルドに向かう際に見かけた武器屋。

店の外にまで溢れ出るように置かれた樽には、大量の剣や槍が乱雑に差し込まれている。

「こんにちはー！　親方、いますかー？」

「ちょっと待っとれ!!」

鉄と油と革が混じり合った独特な匂いが充満する店内、フランツの呼びかけに野太い怒鳴り声が返ってくる。しばらくして店の奥からドスドスと姿を現したのは、前掛けをしたバルトだった。

……いや、バルトは俺の横にいる。別人か。本当に鍛治人というのは見分けがつかん。

「おう、守人の連中か！　ようやくツケを払う気になったか？」

「それもありますけど、魔の森で酷い目に遭いまして。装備の修理を頼みたいんです」

そう言うと、フランツとバルトはそれぞれの武器や鎧を台の上に並べた。

店主はひしゃげた丸盾を手に取り、顔の前に持ち上げてしげしげと観察する。

「こりゃまた……手酷くやられたな。何と戦った？」

「巨人ですよ。森狼の依頼中に運悪くカチ合いました。そっちの彼、クロスが助けてくれなかったら死んでたと思います」

「見ねぇ顔だな。他所者(よそもん)か？」

こちらを値踏みするかのような鋭い眼差(まなざ)し。しかし、その視線はすぐに腰の刀へと移動した。

……なるほど、いかにもな鍛冶職人だ。

「ああ、他国から来たクロスという。今は縁あって荒野の守人の世話になっている」

「それで親方、修理にはどれくらい日数が掛かりそうですか？　俺たち予備の装備は持っていなくて、直るまでは依頼が受けられないんですよ」

「ふむ……。三日ってとこだな。だが、お前の丸盾はもうダメだ。新しいのを買え」

「うー、やっぱりかぁ……。気に入ってたんだけど……。分かりました」

フランツはがっくりと肩を落として新しい盾を探しに行った。相当に落ち込んでいるようで、パメラが『お庭にお墓を作ってあげましょうよ』と、意味不明な言葉で慰めながら後をついていく。

「それとマウリ！　おめぇもいい加減その革鎧(レザーアーマー)は新調しろ！　もう擦り切れてんじゃねぇか！いいか、鎧ってのはなぁ――――!!」

何故(なぜ)か説教が始まったため、黒須とバルトもマウリを残してその場を離れた。

二人で狭い売り場を見て回る。天井近くまで届く大きな棚には雑多に品物が並んでいるが、客に対して武器を飾るというよりも、造った端から置いていいるという状態に近い。生家の物置蔵を彷彿(ほうふつ)とさせる混沌(こんとん)とした空間だ。

それにしても、剣・盾・槍・弓・鎧、それぞれ数え切れないほどの数と種類がある。刀剣商には何度か立ち寄ったことがあるが、ここまでの品揃(しなぞろ)えは初めてだ。

見たことのない武具も多く、黒須は年甲斐(としがい)もなく興奮してきた。

「バルト、これは何だ？」

「連接棍（フレイル）じゃな。扱いは難しいが、遠心力を使った強い打撃が繰り出せる武器じゃ。力の弱い者が使うことが多い」

「あれは？」

「波刃剣（フランベルジュ）。その波立った刃で刺されると、傷口がズタズタになって出血が止まらんようになる。大型の魔物相手に使う武器じゃな」

「こっちは？」

「佛塵（フォチン）じゃ。あまり使い手は見掛けんが、その大きな毛の部分で攻撃を払う防具の一種じゃな」

その後も次々に珍品を解説してもらう。魔物の素材を利用して造られた品も数多く、見ていて全く飽きがこない。バルトもやはり武具が好きなようで、嫌な顔一つせずに付き合ってくれた。

「これは連弩（れんど）と言ってな、普通の弩（いしゆみ）と違って――――」

「いつまでやってんだお前ら！」

このまま一日中でもいられそうなほど夢中になって話し込んでいたが、吟味することもなくさっさと鎧を新調したマウリにせっつかれて、仕方なく買い物を済ませる。黒須は当初、手持ちになかった砥石（といし）だけを買い足すつもりでいたのだが、バルトから魔物と戦うならあれも必要だ、これも必要だと、勧められるままに他の物も購入してしまった。

集落で拾った剣より少し刃渡りが長い幅広剣（ブロードソード）という両刃剣に、解体用のナイフと投擲（とうてき）用のナイフを数本、胴を守るための革鎧。合戦もない平素に胴鎧を着るのは妙な気分だが、言われてみれば、街ゆく冒険者には鎧を身に着けた者が多い。

「近頃の若者にしちゃ珍しいな。自分で剣を研ぐのか？」

ずらずらと商品を並べる黒須に、店主は感心したかのように片眉を上げた。

「当然だが……。剣の手入れをする者が珍しいのか？」

「剣の研ぎは親方みたいな職人に任せる人が多いね。俺はバルトに習ったから自分でやってるけど」

「そうなのか。俺も昔から刃こぼれのような大きな傷でない限りは、自分で研いでいる」

毎晩の刀の手入れは武士たる者の日課である。篭手と臑当ても、砂を入れた盥でジャリジャリとかき混ぜて錆を落としてきた。幼少の頃は面倒にも思っていたが、今ではすっかり手慣れたものだ。

「ほぉ、良い心がけだ。どれ、ちょいと剣を見せてみい。状態を見てやろう」

「…………」

大小を腰から引き抜き、鞘のまま台に置く。

普段なら刀を他人に触れさせることなど決してないが、この人物なら大丈夫だろう。

店の武具はどれも素晴らしい逸品だった。腕利きの刀匠に違いあるまい。

「儂が頼んでも見せてくれんかったのに……」

バルトがぼそりと何か言っているが、あの時はまだ彼らを信用していなかったのだ。今ならばまださておきとして、敵か味方かも分からん相手に武器を易々と渡す阿呆などいない。

黒須が頑なに見せなかった刀を差し出したのを見て、暇そうにしていたパメラとマウリも寄ってくる。店主は壊れ物を扱うようにそっと刀を持ち上げると、静かに鞘を払った。

「なんじゃ――――こりゃあっ!?」

「へー、綺麗な剣ですねぇ」

「うわぁ、高そうだなぁ……。俺にはまだ早そうだ」

「巨人を斬ったにしては細い剣だよな」

「オーラフ！　儂にも見せんかい!!」

「やかましい！　ちょっと黙っとれ!!」

鍛治人どもが騒いでいるが、刀を褒められて悪い気はしない。

大刀・縊鬼、小刀・阿久良王。地金は樹木の年輪を思わせる杢目肌、刃文には個性的な箱乱刃が浮かび、中央よりも柄側に中心がくる腰反りの拵え。身幅は手元側が広く鋒に行くほど細くなっており、斬るにも突くにも適した自慢の愛刀だ。

「クロスとか言ったな!?　頼むッ！　この剣売ってくれッ!!」

「駄目だ」

「金貨百……いや、百五十枚出すぞ!!」

「金貨百萬枚でも断る。それは父から譲り受けた大切な刀だ。俺の命よりも遥かに価値が高い」

「オーラフよ、こりゃあ何でできとるんじゃ？」

「分からん……。見た目と重さからして鋼の一種だとは思うが、ただの鋼ではこんな色味には絶対にならん。こりゃ相当に純度が高い証拠だ。ワシの知っとる製鉄技術では不可能なレベルだな。それに、刃の部分と峰の部分で使われとる金属が違うように見える。この造りは……たまたま混ざったんじゃねぇな。強度を上げるために敢えてそうしとるのか。合金鋼でもないのに完全に一体化しとる。どうやればこんなモンが打てるのか、見当もつかんわ」

その後もぎゃあぎゃあと騒ぐ鍛治人二人をフランツが何とか宥め、武器屋を後にする。

オーラフは『いい物を見せてもらった礼だ！』と、本来は金貨四枚の代金を三枚に負けてくれた。今後もこの店を贔屓（ひいき）にすることにしよう。


さて、次は呉服屋（ごふくや）だ。これは黒須の希望で彼らの行きつけの店に案内してもらった。これまで定宿（じょうやど）と呼べるような住処（すみか）を持つ機会がなかったため、着流しなどの普段着を一枚も持っていないのだ。

武芸者同士の立ち合いとは、暇を持て余した町人どもにとってまたとない娯楽。周知していないはずの果し合いをどこで聞きつけるのかはいつも謎だが、見物人も大勢集まる。そのため、勝負を終えたあとは望むと望まざるとに拘（かかわ）らず、嫌でも顔が売れてしまう。通りを歩くだけで後ろ指をさされ、それでなくとも仇討（あだう）ちの徒に命を狙われることも多く、用が済んだらなるべく早々に立ち去るようにしていた。同じ町に十日と滞在したことはない。

「おや、あんたたちかい」

「こんにちは、ヤナさん。今日は彼の服を見に来たんだ」

店の奥から出てきたのは、縦にも横にも大きい中年女性だった。

「クロスだ。よろしく頼む」

挨拶しつつ視線を少し上に向ける。頭に耳、獣人か。『ヤナさんは熊獣人（オルサス）です。とっても力持ちの種族なので、怒らせると怖いですよ』と、パメラがこっそり耳打ちしてくれた。

「そうかい。採寸（さいすん）してやるから、ちょっとこっちに来な」

ヤナは黒須の身体（からだ）をクルクルと回しながら、紐（ひも）のような物であちこちを測り、壁面の棚から次々に着物を選（よ）り分（わ）けていく。

――如何に獣人とはいえ、片手で容易く武士の重心を動かすとは。

「御刀自、武の心得があるのか？」

ヤナは不意を突かれたように作業の手をピタリと止めた。

「よく分かったね。あたしゃ、元Bランク冒険者だよ」

「人の身体の崩し方をよく知っている。見事な腕前だ。願わくば一手、御教授賜りたいところだが」

「……変わった子だね。冗談言うんじゃないよ。旦那と結婚して引退したのがもう八年も前の話さ」

視線に殺気を混ぜて挑発してみたが、虫でも払うような仕草で軽くいなされてしまった。残念だ。

「さて、こっちがあんたの寸法に合った服だよ。中古品だけど、どれもまだまだ着られる丈夫な服ばかりさ」

着物など中古が当たり前なので、特に忌避感はない。今着ている着物も、長兄の着古しを母上が手ずから直してくれたものだ。ヤナの選んだ品はどれも着慣れない様式の服ばかりだが、不本意とはいえ、せっかく異国の地で生活するのだ。この国の文化を満喫するのも悪くないだろう。

「…………」

しかし、台の上に並べられた服を前にして、黒須は腕組みをして小さく唸る。うーっと、本物の狗のような唸り声が出た。

――弱った。そういえば、これまでに一度も着物を選んだことがない。

兄上たちは屋敷を訪れる呉服屋にあれやこれやと色や柄を注文していたが、黒須はいつも何も考えずに御下がりを身に着けていただけだ。その日着る着物さえ、女中が毎日選んでくれていた。旅に出てから羽織は何度か取り替えているものの、小袖はずっと着た切り雀。ましてや、着流しなど十年以上袖を通していない。

巷の若侍どもの間では〝当世風俗通〟なる服飾指南書が流行っているそうだが――

「やけに悩んでおるの。好みの服がないのか？」

「いや、そういう訳ではないのだが……。恥ずかしながら、どれを選べばいいのか分からん」

「家着にすんだろ？　そんなもん何だっていいじゃねえか」

何だってと言われると、余計に分からなくなる。ぶっきらぼうなマウリの言葉に頭を悩ませていると、ヤナと世間話に興じていたフランツが近寄ってきた。

「クロスの着てる服って、俺たちのとはかなり毛色が違うもんね。よかったら、俺が選んであげようか？」

不思議なほど皮肉な響きのしない進言。渡りに船である。

「すまん、頼めるか」

「楽しそうですね！　私も手伝います！」

何故かパメラまで参戦し、普段着を上下何枚かずつ選んでもらった。途中、フランツからの意向を確認するような目配せに頷いて返す。どうやらパメラの眼を盗んで下着を選んでくれたらしい。

流石は一派の頭、一事が万事、よく気遣いのできる男だ。

「外出用の服はどうする？　希望がないなら、そっちも適当に選ぶけど」

「そうだな……」

公の場以外では割と自由が許されているものの、武家の服装は厳格な服制によって着物の色や烏帽子の折り方まで指定されている。浪人風情が鯱張るなと鼻で笑われそうな気もするが、それでも、外を出歩く時まで異国風というのは躊躇われた。さらに言えば、この国の服はいずれも袖口が狭く、懐にも物を仕舞えない作りになっている。これでは暗器を忍ばせることもできない。

「今着ている着物と似た物はないか？」

「まったく同じのはないけど、そうさね…………」

ヤナは太い腕を組んで、こちらの身体を上から下までじっくりと観察した。

「上着の方は単純な作りに見えるし、ローブを加工すれば似たような服は作れるよ。けど、そのズボンはちょいとややこしそうだね」

「そこに掛かっているのは袴ではないのか？」

黒須が指差した服を見て、店内に一瞬、気まずげな静寂が流れる。

「ク、クロスさん……」

「本人が気に入ったんなら、穿いてもいいんじゃねぇの？」

「よさんか、マウリ」

意地の悪い微笑みを口元に浮かべたマウリの頭を、バルトがペシリと叩く。

「クロス。それはスカートって言って、女性が着る服なんだよ」

一見して同じに見えたが……なるほど。

「上下一式預けてもらって、仕立てに五日ってとこかね。どうだい？」

「構わん。頼む」

店の隅に設置された試着室という小部屋で、買ったばかりの服に袖を通す。

肌触りや着心地はそれほど悪くないが、首元にある蝶々の翅のようなひらひらが鬱陶しい。

「意外と似合ってっけど、いくらなんでも着崩しすぎだろ。それじゃ露出狂じゃねえか」

部屋から出た途端、いきなり注意を受けてしまった。

「クロス、それボタンを留めないと」

フランツが急ぎ足でこちらに近寄り、上下の服を手早く整えてくれる。

邪魔な飾りだとばかり思っていたが、留め具だったのか。

「他に必要な物はあるかい？」

「他に、か…………」

眼を宙に据えてじっと考え込む。購入した革鎧に鎧下は不要、足袋の替えは靴下なる下着を加工して作ってくれるとのことだ。脚絆と手甲は……汚れているが、わざわざ買い替える必要もないか。

「鞄もあった方がいいんじゃないですか？　その背負袋、いつも物を取り出すとき大変そうですし」

たしかに……。フランツたちは腰に大小の物入れをぶら下げているが、あれは便利そうだ。打ち飼いのように毎回降ろさなくても物が取り出せるし、何より両手が塞がらないのがいい。

「そうだな。鞄も見せてもらえるか？」

革鎧に付属していた帯に合う物を選ぶ。物入れ用の大きい物と、ナイフなど仕舞うための小さな物をそれぞれ購入して店を出た。

服屋では金貨五枚と銀貨六枚を使った。必要な物はおおよそ購入できたが、これで残りの所持金は金貨が三枚と銅貨が八枚。有り金の大半を一日で使ったことになる。黒須にとっては間違いなく、人生最大の散財だった。

しかし、新しい物を身に着けるというのは、やはりとても気分がいい。

俺も冒険者という職に就いたのだ。金など、また稼げばいい。

あとは細かい雑貨と食料品の買い出しだけだ。仲間たちと購入した品の感想を話しつつ、上機嫌で目的の商店へ向かっていると、前から大勢の男たちが歩いてきた。

「おい見ろよ。小人族だぜ」

「やっべぇ！　財布隠せ、盗まれんぞ！　ぎゃははは！」

――何だ？　此奴等（こいつら）。

第十話　冒険者さん、チンピラに絡まれる

前方から騒々しくやって来たのは、荒っぽい雰囲気の男たちだった。人数は八人、揃いの鎧を着て、長剣を腰にぶら下げている。昼間から酒でも飲んでいたのか、皆薄らと顔が赤い。

……冒険者って感じじゃないな。傭兵ギルドの連中か。

フランツの顔に言いようのない不快感が浮かぶ。

傭兵ギルドは人同士の争いを専門とする組織だ。依頼を受けて報酬を得るという仕組みは冒険者ギルドと同じだが、盗賊団の討伐、賞金首の捕縛、商会の警備、有力者や権力者に用心棒として雇われるなど、その業務は全て対人に特化した内容になっている。他にも、冒険者が少人数の〝パーティー〟を組むのに対して、傭兵は多人数の〝傭兵団〟を組織するというのも大きな違いになるだろう。そして、彼らが最も活躍するのは戦争の場だ。それは村同士の小規模なものから、国同士の大規模なものまで様々。ファラス王国は国内が平定されて久しいが、いまだに国境付近では他国との小さな争いが頻発している。ここ辺境都市アンギラも、北西の覇権国家であるオルクス帝国と一部国境を接しているため、傭兵ギルドの需要は高いと言えるのだが…………。人と戦うことを日常とする彼ら傭兵は、総じて気性が荒く、血の気が多い。王国法で禁止されているはずの戦地での略奪行為も後を絶たず、『傭兵が通った後には草も生えない』と言われるほどだ。

平和と安寧を司る調和神の敬虔な信徒であるフランツは、その振る舞いが耐え難いほどに我慢ならず、傭兵に対して生理的な嫌悪感を抱いていた。

面倒なのに出会ったな…………

仲間を馬鹿にされて当然腹は立っているが、この人数差。しかも、自分とバルトは装備を預けたばかりでほぼ丸腰だ。相手も往来で剣を抜くような馬鹿ではないと思うが、喧嘩になるのは避けた方がいい。

「…………みんな、行こう」

「おいおい、ツレねーな。ちょっと待てよ」

「オメーら便利屋だろ？　和気あいあいと楽しそうなこって。俺らも混ぜてくれや」

さっさとやり過ごそうとしたが、相手はこちらの進路を阻むように立ち塞がってきた。

一体何が気に入らないのか、言葉の端々には侮辱の意図がはっきりと読み取れる。

「おいチビ、お前えらく立派な鎧着てるじゃねえか。どっから盗ってきたんだよ？」

「スリと盗みしか能のねえ奴らだ。おおかた、誰かが買った新品を横から掻っ攫ったんだろ。衛兵でも呼ぶか？」

他の連中はこちらに絡む二人を止める気はないらしく、ニヤニヤとしながら傍観の構えだ。

時折パメラに下卑た目線を向けており、虫唾が走る。

「絡むんじゃねぇよ酔っ払いが。とっとと失せろ！」

「なんだと？　盗人種族が調子に乗るんじゃねえよ！」

至近距離で酒臭い息を浴びせられたマウリがたまらず言い返すと、男は腹を立てたのか、彼を思い切り突き飛ばした。

マウリが石畳に尻もちをついたのを見て、フランツは一気に我慢の限界に達する。

ふざけやがって……!!

「おいっ!!　お前らいい加減に――――」

「――ぐあァッ！」

大声を出した途端、マウリを突き飛ばした男が弾かれたように吹っ飛んだ。民家の壁に激突し、そのままズルズルと崩れ落ちる。

フランツが驚いて振り返ると――――そこには、鬼の形相のクロスが立っていた。

額に青筋を浮かべ、目は血走り、いつもの彼とは別人に思えるほどの雰囲気を醸し出している。

その様子は明らかに、箍の外れた人間のものだった。

「貴様ら、そこに直れ」

溢れる憎悪を凝縮したような低い声に、思わず足が竦む。

クロスの放つ猛烈なまでの殺気に当てられ、仲間たちは誰もが口を閉ざして硬直していた。

「な、なんだぁ？　てめぇ」

「やりやがったな糞ガキが！」

「イキがってんじゃねーぞ小僧！」

彼の言葉には明確な殺意が宿っているものの、連中は酔っているためか、そのことに気が付いていない。仲間を殴られ口々に汚い言葉を浴びせ掛けるているが、当の本人はマウリに絡んだ二人に視線を固定させたままだ。

「貴様らだ。我が友を侮辱した貴様ら二人に言っている。前に出ろ」

「ははは！　我が友だってよ！」

「なんだよ坊主、おじさんたちと勝負してぇのか？」

「貴様らのような下衆と尋常な勝負などするつもりはない。その二人は手討ちだ。さっさと前に出ろ」

「下衆だと？　言ったなガキ！　お前ら、やるぞ！」

ついに男たちは剣を抜いた。

殴り飛ばされた男はまだ呆然と座り込んでいるが、それでも相手は七人。

くそっ、何か武器になりそうな物は…………！

必死に辺りを見回し、通りの端に積まれた角材に目を付けた。

素早く駆け寄って拾い上げる。頼りないが、ないよりはマシだ。

「俺とクロスが前衛に立つ！　マウリは投げナイフで後衛！　バルトとパメラは衛兵を――」

指示を出しながら向き直ると、そこにはすでに何人もの男たちが転がっていた。

怒号、悲鳴、衝突音……クロスがさっと動くたび、男たちが宙に舞う。彼は相手の腕や襟元を掴むと、背負うようにしてブン投げているようだ。投げられた者は硬い地面に頭や背中を強打して、失神するか悶絶している。見たことのない技だが、あれが彼の言っていた〝柔術〟という格闘術か。

――そして最後に、マウリに絡んだ男だけが残された。

「なっ、なんだよお前！　何なんだよっ!!」

男は怯えながらも剣を振り上げたが、振り下ろす前に金的を蹴り上げられる。

「ぎゃあぁぁあっっ!!」

痛々しい悲鳴を上げてのたうち回る相手にスタスタと歩み寄ると、クロスはボールでも蹴るかのように後頭部を蹴り飛ばした。およそ人体に対するものとは思えない、情け容赦のない蹴りだ。

その一撃で男は気を失ったようだが、続けて何度も顔面を踏み付ける。

ガッ！　ガッ！　ガッ！　ガッ！………

頭と石畳がぶつかる鈍い音が繰り返し、繰り返し、辺りに響く。

あまりの出来事にしばし唖然(あぜん)としてしまったが、やばい、このままだと――――!!

「クロスっ！　そこまでだ!!」

「おいっ、もういいって！　やめろ!!」

「クロスさん！　その人死んじゃいますよ!!」

「やりすぎじゃ！　正気に戻らんか!!」

四人がかりで何とか倒れた男から引き離したものの、彼の怒りは烈火の如く、全く収まる気配がない。全身が熱病にでもかかったように発熱し、筋肉は岩のように強張(こわば)っている。

「何故(なぜ)止める？　先ほどの言葉、聞くに耐えん無礼だ。度(ど)し難(がた)い。こいつら二人はこの場で殺す」

そう吐き捨てると、唯一意識のある最初に殴った男を睨(にら)みつけ、剣を抜いた。

「ヒッ――。わ、悪かった……！　許してくれ！」

「許さん、死ね」

クロスはしがみついている四人を意に介すこともなく、引きずったまま、なお男に近づいていく。

なんて力だ――――!!

「跪(ひざまず)き、眼を瞑(つぶ)って首の力を抜け。一瞬で首を刎(は)ねてやる」

「ごっ、ごめんなさい！　ごべんなざい！　勘弁じでぐだざいっ!!」

殺意に満ちた双眸(そうぼう)を見開き、大股で向かってくる兇漢(きょうかん)に、男はついに泣き出してしまった。

地面に額を擦り付けて許しを乞うている。

「剣を抜いておきながら……勘弁しろ、だと？」

しかし男のその言動は、彼の怒りに油を注ぐ結果となった。

「殺される覚悟もなく武芸者を愚弄したのか……。貴様らは剣を持つに能わん。下郎め、ここで惨めに散れ」

「クロス、もういい!!　俺なら大丈夫だ！　こんなクソ野郎の言うことなんか、気にしてねえって！」

マウリが両手を広げて立ちはだかると、やっと彼は前進するのを止めた。

「………何故庇う、マウリ。こんな屑を」

「こんなヤツ、なんとも思ってねえよ！　ほら、見ろよ」

男は涙と鼻水で顔面をぐちゃぐちゃにして、ガタガタと震えながら失禁していた。

「このザマだぜ？　傭兵みてぇだが、こんな大勢の前で恥を晒したんだ。コイツらはもう終わりだよ。俺の気も晴れた。だから、お前が手を汚す必要なんかねえんだ。もう、帰ろう」

クロスはしばらくマウリを見つめたあと、虫でも見るような目つきで男の方へ向き直る。

「この街から即刻立ち去れ。次に見掛けたら斬る」

そう言って、ようやく体から力を抜いた。

「さて、では食料を買いに行くか」

「い、いやっ！　いやいやいやいやいや!!」

「そろそろ騒ぎを聞きつけた衛兵が来よる!!　ずらかるぞい！」

「何故逃げる。俺たちは別に何も悪く――――」

「いいからっ‼　行きますよ！」

パメラがクロスの背中を押して無理やり走らせる。

馬車の乗合所へ疾走しながら、フランツは心に誓った。

今後、絶対にクロスを怒らせないようにしよう――

第十一話　冒険者さん、お侍に挑む

気持ちのいい朝、フランツは外の空き地で体を解していた。朝日が眩しくて、眉間の辺りがこそばゆく感じる。目を細めながら両手を突き上げて大きな伸びをすると、関節がポキポキと鳴った。

「…………ふぅ」

澄んだ空気を胸いっぱいに吸い込み、暴れる心臓の調子を整えるように深呼吸。腕や足の筋を伸ばし、全身の筋肉を一つ一つ順番に温めていく。しかし、徐々に解れていく体とは対照的に、顔はみるみる強張っていった。

装備の修理が終わるまではすることもないので、今日はクロスに稽古をつけてもらうことになったのだが――

「フランツー！　頑張ってくださーい!!」

「クロスー、殺すなよー」

「お互い大怪我だけはせんようにのー」

素振りなどの基礎から教えてくれるのかと思いきや、まずお前たちの実力が見たいという彼の一言で、急遽、模擬戦をすることになってしまったのだ。

声援はありがたいが、見られていると思うと余計に緊張するのでやめてほしい。

「用意はいいか？」

「うん、待たせたね。クロスは体を動かしておかなくても大丈夫？」

入念に準備運動をするフランツに対して、彼はただその様子を漫然と眺めているだけだ。

「常在戦場。立ち合いに準備など不要だ」

「……なるほど」

侮られているとは思わない。実際、彼と出会ってから一度も剣を手放す姿を見ていないのだ。家の中でも肌身離さず剣を身に付け、風呂やトイレにも持っていく徹底ぶり。同じ剣士として尊敬の念を禁じ得ない。

お互い訓練用の木剣を持って向かい合い、フランツはさらに木盾を左腕に装備している。クロスは真剣でも構わないと言っていたが、流石にそれはと断ったのだ。

「…………………」

しかし、こうして正面に立つと、やはり彼の力量が普通ではないことがよく分かる。まだ剣を構えてすらいないのに、その立ち姿には一分の隙もない。

こちらを見つめる黒い穴のような瞳にも、本能的な恐怖を感じる。無意識ながら視線を外したのは、恐らく、その時点で貫録負けをしていたのだろう。

「お前の全力がどの程度なのかが知りたい。殺すつもりで来い」

先日の喧嘩を目にしてしまったため、正直、勝てる気は全くしないが、戦う前から諦めるつもりはない。胸を借りるつもりで挑戦しようと、剣を握る手に力を込める。

一発くらいは当ててやる……！

「行くぞっ！」

左腕の盾を前に構え、一直線に突進する。動き出しを警戒していたが……様子見のつもりか、両手をだらりと下げたまま棒立ちの姿勢だ。その表情からは何の感情も読み取れず、一向に動く気配がない。どうやら、そちらから打ち込んでこいと言っているようだ。

それなら、遠慮なく行かせてもらおう。

彼は盾を使ったことがないと言っていた。なら、この技は知らないだろう！

クロスの目の前まで走り、剣を振ると見せかけて盾強打（シールドバッシュ）を放つ。

顔面を狙った大振り――ヒラリと横に躱（かわ）された。

彼はまだ剣を構えてすらおらず、至近距離からこちらの様子をただじっと見ている。

……反応が速い！

一旦距離を取ろうとバックステップで後退するが、彼は同じスピードで前進して、距離を離した分だけついてくる。

逃げられない。だったら、こっちから攻めて距離を取らせてやる！

後退を止め、逆にクロスに向かって大きく踏み込む。

上段からの斬り下ろし――彼は避（よ）けない――木剣が激突する。

「――くッ！」

鍔迫（つばぜ）り合いの状態から即座に押し返され、バランスを崩して転倒しそうになった。巨岩を相手にしたかのような無力感。唯一の有利だと思っていた体格差が、まるで意味を成していない。

……………あれ？

明らかに大きな隙を晒（さら）したのに、追撃がこない。尻もちをついた体勢のまま、顔を庇（かば）うように掲げていた盾をそっとどかし、様子を覗（のぞ）き込む。

「……………………」

ひっくり返った亀がどうやって起き上がるのかを見届けようとするような、醒めた目線。

手足が竦み、数秒、時が止まったように動けなかった。

「早く立て。次だ」

尻込みするこちらの心情を見透かされたのか、そんな言葉が投げ掛けられる。

……単発じゃ絶対に当たらないな。連撃で隙を作る！

いかに訓練とはいえ、仲間を相手に全力で攻撃することには抵抗があった。しかし、力の差は歴然。甘い考えを捨て、意識を切り替える。

斬り上げ――を囮にした前蹴り。

避けられた瞬間に重心を移動させて横薙ぎ――足元を狙ったが、これも不発。

背後を取るようにぐるりと旋回して袈裟斬り――軽く受け流される。

「くそっ！」

半身をズラすようにして紙一重で躱されているため、一向に距離が離せない。こういった足捌きや体捌きだけを取ってみても、実力差を痛感する。と、ここで突然クロスの動きが変わった。こちらに張り付くの止め、円を描くようにして左回りに移動し始める。

盾側に回り込まれると剣が振りづらい！　ここは一旦、防御を捨てて――

ガツン！　と、上体を覆うように構えていた木盾へ強烈な衝撃が走る。

左腕のガードを捨てるべきか逡巡していたところに、狙いすましたかのようなタイミングの攻撃……いや、その思考さえも筒抜けか。こちらの急所に狙いを絞った正確無比な斬撃。剣の重さに手加減は感じるが、いくらなんでも剣速が速すぎる。これでは盾を下げられない。

鋼鉄のように張った気持ちが少しずつ腐食していく。自信が揺らぎ、薄れそうになる戦意を歯を食いしばることで持ち直し、盾で受け、剣で弾く。容赦なく降り注ぐ斬撃の雨を必死に防ぐが、連撃は止まる気配がない。

キリがない！　このままじゃジリ貧だ…………！

剣を大きく振ることは諦め、突きでの反撃の機会を窺う。

クロスの剣を強く弾いて、首を殴りつけようと盾を振った瞬間、彼は僅かに仰け反った。

――――ここだっ!!

胸に向けて全力の突きを放つ――――が、その攻撃は空を切り、伸ばした右腕を打たれて剣を取り落とした。急いで飛びついたが、手が届く前にフランツの首元に木剣が添えられる。

「…………負けたよ」

悔しいが、完膚なきまでの敗北だ。手も足も出なかった。

息も絶え絶えのフランツに対して、クロスは汗一つかいていない。

「良い所と悪い所、どちらから聞きたい？」

「良い所からお願いします……」

「では。お前は体格がある分まだ伸び代を感じるが、上半身がよく鍛えられている。なかなか手応えのある腕力だ。それに、斬撃の狙い所が良かった。指・眼・心臓・首、確実に相手の戦力を削げる部分を狙っていたな。大雑把に剣を振っていない証拠だ。実戦経験が浅い者ではこうはいかん。あとは、最初の盾での攻撃も良かったぞ。まさか、初手が防具での殴打とは思わなかった。奇襲という意味では、実戦でも十分に使える技だろう」

お、おお……。酷評されるかと思ったが、意外と褒めてくれるんだな。

彼はお世辞を言うようなタイプではない。つまり、この称賛は素直に受け取っていいはずだ。

「次に、悪い所だ。上半身に対して、下半身の鍛え方が甘い。斬り合いというのは、極端に言えば間合いの奪い合いだ。いかに自分に都合の良い場所に立ち、いかに相手を都合の悪い場所に立たせるか。お前は足運びへの理解が浅く、反応が鈍い。だから剣を振り難い場所に追い込まれて、そこから逃げられんのだ。全ての打突の根本は脚腰にある。攻めるにしても躱すにしても、脚腰が弱ければ威力も速度も半減する。最後の場面、俺が仰け反ったのを隙と見て決めに掛かろうとしたな？あんな見え透いた撒き餌に食いつくな。………見ていろ」

クロスは胸の前で腕を組み、徐々にその場で仰け反り始めた。

——じょ、冗談だろ？

彼は足に対してほぼ直角、完全に上体を後ろに倒してみせたのだ。

体の軸がまったくブレず、地面に足を突き刺しているかのように、背骨がその場から一ミリも動いていない。頭に糸がついて、空から吊るされているのではと錯覚するような不自然な姿勢だ。

「脚腰を鍛えていればこんなこともできる。お前は自分ができないから、相手にもできないと思ったのだろう？　俺はこの体勢からでも剣を振れるぞ」

そう言って、実際に剣を振り回して見せた。その動きはもはや、人間技ではないように思える。

いや、身体能力の高い獣人族でもこんな真似ができるだろうか。

「それと、武器の使い方が間違っている。お前の片手剣は斬るための武器であって、突きには向いていない。魔物に考える頭があるのかは知らんが、俺が敵なら、わざと突かせてその隙に殺す。もし突きが当たったとしても、こちらは致命傷にはならないからな」

言われてみれば、刺突で魔物を仕留めたことがない。牽制として使っているだけだ。今回はクロスの猛攻で思うように剣が振れず、苦し紛れに突きを放ったが……そうするように誘導されていたのか。

それに彼の言う通り、小鬼ですら死に際を悟ると捨て身の攻撃を仕掛けてくることがある。そんな相手なら体を貫かれながらでも、喉元に食らいついてくるだろう。

フランツは実戦でその場面に遭遇することを想像し、少しゾッとした。

「いいか。斬るための武器を使うなら、斬ることだけに意識を向けろ。受けよう、粘ろう、躱そう、突こうなどと、余計なことを考えているから斬れんのだ。それらは全て、斬るための切っ掛けに過ぎん。まずは受け、次に斬るなどと、攻防を個別に考えているから次の動作が遅いのだ。斬るためにどう受けるか、斬るためにどう躱すか、その一連の流れを〝型〟と呼ぶ。型のない剣、つまりは我流剣法にありがちな弱みだ」

たしかに、彼の連撃は攻撃と攻撃の間隔に隙がなく、反撃するタイミングが見つからなかった。

このレベルの剣士はそこまで考えて戦っているのか――

「フランツ、この辺りに岩山はないか？」

指摘された内容に思いを巡らしていると、彼は唐突に妙な質問をしてきた。

「ん？　ここも僻地だけど一応は城壁の中だからね。岩山はないかな。ああ、山というか、丘ならあるよ。ほら、あそこに見える大きな丘は頂上に泉があってね、家の裏の川もあの丘から流れてきてるんだ」

指差したのは数キロ先に見える丘だ。夏場、頂上の泉に皆で遊びに行ったことがある。丘を周回するように階段が作られているのだが、頂上に着くまでにクタクタになってしまい、それきり行かなくなった。

「少し小さいが……まあいいだろう。フランツ、お前は今日から毎朝あの丘の頂上まで走れ」

「毎朝⁉　しかも今日から⁉」

「そうだ。脚腰の鍛錬には山道を走るのが一番だ。ああ、鎧が戻ってきたらそれを着て走るようにな。俺も付き合う」

「あの、クロス……。せめて、明日からじゃダメ？」

模擬戦で体力を使い果たしてしまったため、今から走るのは正直かなり辛いものがある。

「今日からだ。今日を戦えぬ者に明日を語る資格はない。強くなりたいのだろう？」

「………そうだね。よし、分かった！　頑張るよ！」

その通りだ。そもそも、冒険者として上を目指したくて彼に稽古を頼んだのだ。この程度で泣き言など吐いてはいられない。巨人との戦闘では、リーダーなのに真っ先に脱落してしまって悔しい思いをした。あんな後悔は二度としたくない。やるしかないんだ――

「それと、走り込みが終わったら運足法の鍛錬だ。立ち回りを強化するぞ。それが終わったら素振りだな。まずは軽く、一日千回から始める。剣術の型も少しずつ覚えてもらうが、最終的には意識せずとも身体が動くことが目標だ。あと、剣士なら小技も少しは使えた方がいい。寸鉄と袖鎖もやるか」

――やっぱり、ダメかもしれない。

第十二話　お侍さん、感心する

「行くぞっ！」

怯えながらもこちらに駆けてくるフランツを見て、黒須の脳裏に去来したのは幼き日の自分の姿。

神妙にすべき立ち合いの最中だが、その初々しくも果敢な姿には、懐かしき修行の日々が想起されて仕方がなかった――

◆
◆
◆

鼻の根を砕かれてボタボタと血を垂らしながら、七歳の元親は父に向かい合っていた。

兄たちはすでに失神し、襤褸切れのように修練場の端に転がされている。

「元親よ、何故打ち込まん」

視線を落として震える息子を威圧するように父が問う。

百戦錬磨の覇気に怯え、元親は父の顔をまともに見ることさえできなかった。

「……申し訳ございません。腕の及ばぬ未熟者故、足が前に出てくれ――」

「否ッッ‼」

突然の砲声に気圧され、思わず一歩後ろに下がる。手に持つ木刀を取り落としそうになった。

「目的を履き違えるな」

父はそう言って壁に飾られた掛け軸を指し示した。

眼に飛び込んでくるのは〝心・技・体〟の三文字。

「申した筈だ。この鍛錬は腕でなく、心を鍛えるためのものだと。幼い貴様らに腕がないのは必然、技や体など成長と共に身に付ければよい。何より先に鍛えるべきは、その下地となる心胆だ。負けると判っていても立ち向かう心構えこそ、武士たる者の第一歩だと心得よ」

言われていることは理解しているつもりだった。

先に叩きのめされた兄たちも、それを覚悟の上で飛び掛かっていったのだ。

「…………」

しかし、どうしても足が竦む。鼻の奥に感じる痛みが、畳に落ちる鮮血の赤が、水に濡れた着物のように身体を重くして離してくれない。

「教えた筈だ。我らの背には護るべき者たちがいると。御家人どもは我らの背を見て肚を決めると。我らが臆せば兵は逃げる。兵が逃げれば民は死ぬ。なればこそ、武士たる者は一歩も後に引いてはならん。そうあれかしと願う者の前で、腰の引けた姿など死んでも見せてはならんのだ」

自分を恥ずかしく思う気持ちと、父の期待に応えたいという気持ちがごちゃ混ぜになり、元親の眼から涙が零れた。

「強くなれ、元親。我こそが武士の中の武士であると、胸を張れる漢になれ」

声を出さずにはらはらと泣く元親に、父は厳しくも優しい声でそう言ってくれた。

◆　◆　◆

あの時の黒須にとって、父との立ち合いは心底怖いものだった。

どう打ち込んでも返り討ちに合う自分の姿が鮮明に瞼に浮かび、前に立つだけで膝が震えて止まらない。それほどまでに、熟練者に立ち向かうというのは勇気が必要になる行為なのだが……。

〝天稟がある〟

それがフランツとの立ち合いを終えての率直な感想だった。幼い日の自分と比較するのは無礼かもしれないが、彼の心胆は称賛に値する。

英雄豪傑の闊歩する日本にあっても、剣を持った黒須の眼光を真っ直ぐに受け止められる者は稀だった。木っ端剣士では武士の威圧に耐えられず、怖気て逃げ出すのが関の山。仮に圧に耐えたとしても、隙のない相手に斬り掛かることは並の神経でできるものではない。

ところがフランツは、怯えながらも大胆な奇襲に打って出た。その顔には確かな恐怖が浮かんで見えたが、それを呑み込み向かってきたのだ。

黒須の眼識では、彼我の間には筆舌に尽くし難い実戦経験の差があった。フランツは大振りを多用し、間合いを広く取りたがる癖のあることから、恐らく対人戦闘の経験はないに等しい。魔物とはそれなりに戦ってきたと感じさせる動きを見せたが、それでも自分に立ち向かうには相当の覚悟が必要だっただろう。我流剣法であるが故の粗さは目立つものの、彼の胆力は一端の剣士足り得る。剣豪を詐称する三下剣客などよりもよほど見所があると、贔屓目なしにそう感じた。

「……………天晴だ」

その独り言とも思える吐息のような囁きは、フランツの耳には届かなかった。

「――さて、では次だな」

先ほどまで観戦していた三人の方へ歩み寄る。

次は誰が出るかと盛り上がっているが、今の戦いを見て臆していない彼らもまた有望だ。

「バルトはコイン投げが強いですねぇ。私、一回も勝ったことないです」

「でもよ、後衛なしでどうするつもりだ？　お前、盾しか使えねぇじゃねぇか」

「うむ……。鎧もない状態ではまともに戦える気はせんが……。フランツが男を見せたんじゃ。儂が逃げ出すわけにゃあ、いかんわい」

悲愴な顔で決意しているところ申し訳ないが、残念ながらマウリの言う通りだ。フランツとの立ち合いで盾も立派な武器として使えることは分かったが、流石に盾だけでは勝負にならない。

「バルトは〝壁役〟なのだろう？　ではマウリ、パメラ、お前たちも一緒で構わん」

「三対一、ですか？」

眼を丸くしているが、彼女に至ってはそもそも武器らしい武器を持っていないのに、どう戦うつもりだったのか。

「バルトは防御専門、お前たち二人は敵と単独で対峙するには向いていない。となれば、まとめてやるのが手っ取り早い」

「たしかに、俺らじゃタイマンはキツいか」

「瞬殺されても訓練になりませんもんね」

「指示役のフランツが不在となれば、各々の連携が肝じゃな」

双方納得のいったところで、開始位置まで距離を取る。

マウリの弓の腕も見たいため、フランツの時よりも更に離れることにした。

「…………………」

しかし、木刀での試合(じゃれあい)など久方ぶりだったが、なかなかどうして趣(おもむき)がある。

生家の山道で通りがかりの兵法者を襲っていた頃は、まだ腰物(こしもの)を許されておらず、渋々と自作の木刀を使っていた。棒切れでの立ち合いに慣れると、いざ刀を振る際に刃物を刃物として扱えなくなりそうな気がして、嫌で堪(たま)らなかったものだが……………琴心剣胆(きんしんけんたん)、これはこれで面白い。

「準備はいいか？」

「おうッ！　いつでも来んかい‼」

「フランツの仇討(かたきう)ちだ！」

「やりますよー！」

立ち合いの直前にも拘(かかわ)らず、その威勢のいい声に思わず笑みを浮かべそうになる。かつて黒須の前に立った武芸者は、誰もが虚勢を張り、怯え、戦(おのの)き、化け物でも見るような眼でこちらを見ていた。彼らの瞳に今の自分がどう映っているのかは分からないが……………黒鬼(くろおに)ではなく、友として映っていれば良いなと、黒須はらしくないことを想(おも)いながら開始の合図を送った。

第十三話　冒険者さん、魔術を披露する

　模擬戦が終わったフランツは、地面に腰を下ろして仲間たちの戦いを観戦することにした。

　丘の上まで走れと言われたが、流石に少し休まないことには足が動いてくれない。

「みんなー！　頑張れー！」

　これまでも仲間内で模擬戦をすることはあったが、自分を除く三人が連携して戦うのを見るのはこれが初めて。巨人の時は状況が状況だったので、呑気に観戦などできなかった。

　さて、どうなることやら。

「準備はいいか？」

「おうッ！　いつでも来んかい!!」

「フランツの仇討ちだ！」

「やりますよー！」

　盾をどっしりと構えるバルトの背後に二人が立ち、遠距離攻撃の準備を整える。

　前衛が敵を抑え、その隙を突いて後衛が攻撃を当てる、荒野の守人の基本陣形だ。

「パメラ、マウリ、俺を仕留めるつもりで動け。バルト、俺から二人を護り切ってみせろ。では、行くぞ」

　遠く離れた位置から開始の合図を送ると、クロスはいきなり突風のような速度で駆け出した。

「マウリ！」

「おうよ！」

マウリが牽制の矢を放つ――――が、難なく剣で叩き落とされた。クロスの速度は全く落ちない。

「なっ……⁉　あの野郎、矢が効かねえ！　来るぞ‼」

残る距離は十メートル弱。近すぎる。もう弓は無理だ。

「諦めるな！　ナイフで牽制し続けるんじゃ‼」

指示に反応したマウリが弓を捨て、投げナイフを両手に構える。

同時に、クロスが妙な動きを始めた。

前進を止めて腰を落とし、反復横跳びでもするかのように左右へ素早い移動を繰り返している。

「なんだ……？　攪乱のつもり――――……あっ」

最初は意味が分からなかったが、視線を戻すと理解できた。

マウリはナイフを振りかぶったまま投げられず、明らかに困っている。

そうか……。動かないバルトを射線上に入れて、自分の壁として使っているんだ。

そうこうしている内に、パメラが声を上げる。

「いけますっ！」

前衛が時間を稼いでいる間に、最大火力のパメラが魔術を準備して撃ち込む、いつもの定石。

果たしてクロスに通用するだろうか。

「この距離なら問題ない！　やれぃ！」

「撃ちますよー！　火砲っ‼」

火砲の奇跡。威力は低いが着弾速度が速く、小規模を炎の渦で焼く範囲攻撃だ。

「…………あれ？」

そういえば。クロスって、魔術のことは知ってたっけ？

そう思い彼を見ると、案の定、ぎょっとした表情で大袈裟なほど距離を取って回避した。

火砲はクロスの手前に着弾し、メラメラと地面を燃え上がらせる。

「――――何だこれは。面妖な」

しまった、やっぱり魔術を知らなかったか。

この国の人間なら、杖を持っている時点で相手が魔術師だと気が付くものだが、彼は魔物すらいない国からやって来たのだ。魔術を知らなくても不思議ではない。事前に教えておくべきだったな。

クロスは燃えている地面をしばらく無言で観察したあと、ゆらりと顔を上げて前進を再開した。

彼と目が合ったバルトが一瞬ビクッと跳ね上がり、盾を構え直すような仕草を取る。

「どうしたんだ？」

何か攻撃を受けたのかと思ったが、クロスには特に変わった様子はない。

むしろパメラの魔術を警戒したのか、最初と違って慎重に歩み寄っている。

「おらっ！」

速度を緩めたクロスに連続してナイフが飛ぶ。が、やはり当たらない。

それどころか、投げられたナイフの一本を空中で掴み取り、投げ返した。

「バルト！」

「お、おうッ！」

バルトが盾で弾いたが、その隙に距離を詰められた。これでもうパメラの魔術は使えない。

クロスはバルトの前まで到着すると、剣でなく、蹴りで攻撃を始めた。

強烈な前蹴りが盾に突き刺さり、炸裂音が繰り返し辺りに響く。

「――――ぐうゥゥッ！」

足を踏ん張り耐えているが、蹴られるたびにバルトはジリジリと後退させられている。

これが荒野の守人の弱点だ。近距離戦闘のできる者がフランツしかいないため、中距離、遠距離型のマウリとパメラでは、ここまで近づかれると攻撃手段がない。

その後は一方的な展開だった。クロスはバルトを押し切ると、素早く迂回して直接二人を狙う。マウリはナイフで、パメラは杖で応戦するが、彼らは後衛だ。フランツの時と比べるとクロスはゆっくりとした動きだったが、二人は全く太刀打ちできず、あえなく敗北した。

さて、講評の時間だ。

「まずバルト、壁役と言うだけあって良い防御だった。何度か本気で蹴ったが、盾を手離さなかったな。あれを突破するには相当の打撃力が必要だろう。それに、胆力もある。パメラの攻撃のあと一瞬殺気を向けてしまったが、よく耐えたものだ」

「ち、チビるかと思ったわい……。巨人と目が合った時よりも圧を感じたぞ」

……あの時の動揺はそういうことだったのか。

「次に、悪い所だな。お前は敵にばかり集中しすぎだ。集団戦では、もっと仲間の立ち位置に気を配れ。攻撃を防ぐのも重要だが、味方の攻撃を阻害しては全体の手数が減る。それと、小回りが利かないのが最大の弱点だ。単体の敵に迂回など許すな。それでは速力のある相手には通用せんぞ」

バルトの防御力は鍛冶人特有の低い重心に由来している。さらに踏ん張りを強化するために大盾と大鎧という重装備を身に着けているのだが、それ故に動きは鈍い。

「バルト、お前はフランツと同じく下半身の鍛錬と運足法の習得だ。瞬発力を鍛えるぞ。それと、素早い敵に慣れるために徹底的に模擬戦だな」

「今のをまたやるのか……。儂ひとりで………？」

その無情な宣告に、バルトは絶望したように顔を青褪めた。

「次にマウリ。お前の強みは弓での遠距離攻撃と投げナイフによる中距離攻撃だ。速く動く敵に対してなかなかの精度だった。俺の前進を止めるために防ぎづらい足元を狙ったのも賢い選択だ」

クロスには劣るかもしれないが、マウリの弓もそれなりの腕前だ。

飛んでいる鳥を撃ち落としたことさえある。

「お前の悪い所は、指示がないと極端に動きが鈍ることだ。フランツの不在に最も影響を受けていたぞ。自分からもっと細かく仲間に声を掛けろ。相手がいつも自分に合わせてくれるなどとは考えるな。戦いの最中は特に眼の前の敵にばかり意識が向きがちになる。今の立ち回りでは、いずれ同士討ちになりかねんぞ」

「そうか……。ナイフを投げる時に、俺からバルトに言って射線を空けりゃよかったのか………」

普段はフランツが細かく指示を出しているため、これはその弊害だろう。

巨人との戦いでも、フランツが離脱した途端に連携が崩壊していた。

「それと、これはパメラにも言えることだが、二人とも連射が遅く、近接戦に弱すぎる。冒険者パーティーとは役割分担も重要なのだろうが、最低限、自分を護る術を身に付けるべきだ」

「だ、だけどよ！　今回の接近戦はキツすぎるって！　クロスが速すぎんだよ！」

マウリが慌てたように弁明し、パメラもそれに同意しているらしくコクコクと何度も頷いている。

「…………フランツ、俺の動きはそんなに速く見えたか？」

「いや、むしろ俺の時よりゆっくりしていたような……」

「えぇっ⁉　違いますよ！　フランツの時よりも断然速かったです！」

――――どういうことだ？

訳が分からない。クロスのスピードの認識に、戦っている者と見ている者で違いがある。

「俺はどちらとも同じ速度で戦ったぞ。お前たちがそれを速く感じたのは、俺が動きを先読みして攻撃していたからだ」

「動きを、先読みした……？」

「然り。生き物には何にでも呼吸というものがある。攻撃する直前、生き物は必ず息を吸う。息を吐いてから攻撃するものなどいない。それと同様に、筋肉や視線の動きでも攻撃の拍子は量ることができるのだ。お前たちはそういった挙動を隠せておらず、『今から攻撃するぞ』と敵に告げているに等しい。その状態を〝動きを見切られる〟と言う。動きを見切られると相手の攻撃がやたらと速く感じるものだ」

つまり、こちらの初動は筒抜けで、先回りして動かれていたということか。

正直、種明かしをされても信じられない。

「兵法者の立ち合いとは、拍子の読み合いを前提としている。理想形は無拍子だが、定拍子、連拍子、囮拍子、乱拍子、影之拍子、合わせ拍子など、拍子を誤認させたり逆に利用する技も…………いや、それはまだ早いか」

なにやら難しい単語が連発されたが……要するに、攻撃のタイミングが重要と言いたいのだろう。

「これはフランツにも言えることだが、お前たちは敵の手元や武器にばかり集中しすぎだ。攻撃の拍子とは、眼、肩、膝の動きに顕著に表れる。相手の一部だけではなく、身体全体を見るようにしろ。武士の世界には〝一眼、二足、三胆、四力〟という言葉がある。第一に相手を観察する眼、第二に足捌き、第三に胆力、第四に力。剣術を修行する過程において、大事な要素をその重要度に応じて示した言葉だ。お前たちも心に留めておけ」

相手を観察する目、つまり洞察力ということか。

これはきっと対人戦闘だけの話ではなく、魔物との戦いにも共通するはずだ。

「話を戻すが、マウリには弓術と手裏剣術を教えて今持っている強みを伸ばす。それに加えて、近接用に小具足術も覚えてもらうぞ。もしフランツが倒れたとしても、復帰までの時間稼ぎができることが目標だ」

「おお！　あの弓を教えてくれんのかよ！　やったぜ!!」

飛び跳ねて喜んでいるが、彼は自分やバルトよりも多くの技術を修得するように言い渡されたことに気が付いているのだろうか。

「最後にパメラ。あの炎は何だ？　凄い術だったな。『撃ちますよー！』と叫んでいたから遠距離攻撃がくるのは分かったが、それにしても驚いたぞ。……ああ、わざわざ敵に分かるように叫ぶのは駄目だがな」

「あっ！　そ、そうですね。魔物と戦う時のクセが出てしまいました……。それより、クロスさんは魔術のことも知らなかったんですね。ニホンには魔術師がいなかったんですか？」

「魔術師か。俺の国にも陰陽師（おんみょうじ）や卜占師（うらないし）、呪術師（じゅじゅつし）と呼ばれる連中がいたが、俺は逢（あ）ったことがない。なんでも怪しげな呪いで人を害したり、妖怪変化を従えるなどと聞いたことはあるが……眉唾物だと思っていた」

魔術師はいないのに、祈禱師（シャーマン）や従魔師（テイマー）はいるのか。不思議な国だ。

「魔術はこの国じゃあ一般的に知られとる技術じゃな。誰にでも扱えるってモンじゃないが、使い手はそれなりに多いぞ。儂も土の魔術に適性を持っとる」

「〝適性〟とは？」

「魔術学校の卒業生たる私がお教えしましょう！　魔術には火・水・風・土・光・闇の六つの基本属性があり、どの属性に適性があるかや、どれだけ強い力が使えるかは人それぞれなのです！」

魔力量は訓練によって後天的に増加するが、適性は神に選ばれた者にのみ与えられる先天的な才能だ。ただし、その才能は親から子へ遺伝することも判明しており、魔術を重視する貴族は強力な魔術師の血を家系に取り込もうと躍起（やっき）になっているらしい。

「では、パメラは火の属性ということか」

「そうだね。さらに言うと、攻撃に使えるような強い魔力を持っている人だけを魔術師と呼ぶんだ。俺にも一応光の適性があるけど……俺やバルトは大した力はないからね。うちで魔術師はパメラだけだよ」

「滅多（めった）にいませんが、二つ以上の属性に適性を持つ人を大魔術師って呼んだりしますよ！　魔術師の憧れです！」

繁人族（レギオン）の場合、魔術適性を持つ者が百人に一人、魔術師クラスの魔力量を持つ者が千人に一人、大魔術師にいたっては数万人に一人の才能だと言われている。種族によってその確率は変わるものの、複数属性持ちは希少中の希少。まさに奇跡的な存在だ。

「マウリはどうなんだ？」

「俺は使えねぇな。魔術ってのは、適性を持ってるヤツは教えられなくてもある程度扱えるもんなんだと。逆に持ってねえヤツはなんのことだかサッパリ分からねえもんさ」

「そういうものか……。俺にもさっぱり分からん」

「であれば、残念ながらお前さんにゃ魔力がないんじゃろうな。パメラのような大技はキチンと習わんと使えんが、適性さえありゃあ自然と魔力の使い方は分かるもんじゃ。ほれ」

バルトが地面に手をつくと、その部分が泥に変わる。土属性の下級魔術、沼地の奇跡だ。

「面白いな……。一騎討ちでは隙が大きくて使い物にならんが、集団戦や乱戦なら脅威になり得る。俺も使えれば楽しかったのだろうが……残念だ。ところで、パメラの鍛錬だが」

クロスはくるりと向き直り、パメラは気まずげに目を逸らした。話題変えには失敗したらしい。

「わ、忘れてなかったんですね……」

「当たり前だ。お前の弱点はマウリと同じ、連射の遅さと近接戦の弱さだ。悪いが俺には魔術を教えられんからな、連射については助言ができん。近接戦闘の強化には杖術と柔術を教える。弱い力で相手を崩す方法を中心に鍛えるぞ」

こうして、荒野の守人の地獄のような訓練の日々が始まった。

第十四話　お侍さん、依頼を受ける

フランツたちの装備が返却される日。

オーラフから装備を受け取った一行は、仕事をするべく冒険者ギルドにやって来ていた。

「あっ！　クロスさん、ちょうどいいところに！」

ギルドの中に入った途端、受付にいたディアナから声を掛けられる。

「どうした？」

「前回教えていただいた集落の調査が昨日終わりまして。クロスさんが仰（おっしゃ）っていた通り、墓標から小鬼（ゴブリン）三十五体、小鬼頭（ホブゴブリン）一体の討伐が確認されました。つきましては、特別報酬として金貨一枚をお支払いいたします」

手渡された金貨を小銭入れに仕舞（しま）いつつ、一番気掛かりだったことを尋ねる。

「犠牲者の身元は？」

「……まだ半分も判明していませんが、引き続き、調査は進めるつもりです」

「そうか。よろしく頼む」

仲間たちから聞いたのだ。小鬼どもが何故（なぜ）人を攫（さら）うのか、攫われた者にどんな仕打ちをするのかを。牢屋敷（ろうやしき）の穿鑿所（せんさくじょ）や拷問蔵（ごうもんぐら）が極楽に思えるほどの苦痛だったはずだ。市中引廻しを遥（はる）かに超える恥辱だったはずだ。想像を絶する無念、察するに余りある。仇は討てども、せめて親元に帰してやらねば御霊（みたま）も成仏できぬだろう。

「それと、この集落討伐が正式に実績として認められましたので、クロスさんは本日付けでFランクに昇格となりました。おめでとうございます！」

まだ一度も依頼を受けていないのに昇格か。

GランクとFランクは駆け出しと聞いていたし、そんなものなのかもしれない。

交換された鉄板の冒険者証を一瞥(いちべつ)して首に掛け直す。冒険者としての活動はあくまでも生活費を稼ぐための手段でしかなく、昇格に対しては特に何の感慨も湧かなかった。

「よかったね。これで俺たちと同じEランクの依頼を受けられるよ」

「ああ、そうか。そういう規則だったな」

冒険者は自分と同ランクか、上下一つ違いの依頼を受けることができる。

たしかに登録の時、ディアナがそう説明していた。

「じゃあ、早速掲示板を見てみようか。朝一番だから良い依頼も残ってるはずだよ」

掲示板の前に集まり、貼り付けられた依頼書を吟味する。

といっても、黒須はまだこの国の文字を読めないため、眺めているだけなのだが。

「んー……。どの依頼を受けるか悩ましいですねぇ」

「たった数日じゃが、教わった運足法を実戦で試したい。討伐依頼がええんじゃないかの」

「クロスはこれが初依頼だぜ？　採取系から覚えた方がよかねぇか？」

「それじゃあ……これにしようか。『豚鬼(オーク)三体の討伐：報酬金貨一枚』。魔の森なら〝常設依頼〟の薬草採取も狙えるからね」

荒野の守人(もりびと)と暮らし始めてから、黒須は毎晩冒険者としての知識を教わっている。

常設依頼とは、年中需要のあるものをギルドが無期限で掲載している特殊な依頼のことだ。通常は依頼書を掲示板から剝がして受付で受注処理をしてもらうのだが、この常設依頼の場合はそれが不要となる。そのため、冒険者にとっては本命のついでに達成する、行き掛けの駄賃のような依頼なのだとか。

「豚鬼三体か。いつもならちとキツいところじゃが、今回はクロスもおるからの」

「いいんじゃねえか？」

フランツの提案に皆が賛成し、受付でディアナに手続きをしてもらってギルドを後にした。

「今回も草原で一泊してから森に入るのか？」

「いや、あの時は時間が合わなくて使えなかったけど、乗合馬車で森の入り口までは行けるんだ。ご領主様の方針で、冒険者なら無料で送ってもらえるんだよ」

「無料か。太っ腹なことだ」

普段街の中で乗っている馬車は、距離に関係なく、一人銅貨一枚を毎回支払っている。為政者からすれば、厄介な魔物を間引いてくれる冒険者を優遇するのは当然なのかもしれないが、この街の領主はかなり理解のある人物のようだ。冒険者の楽園と呼ばれているのも頷ける。

雑談しつつ馬車に揺られていると、午前中に森の麓に到着した。同乗していたのはほとんどが冒険者だったらしく、ぞろぞろと足並みを揃えて森の中へと消えていく。

黒須も馬車から降り、一度ぐーっと背伸びをして身体を伸ばした。馬車というのは便利なものだが、永く乗っているとどうにも肩が凝る。乗馬では感じることのない感覚だ。フランツたちは平然としているし、慣れの問題なのだろうか。

「さて、依頼書によれば豚鬼が目撃されたのはここから少し西の地点だ。道中は常設依頼の薬草を探しながら向かおう」

フランツの指示に従い森を西へ進む。

斥候（せっこう）のマウリが先行し、前列にフランツとバルト、後列にクロスとパメラという隊列だ。

「それにしてもクロスさん、やっぱり剣三本とも持ってきちゃったんですね」

「ああ。今日は新しい剣の慣らしをするつもりだが、大小は手放せんからな」

黒須は今回、買ったばかりの幅広剣（ブロードソード）を腰に差していた。

世の浪人には経済的な困窮で脇差（わきざし）を質草（しちくさ）として預ける者が多い中、なんとも豪快な三本差しである。

「武士（ブシ）って大変なんですねぇ……。あっ、それ薬草ですよ」

パメラが指差したのは蓬（よもぎ）に似た植物。群生していたので根ごと採取し、用意していた布に包む。

この布を湿（しめ）らせておけば、数日は鮮度を保ったまま持ち歩けるそうだ。雑に扱うと買い取ってもらえなくなるらしいので、気を付けて丁寧に処理をする。

「薬草は十本一束で銅貨五枚になります。安いですけど、見つけたらどんどん採取しましょうね」

「承知し――――……何かいるな」

左前方から微（かす）かに生き物の気配がする。距離があるため正確には分からないが、足音から察するに単体ではない。黒須の声を聞きつけたマウリが忍び足で確認に向かい、すぐに戻ってきた。

「五十メートル先に犬鬼（コボルド）が四匹だ。こっちにはまだ気付いてねぇ。どうする？」

…………〝五十めーとる〟か。

彼らからこの国で使われている長さ、重さ、時間などの単位も教わっているが、まだ実際の距離が咄嗟に頭に浮かばない。半町ほどの距離だったたか。

「この時期は毛皮が高く売れるからね。狩ろうか。俺とクロスが迂回して近づくから、合図したらマウリが弓で先制、パメラは念の為に魔術の準備、バルトは二人の護衛を頼むよ」

フランツの指示でそれぞれが配置につく。

茂みから覗いてみると、直立した狗が四匹、仲良く並んで歩いていた。フンフンと鼻を鳴らしながら涎を垂らして歩く姿は患った狼のようで、お世辞にも愛嬌があるとは言えない生き物だが……。

やはり、これを魔物と断ずる基準がよく分からない。ディアナやヤナの同胞、親類縁者と言われれば納得してしまいそうなものだ。

バシュッ！　という弓音が響き、短い悲鳴が上がる。

フランツが合図を送るのと同時に矢が飛び、敵の頭を貫いたのだ。

残りは三匹――――隠れていた藪から飛び出す。

犬鬼どもは突然仲間が斃され驚いたようだが、すぐに牙を剝いて襲い掛かってきた。

…………毛皮が売れると言っていたから、胴は斬らない方がいいだろうな。

そう思いつつ、新品の剣を喉元に一閃――――血が噴き出したのを確認し、バルトたちの方へ向かっていた二匹目を追いかけて背後から後頭部を突き刺した。即死だ。

「…………………」

近くにあった大きめの木の葉を手折り、血振りした剣を拭う。斬れ味は愛刀に比べるべくもないが、斧のように叩き斬るための武器と考えれば悪くない。物は使いよう、これはこれで趣がある。

黒須が二匹を斃している間にフランツも仕留め終わったらしく、マウリたちも集まってきた。

「クロス、俺の弓どうだったよ？」

「狙いは良かったが、矢を放つ音はもっと抑えられたな。この距離ならそこまで力を入れずとも仕留められる。初撃で位置を気取られなければ、二匹目も殺れていたぞ」

「ちっ、やっぱそうか……。今まで全力でしか射ったことねぇから、イマイチ相手を仕留められるだけの力加減ってのが分からねぇ」

「弓の加減には慣れがいる。実戦を熟していればいずれ身に付くものだ」

「厳しいですねぇ。ささ、解体しちゃいましょう」

購入したナイフを使って犬鬼の毛皮を剝いでいく。〝解体用〟という触れ込みで買った品だけあって、とても使い勝手がいい。大きな反りがあるため肉に沿って綺麗に皮が剝げる上、峰が鋸のようになっており、骨や腱を簡単に断ち切れる。購入しておいて良かった。

「よし、それじゃ行こうか」

剝ぎ取った毛皮と魔石をそれぞれが手分けして荷物入れに収納し、一行は更に西へと歩を進めた。


「――――――！」

しばらく森を進んだ頃、マウリの右手が上がった。全員が無言で静止し、警戒を強める。

「いたぜ、豚鬼だ。三十メートル先の木の根元。二匹は寝てるが、一匹見張ってやがる」

「……パメラ、寝てる二匹に火炎嵐の奇跡を撃ってくれ。マウリは見張りに弓だ。タイミングを合わせて同時に攻撃する」

「豚鬼相手だと一撃で仕留められるか微妙だぜ？」

「牽制になればいいよ。多分、寝てる奴らも即死はしないと思う。二人の攻撃のあとに、俺、クロス、バルトで一匹ずつ受け持とう。クロスはマウリが攻撃する奴を頼む。一番元気だと思うからさ」

「承知した」

「バルト、俺とクロスが向かうまで耐えてくれ。倒し終わったらすぐに行く」

「了解じゃ」

作戦も決まり、配置につこうと一歩踏み出したところで、パメラが意外な提案をした。

「それならバルトの方に私とマウリも参加しますよ。せっかく覚えた杖術も使ってみたいですし」

鍛錬ではよく弱音を吐く娘だが……泰然自若、なかなかどうして肝が据わっている。

「そうだな。俺らも今ならそれなりに戦えるぜ」

「…………クロス、どう思う？」

フランツは不安げな表情でこちらを見る。心配で堪らないと顔に書いてあるようだ。

「大丈夫だろう。万が一があれば俺が助ける。マウリ、牽制の矢は眼玉を狙ってみろ。パメラは膝か爪先だ。バルト、二人の位置に気を配れ」

「よし、訓練を思い出して最善を尽くそう！」

フランツの掛け声のあと、気配を消しつつ相手に見つからないギリギリの位置まで移動した。

豚鬼が視界に入ったが……なんとも醜悪な姿だ。だらしなく太った大男の身体に、牙の長い猪の頭が載っかっている。大鼾をかいて寝ている二匹は丸腰、見張りの一匹は斧を持っていた。

パメラが魔術の準備に掛かり、マウリがそっと矢を番える。

「………撃てます。三、二、一、火炎嵐!!」

パメラの杖から球状の大きな炎が飛び、寝転がっている豚鬼に炸裂した。

二匹が豪火に包まれ悲鳴を上げる。

同時に放たれたマウリの矢は狙いを外して見張りの頬に突き刺さった。

一斉に飛び出し、それぞれの相手のもとへ向かう。

「ブヒィイイ――――ッッ!!」

「お前、その姿で猪のように鳴くのか」

豚鬼は絶叫しながらドタドタと駆けてくる――――が、鈍重。

額に汗して力いっぱい斧を振り回しているが、動作が大きく、蝿が止まりそうなほど鈍い。

これなら小鬼頭の方がまだマシだった。

事前にEランクとは聞いていたが………こいつはつまらんな。

斧を振り上げた隙に三段腹へ一閃、膝をついたところで首を叩き斬った。

さて、皆の様子を見に行くか。

第十五話　冒険者さん、成長を実感する

「プギィィイイッ!!」

フランツはパメラの魔術で大火傷を負った豚鬼に向かい合う。

体から煙が上がるほどの重傷。しかし、やはり仕留め切れなかったか。これまでに四人がかりで一匹の豚鬼を倒したことはあるが、一人で相手をするのはこれが初めてだ。

…………大丈夫だ、訓練を思い出せ。敵の動きを観察して、自分に有利な立ち位置を考えろ。

手負いの豚鬼は雄叫びを上げてこちらに向かってくる。その体格に迫力は感じるが、連日の模擬戦のおかげか、冷静に動きを見ることができた。

拳を握り、肩がピクリと僅かに動く。

――右の振り下ろし！

大振りの拳を左に躱し、すれ違いざまに脇腹を斬り付ける。

硬い、が……手応えアリだ！

振り返ると、豚鬼は脇腹から大量の血を噴き出していた。恐らく傷は内臓に達しているが、油断は禁物。魔物の生命力は凄まじく、この程度の傷ならまだ動けるはずだ。

予期した通り、目をギラつかせながら両手を広げて向かってきた。

――体当りか！　摑まれるのはマズい！

バックステップで大きく後退する。

いくら勢いがあっても相手は手負いだ。簡単に距離を離すことができた。

「ブヒィィ――――ッ!!」

悔しげな声を上げる豚鬼と睨み合う。

相手は瀕死だが、それ故に捨て身の攻撃に警戒を強めなければならない。

「「……………」」

数秒の沈黙のあと、豚鬼はまたしても腕を前に突き出して突進してきた。

――なるほど。組み付きさえすれば勝てると思っているのか。

クロスの言葉を思い出す。

『敵の拍子を読め、敵には拍子を読ませるな。お前の攻撃は見え見えだ。何をしたいのか、どこを狙っているのか、肚の中がそのまま挙動に顕れている』

模擬戦のたび、幾度となくそう言われた。彼もきっと、今の自分と同じ心境だったに違いない。

教わったばかりの〝八相〟の構えを取り、敵の動きに集中する。

素振りでは一度も合格を貰えていないが、ぶっ倒れるまで繰り返した型。

――〝斬るためにどう躱すか〟だ！

突進してくる豚鬼の腕を潜るようにして避け、片足を軸に半回転して背後を取る。

相手は勢い余ってドタドタとたたらを踏み、咄嗟には振り返れない。

「ふっ!!」

ガラ空きの背中へ渾身の一撃を叩き込む。

分厚い脂肪の層を裂き、刃が骨に当たる硬い感触。そのまま強引に剣を振り抜く。

「プギィ………」

肩から腰までを大きく斬り裂かれ、豚鬼は膝から崩れ落ちるようにゆっくりと前のめりに倒れ込んだ。荒れた息を整えながら、フランツは自分の手のひらを見つめる。

「――――俺、強くなってるのかな」

子供の頃、教会に置いてあった英雄譚を読んだことがきっかけだった。たった一人で魔物の群れに立ち向かい、ボロボロに傷付きながらも街を救った冒険者の物語だ。

生来大人しい性格だったフランツは、その勇敢な英雄の姿に強く憧れた。両親は心優しい息子には無理だと猛反対したが、それを振り切って酪農家の実家を飛び出し、アンギラで冒険者になった。

最初は自信に満ち溢れていた。下積み時代には理想としていた冒険者像との隔たりに、畜生と唇を噛む日もあったが、雑用依頼で資金を貯めて立派な装備も手に入れた。自己流ではあるが、剣の訓練だって人一倍努力してきたつもりだ。ギルドの資料室に引き籠もって勉強し、あらゆる魔物の特性にも詳しくなった。文字を読めない冒険者に学んだ知識を披露して、俺はお前たちとは違うんだと、優越感に浸ったりもした。

しかし、初めて魔物に向かい合った時、その自信は粉々に打ち砕かれた。

採取依頼の帰り道、相手はたった一匹の小鬼だったが、自らに向けられる情け容赦のない殺意に耐えられず、フランツはまともに剣を振ることもなく尻尾を巻いて逃げ出した。

誰にも言えない、自分だけの暗くて苦い思い出だ。

そこからは諦めの多い人生を歩んできた。ソロであることを諦めて仲間を探し、一人で魔物を倒すことを諦めて連携ばかり訓練した。仲間の前で口にしたことはないが、高位の冒険者になる夢もすっかり諦め、ただ漫然と無難な依頼をこなして生活する日々に、いつしか、強くなろうとする熱意さえも失っていた。

◆◆◆

しかし、今、確かな成長の実感がこの手にある。

数日訓練しただけで急激に技術が向上したりはしない。これは考え方の差だ。〝回避〟を起点にするのではなく、〝攻撃〟を起点にして戦っただけ。たった、それだけの差。

体の内側の明かりの消えていた部屋に、光が灯（とも）ったような感覚があった。その部屋に久しく仕舞（しま）い込んでいた何かが、むずむずと動き出した気がする。

――このまま前に進めば、あの憧れた英雄の姿に、一歩でも近づけるかもしれない。

「……俺、まだ強くなれるんだ」

胸の奥が太陽を飲み込んだように熱くなり、フランツはぎゅっと拳を握り締めた。

「っと、そんなこと考えてる場合じゃない。早く行かないと――ん？」

我に返って辺りの様子を確認すると、少し離れた場所でクロスが腕を組んで突っ立っていた。

仕留め終わったらバルトを助けに向かう手筈なのだが………

「フランツ、終わったか」

「うん、なんとか勝てたよ。クロスはどうして参加してないんだ？」

「見てみろ」

促されるままバルトたちの戦闘に目を向ける。

「――――よっしゃ！　左足もらったぜ!!」

「右足もあと少しです！　バルト、もうちょっとだけ頑張ってください！」

「クロスのしごきに比べたら余裕じゃ！　あと千発は耐えられるわいッ!!」

マウリはナイフ片手に豚鬼の周りを走り回っており、どうやら左足の腱を切断したようだ。パメラも杖の遠心力を利用して右膝を攻撃している。そしてバルトがぴったりと相手に張り付き、繰り出される大振りの拳を全て防いでいた。

「凄い……」

「ああ、特にバルトの奮闘が目覚ましい。マウリとパメラの技は付け焼き刃だが、バルトが攻撃を全て防いでくれると確信しているからこそ大胆に動けている。そら、もう豚鬼が膝をつくぞ」

パメラの杖が右膝を打ち据え、豚鬼がついに倒れ込んだ。

そこへバルトが大盾を挟んでのしかかり、暴れる敵を押さえつける。

「マウリ！　トドメを刺せ!!」

「任せろっ！」

バタバタと藻掻く豚鬼の首にナイフが突き刺され、決着がついた。

「みんな、驚いたよ！　三人だけで倒し切るなんて！」

フランツは心からの賛辞を送る。近接戦闘が苦手な彼らが豚鬼に勝利したのは、間違いなく快挙だ。以前なら想像すらできなかった。

「いや、バルトがすげえよ‼　俺らに一発も掠らせなかったぜ！」

「私たちは何も考えずにボコボコにしただけです！」

「訓練の成果が出て良かったわい。クロス、どうじゃったかの？」

「御膳上等、天晴れだ。敵を抑えながら、動き回る仲間の位置を常に眼で追えていたな。マウリとパメラも訓練通り、見事な連携だった。フランツの戦いも見ていたが、相手との位置取りや間合いをよく考えて戦えていた。全員見違えたぞ」

み、見られてたのか……。でも、やっぱりあれで間違っていなかったんだ。

この戦いで少しだけ、きっかけのようなものを摑めた気がする。

「さっさと解体しちまおうぜ！　こっから川まで遠いし、急がねえとな」

「そうだね。手分けして運ぼうか。クロス、ロープを出してくれる？」

豚鬼の亡骸に手をかけると、彼はなぜか、キョトンとした顔でこちらを見返した。

「解体？　こいつも素材になる部分があるのか？」

「豚鬼は肉が売れるぞ。アンギラじゃあ人気の食材じゃ」

「…………食うのか、これを？」

とても驚いている様子だが、あれ？　でも——

「なに言ってるんですか。クロスさんが昨日屋台で食べてた串焼きが豚鬼のお肉ですよ？　美味しいって言って、おかわりまでしてたじゃないですか」

「――あれか。旨かったが……食う前に、知りたかったな」

いや、むしろ知らずに食べていたのか。

彼はたまに抜けた所があるというか、分からないことがあっても相談せずに、一人で自己完結して行動してしまう節がある。先日も買ってきた服の着方が分からなかったらしく、ベルトを紐のように腰に結び、緩いズボンを両手で押さえた状態で朝食の場に登場した。『この帯は固くて巻き難いな……』などと大真面目な顔で言うものだから、大いに笑わせてもらったものだ。

「いけませんよクロスさん！　好き嫌いはダメです！　今日の晩ご飯だってこの豚鬼を食べるんですからね！」

「好き嫌い……？　いや、そうだな。その通りだ。ここは異国……そう、ここは異国だ。郷に入っては郷に従えだ」

自分に言い聞かせるようにブツブツ呟いているが、そこまで嫌なら食べなくてもいいと思うんだけど……。

彼によると、ニホンでは牛馬の肉を食べること、つまり〝肉食〟自体に忌避感を持つ者が多いらしい。ファラス王国でも獣人族の一部に草食の者はいるが、国民全体が菜食主義とは驚きだ。

彼自身は子供の頃から狩りをしていたので平気なのだそうだが、単純に、人型という点が気持ち悪いのだとか。自分たちにとっては親しみのある食材だけに、あまりピンと来ない感覚だった。

その後、なんとか川辺まで死骸を運んで解体した。巨体の豚鬼でも、肉になってしまえば持ち運びも楽なものだ。

「じゃあ、そろそろ乗合所に戻ろうか」

馬車に揺られ日も落ち始めた頃、ようやくアンギラの城壁が視界に入る。

「今回はそこその稼ぎになったんじゃねえか？」

「そうだね。討伐報酬に豚鬼の肉、薬草、犬鬼の毛皮。なにより装備の損耗がないからね。金貨二、三枚にはなるんじゃないかな」

フランツは頭の中で各種支払いなどの細かい計算を始めていた。パーティーの資金管理もリーダーの大切な仕事。家賃や食費のほか、もしもの時のために貯蓄も考えておく必要がある。

冒険者は体が資本の職業だ。誰かが怪我や病気になったとしても、治療費が出せないような事態は絶対に避けなければならない。そんなことを考えている内に、いつの間にかギルドに着いていた。

「お疲れ様です、ディアナさん。達成処理をお願いします」

「おかえりなさい！　……あの、フランツさん。その前にちょっとお話がありまして」

「どうしたんです？」

ディアナはどうも顔色が優れない様子だ。何か悪い話なのだろうか。

「実は、ギルドマスターから皆さんが戻ったら部屋にお連れするよう、仰せつかっているんです。……何かしたんですか？」

「「「……………」」」

――心当たり、あるなぁ……

第十六話　冒険者さん、呼び出される

「ギルドマスターが…………」

心当たりは、ある。まず間違いなく先日の喧嘩の件だろう。人通りのある往来であれだけ派手に暴れたのだ。自分たちの顔を知っている者に見られていたとしても、おかしくはない。

しかし、どこか腑に落ちない。傭兵ほどではないにしても、短気な者が多い冒険者にとって喧嘩など日常茶飯事だ。ギルド内の酒場ですら毎日誰かしらが殴り合っている。冒険者同士の揉め事にギルドは一切関知せず、自己解決するのが暗黙の規則。仮に相手が傭兵だったとしても、その不文律は変わらないはずだ。一般人を相手に怪我を負わせたならまだしも、傭兵相手の喧嘩程度で罰則など……ましてや、ギルドマスター直々に呼び出される理由が分からない。

「とにかく、ギルドマスターの執務室までご同行願えますか？」

「…………分かりました」

仲間たちと目を見合わせて頷いたあと、ディアナの先導でぞろぞろと四階へ上がる。

冒険者が立ち入りを許されているのは資料室や貸し会議室のある二階までで、それより上のフロアは職員専用、もちろんフランツも初めて踏み入る場所だった。依頼者と折衝をすることもあるため絵画や花瓶で飾られている一、二階と違い、部屋番号の書かれた無愛想な名札だけが淡々と並ぶ殺風景な廊下に、じんわりと手のひらに汗が滲む。

「こちらです」

彼女は四階の最奥（さいおう）、これといって特徴のないドアの前で立ち止まると、ノックをして中に呼び掛けた。

「ディアナです。荒野の守人（もりびと）の皆様をお連れしました」

「入りたまえ」

フランツたちを中へ入れると、ディアナは心配そうな顔でこちらをチラリと一度見て、そのまま受付に戻っていった。同席してくれないのかと少し心細く思いつつ、広い室内を観察する。

部屋の中央にテーブルを挟むようにしてソファーが置かれ、入り口の正面に大きな窓、その前には執務机。ギルドマスターの執務室と聞いて豪華絢爛（ごうかけんらん）な内装を想像していたが、予想に反して余計な物が何もない事務的な部屋だった。本人を反映した物品が何一つない。

こちらを眺める部屋の主の服も、飾るというよりは肌を隠すことが目的のように見えた。世界に対して自分を開かず、まるで飾るのを恥じるように。そもそも飾る概念そのものがないかのように。

「知っているかもしれんが、改めて。ギルドマスターのヘルマンだ。とりあえず座りたまえ」

当然知っている。ヘルマン・デイン、元Aランク冒険者で、豊富な経験と指揮能力の高さを買われてこの冒険者の楽園を任されている生え抜きの猛者（もさ）だ。細身で、一見して学者風の男だが、鉄火場を生き抜いた者たちが持つ独特の存在感（オーラ）を放っている。顔には無表情でもいつ牙を剥（む）いてくるか分からない凄（すご）みがあり、向き合っているだけで胃が締めつけられる気がした。

「……失礼します。みんな、座ろう」

促されるままにソファーに腰を下ろし、礼儀として、こちらも短く名を名乗る。

ヘルマンは執務机から黙ってこちらを見ているが、その目線は厳しく、これから始まる会話が好ましい内容ではないことを予感させるには十分だった。

「さて、もう分かっていると思うが、傭兵ギルドの会員との揉め事の件だ。相手方はそれなりに名の知れた傭兵団だったそうでね。今朝、先方のギルドマスターから正式に抗議を受けたよ。内容は粗方把握しているが、君たちの口からも事情を聞きたい」

「……分かりました。あの日、俺たち五人が通りを歩いていると――――」

代表してフランツが経緯を説明した。酔った相手に絡まれたこと、突き飛ばされて反撃したこと、相手が先に剣を抜いたことなど、喧嘩をしたことは認めつつ、こちらの正当性を主張する。

「――――ということです」

「なるほど、私が把握している内容と概ね一致する話だ。喧嘩自体に問題はないだろう。その内容だとあちら側に非があるのも明らかだ。ただし…………」

ヘルマンはここで一度言葉を区切り、威圧するようにこちらを睥睨した。

「問題は、あちらの会員を殺そうとしたことだ。フランツ君、君の説明にその話は出てこなかったようだが、目撃者の証言では明確な殺害の意思があったと聞いている。実際、相手側の一名は重傷だそうだ」

フランツは言葉に詰まる。ヘルマンに言われたように、どこか後ろめたさがあって、クロスが相手を殺そうとしたことはあえて説明を省いたのだ。

「言いたくもない話だがね。一般の住民から見た冒険者とは、荒くれ者の集団だ。流民であるゆえ地域に根ざす者は少なく、街中を武器を持って歩き回り、市場や酒場で喧嘩する。そんな我々が存在を認められているのは、魔物を狩ることで領地に貢献し、定められた法や規則によって厳しく行動を制限されているからに過ぎない」

ヘルマンは一人一人の目を見ながら毅然として語る。

「分かるかね？　冒険者は厄介者との間にあるギリギリの分水嶺、瀬戸際に立っているのだよ。我々は魔物の脅威から命懸けで住民を守ることを義務として、地域に価値を示し続けることで何とかその地位を保っている。この街が冒険者の楽園などと呼ばれているのは、ひとえに強制依頼によって死んでいった先人が築き上げた信頼によるものだ。だからこそ、冒険者ギルドは会員に対して最低限の規則を守ることを求めている」

その言葉には元Aランク冒険者としての経験に裏打ちされた迫力があり、反論の余地もなかった。子供が叱られている時のような気まずい沈黙が場を支配する。

「クロス君。君は相手を殺すつもりだったのかね？」

「仲間に止めらなければ殺していたな」

ヘルマンの射竦めるような視線を受けながら、彼は平然と即答した。

そこは、そんな気はなかったと嘘を吐いてくれてもいいのだが…………

「登録の際に説明を受けたはずだ。殺人を犯した場合、冒険者資格の剝奪も有り得ると。そして、この規則は未遂であっても同様に適用される」

「なっ――――！　相手に怪我をさせたのは事実ですが、先に剣を抜いたのは奴らなんですよ⁉」

「ふざけんなよ！　黙って殺されてりゃよかったってのか⁉」

「そうですよ！　あれは立派な正当防衛です！」

「資格剝奪は重すぎる！　納得がいかんわ‼」

フランツたちは口々に異議を唱えたが、ヘルマンはそれを一蹴した。

「黙りたまえ。私は今、彼と話している。……で、どうだね？　資格剝奪も覚悟の上の行動だったと、理解していいのかね？」

「覚悟などと大袈裟に言うまでもない。仲間を侮辱する者を俺は許さん。そして俺は己の信念を他の何よりも優先する。その前では街の法もギルドの規則も、どうでもいいことだ。資格剝奪ということなら特に文句もない」

「クロス、それはダメだ!!　ギルドマスター、それならリーダーとして彼を止められなかった俺の責任です！」

クロスは平気なのかもしれないが、あれは明らかに俺たちのパーティーに売られた喧嘩だ。彼一人に責任を押し付けるような真似は断じて看過できない。

ヘルマンはフランツの抗弁を黙殺し、あくまでクロスに向かって辛辣に話し続ける。

「つまり、身勝手な行動を反省もしていなければ、その傲慢な考えを改めるつもりもないということかね？　君は、私が言うところの厄介者ということか」

「……ヘルマン殿、だったな？　冒険者ギルドの長としての考えや、冒険者の責任は今の話で理解したつもりだ。先ほども言った通り、処罰は甘んじて受け入れよう。その上で言うが——俺にどうしても考えを改めさせたいのならば、そちらこそ覚悟をしてもらおう。冒険者としての在り方に口を出すのは構わんが、俺の生き様にまで余計な世話を焼くつもりなら容赦はせんぞ。互いに道を譲れぬのなら、後は剣を抜くしかあるまい」

クロスの声は苛立ちから怒りを含んだ語勢に変わり、フランツは今のヘルマンの言葉が彼の逆鱗に触れたことを悟った。止めに入るべきかと身を乗り出したが、クロスの表情を見て尻込みしてしまう。

彼は、睨み殺しでもしそうな目つきでヘルマンを見据えていた。

その目には、思わず息を呑むほどの獰猛さがあった。

「「…………………」」

二人は数秒睨み合いを続けていたが、唐突にヘルマンがわざとらしいため息を吐いて肩を竦める。

「はぁ……。いや、すまない。少し君を試しただけだよ。報告を受けて、一度この目で人となりを確認しておこうと思ってね。今回、君たちには何のお咎めもない。そもそも相手方は重傷を負いながら、さっさと街を逃げ出したそうだからね」

「……俺を試しただと？　貴様、人を舐めるのも大概に――――」

「クロスさんっ！　ストップ、ストップ!!」

「落ち着かんか!!　せっかく無罪放免なんじゃ、ここで暴れるのは得策ではないぞ！」

いきり立つクロスの膝にパメラが飛びつき、バルトが肩を掴んで引き止めた。

「お前もうしゃべんな！」

さらに文句を言おうとする口をマウリが両手で塞ぎ、強制的に黙らせる。

「――――？　――――！」

モガー!!　と、なおも喚いている様子をしばし眺め、フランツはヘルマンに視線を戻した。

「ギルドマスター、どういうお考えだったのか俺には分かりませんが、今日のところはお暇しても構いませんか？　この状態で、これ以上の話し合いは無理です」

「ふむ、そうだね。君たちはもうお帰りいただいて結構だ。フランツ君、君は少し残りたまえ」

……話はもう終わったはずだが。

自分だけが残されることに、フランツは若干警戒を強める。

他の面々はチラチラとこちらを気にしつつも、大人しく部屋から退室した。

――カチャ。

鍔鳴りの音に振り返ると、クロスがちょうどドアを閉めて出ていくところだった。

「……フランツ君。今の、分かったかね？」

「今のとは？」

「クロス君は柄に手をかけて私に殺気を向けた。あれは『リーダーに下手な真似をしてみろ。お前を殺すぞ』という意味だよ。つまりは脅しだ」

「…………すみません」

マウリの一件を考えると――やりかねないだろう。

彼は人に嘘を吐いたり虚勢を張るような人物ではない。

『仲間を侮辱する者を許さない』『己の信念を何よりも優先する』

恐らく、この言葉も本気で言っている。この場で僅かでも自分が傷付けられれば、彼は資格剥奪など気にすることもなくヘルマンの首を落とそうとするはずだ。

「私は君たちの関係をよく知らないが……。はっきり言って、クロス君が君のことをリーダーと認めている状況は、非常に不自然だ。君がリーダーとして分不相応ということではなく、彼がそれに納得しているのが不思議だという意味だよ」

「それは……俺もそう思います。クロスがパーティーに入ったのは、成り行きという部分もありました。正直、彼は俺たちには見合わないほどに強い男です」

　クロスの実力は明らかにEランクパーティーには不釣り合いだ。本人はランクを上げる意欲はないと言っているが、その気になれば高位ランクも夢ではないだろう。

「そうではない。戦闘能力ではなく、人格の話だよ。通常、あのような気質の者は人の下につくことを良しとはしない」

　ヘルマンはそう話しながら席を立つと、フランツの対面のソファーへ腰を下ろした。

　その様子は先ほどまでの高圧的な態度とは打って変わって、随分と穏やかな雰囲気に感じる。

「いいかね、フランツ君。ああいう人格の者は、稀にいる。高位のソロ冒険者に多いタイプだ。度を越して我が強く、唯我独尊を体現したような者たち。あの手の者は、基本的に周囲の声には一切耳を貸さない。普通なら聞き流すような嫌味一つで、躊躇なく暴走する危険性を秘めている」

「たしかに頑固な部分はありますけど……。危険とまでは――」

「これは私の経験談だがね。仲間の一人が怒りのままに貴族を殴り、私のパーティーは解散にまで追い込まれた。きっかけは些細なことだったよ。その貴族が私のことを『口だけでランクに見合う腕はない』と馬鹿にしたそうだ。仲間のことを恨んではいないが……あの時、彼を止められなかった自分には胸を掻き毟りたくなるほどの後悔がある」

　常に仏頂面で話していたヘルマンの顔に、言いようのない悔恨の色が浮かんだ。

「今回君たちを呼び出したのは、喧嘩の経緯を聞いてその時のことを思い出したからだ。君にはよく覚えておいてほしい。クロス君のことを深く理解して、リーダーの君がしっかり手綱を握り、歯止めになるんだ。でなければ、パーティーを巻き込んで破滅することも有り得る。お節介かもしれないが、そのことを君には伝えておきたかった」

「…………肝に、銘じておきます」

ヘルマンの助言を心からの忠告と受け止めて、フランツは真剣な眼差し(まなざ)しで返事を返した。

第十七話　お侍さん、新人講習に参加する

「相談がある」

就寝前、皆がソファーでダラダラと過ごしている時間を狙って黒須は話を持ちかけた。

「どうしたんですか？　急に改まって」

「冒険者業が思いのほか楽しくて失念していたが、そもそも俺は武者修行の身だ。この国の強者と立ち合いたい。何か、いい方法はないか？」

この国に来てから魔物という手頃な敵とばかり戦ってきたが、奴らは所詮、狗畜生。真剣勝負の相手としては歯応えがない。暇つぶしにはなるが、害獣駆除などしていても腕が鈍るだけだ。

「そりゃ魔物って意味じゃねえよな？」

「ああ、しっかりとした武技を身に付けた武芸者がいい。できれば、ヤナのような腕利きの獣人と戦ってみたいが……。どこかに剣術道場でもないのか？」

旅の途中にはよく道場破りもした。大抵の道場は紹介状がなければ暖簾に腕押し、けんもほろろに断られるが、門下生を一人、面前で叩きのめせば相手をしてくれる場合が多い。何処でも通じる天下御免の紹介状だ。この国でも道場さえ見つければ、後はどうとでもなると黒須は考えていた。

「道場って、訓練所みたいなものなんだよね？　王都の騎士学校はダメだろうしなぁ……」

「〝騎士学校〟とは？」

「庶民でも、大きな活躍をすれば王様から騎士爵位が与えられることがあるって話はしたよね？

騎士に叙爵されると毎年たくさん年金が貰えるから、この国では王国軍に入隊を希望する人が多いんだ。ギルドマスターみたいに冒険者から騎士になった例外もいるけど、やっぱり王様の目に触れやすいのは軍だからね」

「じゃが、誰も彼もを受け入れると軍も弱くなるからの。騎士学校ってのは希望者を篩にかけて、精鋭を育て上げるための王立機関じゃ。身分や種族を問わず門戸は広いらしいが、入学や卒業の要件は極めて高いと聞く。この国で強者と言われりゃあ、一番に思い付く場所よ」

年金、つまりは家禄のことだろう。かつて半農の下級武士の家に生まれながら、十日で十八もの城を攻め落とす偉業を成し遂げ、天下人にまで登り詰めた英傑もいる。戦働きで立身出世を夢見るのは日本でも同じだ。

しかし、只者ではないと思ったが、あのヘルマンも〝騎士〟であったとは。話を聞くに、騎士とは主君に仕え剣を振るう者、どことなく武士に通じる所がある。いつか見極めてみたいものだ。

「でもよ、王都は流石に遠すぎぎんだろ？　それに『ちょっと勝負されてくれ』って言っても叩き出されるのがオチだぜ」

「だったら、ギルドの訓練所があるじゃないですか。私たちだって最初はあそこで鍛えてもらったんですし」

「ありゃあ新人向けの講習じゃろう。クロスとまともに戦えるとなると、最低でもBランク以上の力量が必要になるわい」

「いや、バルト忘れてんだろ。コイツも立派なFランクの駆け出しなんだぜ？　それに、言われてみりゃ新人講習の教官は高ランクがやることが多い。案外、いい手なんじゃねえか？」

「講習の内容にもよるけど、たしか教官との模擬戦もあったよね。あの時はボコボコにされたなぁ……。どんな冒険者が教官になるかは分からないけど、申し込んでみたらいいんじゃないか？　明日は休業日の予定だしね」

「高位冒険者と立ち合えるのか……。それは良いな。では早速、明日申し込んでみるとしよう」

「ダメです。クロスさんの参加は認められません」

翌日、黒須は一人で意気揚々と講習の申し込みにギルドを訪れたのだが、ディアナによってそれは即刻却下された。

「……何故だ。俺だって新人なのだから、講習を受ける権利はあるはずだろう」

「今回の講習は戦闘訓練なんですよ？　巨人を倒したり、傭兵団を潰せる人に受講が必要だとは思えませんっ！」

彼女はそう言ってそっぽを向いてしまった。

どうやら傭兵との揉め事を耳に挟み、こちらを警戒しているようだ。

「そんなことはない。より強い敵と出逢った時のために訓練は必要だ」

「これは新人講習です！　巨人よりも強い魔物と戦うような方法は教えていません！　それに、戦闘訓練では受講者同士の模擬戦もあるんですよ？　他の受講者とあまりに実力が離れていると、講習の妨げになってしまうでしょう」

「…………手加減すれば、参加してもいいか？」

「何でそこまでして参加したいんですかっ！　……それでしたら、夕方から魔物や植物についての座学講習がありますので、そちらをご案内します。クロスさんはこの国に来てまだ日が浅いですから、知識を学ぶ機会は大切でしょう？」

武士道とは知識を重んじるものではない。重んずるのは行動である。

「いや、だがな――――」

「何を揉めているのかね？」

黒須がしつこく食い下がっていると、たまたま階段から降りてきたヘルマンが騒ぎを聞きつけて近寄ってきた。

「それが、クロスさんが新人講習に参加したいと仰っていまして………」

「クロス君が？ ……君、一体何を企んでいるんだね？」

じっとりと、猜疑心に満ちた眼がこちらに向けられる。

「何も企んでなどいない。高ランク冒険者の指導とやらを受けたいだけだ」

「……なるほど、教官が目当てか。ディアナ、今回の教官は？」

「午前の戦闘訓練はブランドンさん、午後の模擬戦闘はBランクのネネットさんです」

「〝神速〟のネネットか……。いいだろう、クロス君の参加を許可しよう」

「感謝する、ヘルマン殿」

先日は無礼千万の不届き者かと思ったが、意外と話の分かる男だ。評価を改めねばなるまい。

「ギルドマスター、本当によろしいんですか？」

「ブランドンは私が最も信頼している優秀な男だ。彼なら受講者に無茶はさせないだろう。ネネットは……多少思慮に欠けるが、腕だけは確かだ。それに、私も一度この目でクロス君の実力を見ておきたい。ディアナ、午後の講習が始まったら私にも声を掛けてくれたまえ」

「かしこまりました………」

彼女はしぶしぶという風に返事を返すと、黒須をギルドの裏手にある建物へ案内した。

目抜き通りにある他の美しい家屋とは違い、ただ大きな箱を地面に置いただけのような味気のない建物だ。屋根は高いが窓は一つもなく、どことなく素っ気ない印象を受ける。

「それでは、教官が来るまで中でお待ちください」

そう言い残し、ディアナは去っていった。

建物の中は外観から想像した通りのだだっ広い空間。鍛錬に使うと思われる人型の案山子(かかし)らしき物がいくつも並び、四方の壁を覆い尽くすほどの大量の武器が壁に掛けられている。床は全面が土間になっており、土に染み付いた血と汗の臭いが戦場を彷彿(ほうふつ)とさせた。

「ようやく来たみたいですね」

「待たせすぎよ。こっちだって暇じゃないのに」

「アンタが教官かよ？」

懐かしき修羅場の思い出に浸っているところに声を掛けられ、現実に引き戻される。

話し掛けてきたのは三人組の若衆だった。大人でもなく、子供でもない、そんな雰囲気の男女だ。

「いや、俺も講習の参加者だ」

「はぁ!?　ンだよ！　じゃあ教官はいつ来んだ？」

「俺に訊(き)くな」

小僧(ジャリ)の無礼にいちいち目くじらを立てたりはしないが、この苛(いら)つきから察するに、相当待惚(まちぼう)けを食わされているのだろう。

「チッ！　おい、そこのお前‼　ちょっと受付行って聞いてこいよ！」

「えっ……？」

声を聞いて初めて存在に気が付いたが、隅にもう一人いた。

妙におどおどとした小柄な獣人の青年だ。兎のような長い耳をくたりと垂らし、大きな丸い瞳を不安げに動かしている。

この距離で気配に気付かせなかったとは……大した隠形術だ。

「えっ、じゃねーよ！　聞こえてんだろ！　そんな馬鹿デケェ耳してんだから――――」

「おーっす。待たせたなー」

小僧の大声を遮るように入り口の扉が開き、一人の男が入ってくる。

「元Aランクのブランドンだ。今回は参加者が少ねぇな」

そう言って頬を掻きながら登場したのは、買取窓口にいた金柑頭だった。

◆◆◆

「マジかよ……！　〝赤龍〟のサブリーダーだ！」

「〝強撃〟のブランドンに教えを乞えるとは……。僕たちは運が良いようですね」

他の参加者の囁きを聞くに、この金柑頭、どうやら大物であるらしい。

「…………」

立ち姿は初めて見たが、筋骨隆々、まるで仁王を思わせる立派な身体付きだ。硬緊に肥えて、骨太で、上背丈もある、が――――黒須はブランドンの右脚に眼を向ける。そこには本来あるべき物がなく、代わりに木の棒が生えていた。

胸の底に微かな期待が芽生える。

隻脚の武芸者……野太刀と見まごうほどの大剣を担いでいるところを見るに、剣士か。

隻脚、隻腕、隻手、隻眼。いずれの特徴を持つ武芸者とも斬り合ったことがあるが、彼らの武威は決して侮れるものではない。その状態でなお剣を握る者の覚悟は凄絶極まる。欠落、欠損、障害ゆえの独特の兵法を身に付けている場合が多く、ともすれば常人よりも厄介な相手だ。

力量のほどは、戦ってみないことには分からんが……

〝元Ａランク〟という肩書きには心惹かれるものがある。午後からの模擬戦では師範が代わると言っていたが、ブランドンは相手をしてくれないのだろうか。

「おら、ブツクサ言ってねーでオメーらも名乗れや」

面倒そうに促され、三人で固まっていた若衆から口火を切った。

「Ｆランクパーティー〝栄光の剣〟、リーダーのロイだ！　半年前に登録して、先週Ｆランクに昇格した。自分で言うのもなんだが、スピード昇格ってヤツだな。戦闘経験は豊富だから、他の新人のペースを乱さないように努力するぜ」

「同じく、ヨハンです。僕たちはＦランクですが、豚鬼の幼体とも互角に戦ったことがあります。流石に仕留め切れはしなかったので、今回はさらに力を付けるために参加しました」

「アリシアよ。私は途中でパーティーに加入したからまだＧランクだけど、ロイたちと同じ敵と戦ってきたから駆け出しとは思わないでほしいわね」

……何処にでもいるな、こういう跳ねっ返りは。

「Fランクのクロスだ。Eランクパーティー〝荒野の守人〟に所属している」

最後に獣人の青年が緊張した面持ちで名乗る。

「じ、Gランクのソロ冒険者、ユリウスです。二年前に登録してからなかなか昇格できなくて、何かきっかけを摑めればと思って参加しました。よ、よろしくお願いします」

話すたびにふにゃふにゃと揺れる耳に、母上が愛でていた月兎耳という舶来の植物が思い起こされた。触れれば柔らかいのだろうかと、思わず妙な衝動に駆られる。

「はぁ？　二年もGランクやってんのかよ。向いてないんじゃねーの」

「ふふ、そんなこと言っちゃ可哀想ですよロイ」

「ソロでやってる時点でお察しよね」

口々に嫌味を言われ、ユリウスはただでさえ小さい身体を更に縮こまらせてしまう。

「…………？」

その様子を見て、何故言い返すなり殴り返すなりしないのか、黒須は疑問だった。

ユリウスの下半身、特に太腿の筋肉は服の上からでも分かるほど異様な発達をしており、骨皮筋右衛門の小僧っ子など一撃で蹴り殺せそうに見えたのだ。

「無駄話はそこまでにしとけー。んじゃ、さっさと始めんぞ。とりあえずお前ら全員走り込みからだ」

「走り込み？　戦闘訓練じゃなかったのかよ」

「そんなことなら自分たちだけでもできます。高位冒険者の技術を教えてくださいよ」

跳ねっ返りたちの文句に、ブランドンは心底呆れたような表情を浮かべる。

「オメーら、いつでも万全の状態で戦えると思ってんのか？　依頼が終わって帰る途中に強力な魔物と遭遇するなんざ、冒険者やってりゃザラにある状況だ。だからこそ、疲れ果ててから訓練することに意味があんのさ。ゴチャゴチャ言ってねーで準備しろや」

ブランドンの言うことは理に適っている。黒須が仲間たちを走らせてから稽古を付けるのも同じ理由からだ。戦場において、初陣首の死因で最も多いのが体力不足による倒死。序盤戦から全力で戦い、中盤戦でふらふらになり、終盤戦で何もできずに死ぬ。

熟練者ほど知っているのだ。疲れ果てた時にこそ強敵が現れることを。


「はぁっ……はぁっ……クソッ……！」

「……ちょっと……まだっ……走るん……ですかっ⁉」

「あん？　なに言ってんだ。まだ走り始めて一時間しか経ってねーよ」

「しか……ですって……？　どれだけ……走らせる……つもりなのよっ！」

「俺がいいって言うまでさ。若ぇのに情けねーな……。他の二人を見てみろよ」

息も絶え絶えの三人とは違い、ユリウスは余裕そうな表情のままだ。

黒須にいたっては暇そうに欠伸までしている。

「クロス、ユリウス、退屈か？」

「うん？　……あぁ、すまん。今日は軽装で来てしまった上に、こんなにのんびりとした速度だと、どうしてもな。走ると分かっていれば鉄鎧でも着込んで来たのだが」

「あはは、そうですね。でも、彼らのペ、ー、ス、は、乱、さ、な、い、よ、う、努、力、す、る、の、で、安心してください。ブランドン教官」

「――――――ッ!!」

その挑発に刺激されたのか、若衆たちの速度が増した。

顔を真っ赤にして走る連中をぼんやりと眺めながら、黒須は隣に声を掛ける。

「ユリウス。なかなか昇格できないと言っていたが、何か理由があるのか？　俺にはあの連中よりもお前の方が強そうに見えるが」

ユリウスは気まずげに視線を落とし、消え入りそうなほど小さな声で答えた。

「……恥ずかしながら、魔物と戦うのが怖いんです。それで討伐依頼を一度も受けていなくって……。ボクたち兎獣人は弱虫だって、クロスさんも聞いたことあるでしょ？」

「いや、俺は最近この国に来たばかりでな、獣人のことはよく知らん。しかし、それならば何故冒険者などやっている？」

「両親を早くに亡くしまして、まだ小さな弟や妹の面倒を見なくちゃならないんです。冒険者なら、働く時間は自由に決められるから…………」

「そういうことか。その歳で一家の大黒柱とは、立派なことだ」

「クロスさんはどうして冒険者に？」

「成り行き、だな。俺はもともと武者修行の最中でな、街に出入りするのに身分証が欲しかっただけだ」

「武者修行…………。あのっ、クロスさんは戦うことが怖くないんですか!?　どうやって恐怖を克服したんですか⁉」

　ユリウスは並走している黒須にぶつかりそうなほど詰め寄ってきた。その焦りを抑え切れないような声色に、ほとほと困り果て、本気で思い悩んでいることを察する。

　ただの暇つぶしのつもりで始めた会話だったが……艱難辛苦に追い詰められた若人からの問い掛けだ。真面目に答えてやるべきと判断し、ユリウスの方へ向き直る。

「恐怖とは克服すべきものに非ず。受け入れ、耐えるべきものだ。そもそも、人とは怖いもの知らずには創られていない。恐怖を感じることは正常な感覚、耐えるのは良いが、慣れてはならん」

〝過ぎたるは猶及ばざるが如し〟

　犬侍と揶揄されるほどに臆病である必要はないが、恐怖の麻痺は必ず油断や慢心へと繋がる。

　臆病さと慎重さは表裏一体なのだ。

「恐怖に向かい合った際、取れる手段はさほど多くない。逃げるか、諦めるか、あるいは立ち向かうかだ。俺とて戦いへの恐怖心はある。ただ、お前と同じで護るべき者がいてな。その者たちのためには、逃げることも諦めることもできんのだ。自分が死ぬことよりも、自分が逃げ出すことで大切な者が傷付く方がよほどに怖い。俺は幼い頃、それに気付かされた」

〝武士は己を知る者のために死すべし〟

　父上の教えだ。片時も忘れたことはない。

「恐怖とは、これから起こるかもしれない何かに対して抱くもの。前を向いている者だけが抱く感情だ。そういう時は、一度、後ろを振り返って思い出せ。自分の背には誰がいるのかを。足が竦んだ時には想像しろ。強大な敵に立ち向かう恐怖、幼い弟妹が飢え死ぬ恐怖、その二つを秤にかけた時、本当に怖いのはどちらなのかを」

「よーし！　そこまでだ!!」

ユリウスは神妙な面持ちで考え込んでいたが、ここで終了の声が掛かった。

疲労困憊(ひろうこんぱい)で倒れ込む跳ねっ返りたちを余所(よそ)に、休む間もなく受講者同士の模擬戦が始まる。

「お前らの戦い方を見ながら適宜アドバイスをしていく。全力じゃねえと意味ねーからな、どっちかが戦闘不能になるか降参するまで続けろ！」

各自、壁に掛けられた武具から好きなものを選び、ブランドンの指示で二人一組に別れる。紅一点のアリシアは心が折れてしまったのか、立ち上がる気配がないため、人数もちょうどよくなった。

黒須の相手はヨハンと名乗った痩身の優男。両者木剣を手にしているが、ヨハンの得物はやけに細い。以前、オーラフの店でバルトが教えてくれた刺突剣(レイピア)という剣だろう。

初見の武器の遣い手に興味を唆(そそ)られていると、ブランドンが厳(いか)つい顔を寄せてコソコソと話し掛けてきた。

「おい、クロス。頼むから手加減はしてやってくれよ？」

「何故だ？」

「俺の目は節穴じゃねーよ。お前が狩った巨人の皮、俺が全盛期の頃でもあんな斬り方は無理だ。こんな講習で新人潰されちゃ堪(たま)らねぇ。午後からの模擬戦闘では思う存分暴れて構わねえから、ここは抑えてくれ」

「…………承知した」

ディアナからも講習を妨げるなときつく言いつけられている。

最初から手加減はするつもりでいたが、適当にあしらっておくことにしよう。

「行きますよっ！」

ヨハンは剣を持つ右手を大きく引いた状態で駆けてきた。剣先をフラフラさせているのは、こちらに狙いを絞らせないためか、あるいは単に持ち手が緩いだけか。

「はぁっ!!」

気合一閃、鳩尾の辺りを突いてきたが——

「…………」

「ヨハン、踏み込みが浅ぇぞ！　そんなとこから届くわきゃねーだろ！」

「くっ！」

間合いを見誤ったのか、随分手前で剣が止まった。

「次は外しませんよ！」

そう言って、何故か大きく距離を取る。いちいち離れないと攻撃できないのか。

「ふっ!!」

今度は顔面を狙ってきたので、軽く首を傾けて避ける。

「馬鹿野郎！　走り出しから頭に鋒向けてりゃ、避けられるに決まってんだろ！　それと毎回単発で終わんな！　連撃を入れろ！」

ブランドンの指摘を受け、ヨハンはその場で剣を振り回す。

「はっ！　やぁっ!!」

「…………」

俺は一体どうすればいいのか。防いでしまってもいいのだろうか。

「刺突剣(レイピア)を振るんじゃねーよボケ!! 相手が受けたら折られるだろうが! 連撃っつったら突きだ、突き!」

怒鳴りつける金柑頭に眼を向けると『もう少し我慢してやってくれ』という仕草をするので、そのまましばらく練習台になってやった。

「はぁっ……はぁっ……。くそっ、どうして攻撃して来ないんです!? 僕を馬鹿にしているんですか!? ………おい、せめてこっちを見ろ!!」

素人丸出しの棒振りに飽きてしまい、途中からヨハンを視界に捉えてすらいなかった。

児戯(じぎ)とも呼べぬ飯事(ままごと)――いや、これであれば童子の剣劇事(チャンバラごっこ)の方がまだ見応えがある。

ちなみにこの間(かん)、黒須は開始位置から一歩も動いていない。

「クロス、もういいぞ。終わらせてくれ」

許可が出たので木剣を横に薙(な)ぐ。

「なぁっ!?」

ヨハンの刺突剣はその一撃で呆気(あっけ)なく折れた。

手刀でも容易(たやす)く折れそうな武器をわざわざ正眼に構えるとは……呆れ果てるほどの阿呆(あほう)である。

「ヨハン、お前こっち来い。個別指導してやる。クロスはちっと待機しててくれや」

首根っこを摑まれズルズルと連行される様子を黙って見送り、先ほどまで横目で見ていた二人の戦闘を観戦に向かう。

「おらおらッ! さっきはよくも馬鹿にしてくれたな! Gランクの分際でよォ!」

長剣のロイに対してユリウスは徒手空拳で立ち向かっているが、かなり一方的な戦いになっていた。前へ前へと攻め立てるロイにユリウスは防戦一方、何度も木剣を受けたのだろう、身体はすでにあちこちが痣だらけだ。

「お前、冒険者に向いてねーよ！　辞めちまえっ!!」

「────ッ！」

ロイは模擬戦であることを忘れているのか、はたまた嗜虐心にでも駆られているのか、顔面に強烈な一撃を叩き込んだ。ユリウスが痛々しい悲鳴を上げながら倒れ込む。

その声を聞きつけ、ブランドンが黒須の横に並んだ。

「……ここらで止めるべきかね」

「〝戦闘不能になるか降参するまで〟と言っただろう。水を差すな」

ユリウスの眼は、血を吐きながらも死んではいなかった。

身体を引きずるようにしてゆっくりと立ち上がり、一歩一歩、無言でロイに歩み寄る。

「な、なんだよお前……！　もう降参しろよ！」

幽鬼のような相手の姿に、優勢のはずのロイの声に怯えが滲む。

「…………ボクが戦わないと、あの子たちは死ぬ…………」

誰にともなくそう呟くと、ユリウスはグッと体勢を低くした。

────拙い。

殺気を感じ取り、黒須とブランドンが同時に動く。

「へっ？」

ユリウスは矢のような速度で飛び出すと、間抜けな声を上げるロイの眼前で急停止、顔面を狙った上段回し蹴りを放った。

「――――っと！　痛ッッてぇな!!」

「大した威力だ」

ブランドンが膝を、黒須が爪先を受け止めたが、大の男二人が壁際まで吹き飛ばされてしまった。巨人の一撃を思い出すほどの凄まじい蹴撃。もし止めなければ、間違いなくロイの首は胴と泣き別れていただろう。

「……あっ……ボ、ボク、なにを……。ごめんなさいっ!!」

ユリウスはハッと我に返ると、泣き出しそうな顔で謝った。

「模擬戦はここまでだ！　ったく、今回は面倒な奴らばっかだな………」

ブランドンは呆然とへたり込むロイを助け起こすと、金柑頭を撫でながらため息を吐いた。

第十八話　冒険者さん、観戦に行く

「フランツ、いい加減にせんか」

「目の前でウロウロしないでください！　鬱陶しいですっ！」

皆がまったりと余暇を楽しむ中、フランツは一人、ソファーの周りをグルグルと歩き回っていた。

「だって……………」

朝食後、珍しくウキウキとした様子で出掛けるクロスを見送ったのだが、時間が経つにつれて、だんだんと不安になってきたのだ。

この街に来てから、彼が単独で行動するのは今日が初めて。何度も通ったギルドへの道で迷子になるとは思わないが、ギルドマスターから受けた忠告がまとわりつくように頭の中で木霊する。

「面倒くせぇな。そんなに気になるなら見に行きゃいいじゃねえか」

弓の手入れをしていたマウリが素っ気なく言うが……自分一人で行って、お節介な奴と思われるのも嫌なのだ。

「マウリ、一緒に行ってくれない……？」

「夜中便所に行けねえガキかテメーは。休みの日までギルドに顔出したくねぇよ」

この薄情者め……

「しかし、実際のとこ大丈夫かの？　駆け出しにゃあ生意気なのも多い。挑発されて暴れとらんとええんじゃが」

「暴れたとしても教官がなんとかして――――……くれますよね？」

「高位冒険者なら、多分……」

「……どうだかな。聞いただろ？　アイツの潰した傭兵団、Cランク、だったって。対人戦闘に特化した連中が八人がかりで……あのザマだぜ？」

「「「…………………」」」

マウリも自分で言っていて不安になってきたらしく、結局フランツたちは全員で足早に家を出た。


「こんにちは、ディアナさん。クロスは訓練場です――――」

「知りませんっ！」

ディアナはこちらの質問を聞き終わらない内からそれを否定し、プイッ！　と音がしそうなくらい大きく顔を背けてしまった。

クロス――――何かしたのか？

「おや、守人の諸君」

「……ギルドマスター」

ディアナの後ろの席に腰掛けて書類を眺めていたヘルマンが、こちらに気が付き声を掛けてきた。

高い視点から冒険者のことを真剣に想う人物だと理解はしているつもりだが、相変わらずの仏頂面に、思わず心の表面が粟立つ感じがする。

「君たちも見学かね？」

その声色には、どこかわざとらしさがあるような気がした。さも自分たちが来ることが分かっていたかのような、例の処罰の時と同じ、作為の匂いがする。

「はい、やっぱり少し心配で――――ん？　君たちも、ですか？」

ヘルマンは頬(ほお)の隅に皮肉げな微笑を漂わせ、何もかも把握しているかのように頷(うなず)いた。

「私もちょうど様子を見に行くところだ。着いてきたまえ」

………やはり、どこまでも食えない男だ。

ギルドマスター自らの案内で裏手にある訓練所へ向かう。

「あの、ギルドマスター。今回の教官は誰が担当なんですか？」

「〝強撃〟と〝神速〟だよ」

「ブランドンさんと……〝神速〟は聞き覚えがないなぁ。バルト、知ってる？」

名のある冒険者はその戦闘形態(スタイル)や逸話から、敬意を持って二つ名で呼ばれる。それこそが一流であると認められた証(あかし)であり、冒険者の憧れなのだ。かくいうフランツも、寝る前に自分の異名を妄想してニヤニヤするのが日課になっている。

「Bランクのネネットじゃな。昔っからよく酒場で大騒ぎする娘で、この辺りの鍛冶人(ドワーフ)で知らぬ者はおらん」

なるほどと相槌(あいづち)を打ちつつ建物の中に入ると、もう模擬戦が始まってしまっていた。

「つぎぃー！　かかってこーい!!」

広い訓練場の中央で怒鳴っている女性を見て、神速とはそういうことかと納得する。ネネットという名に聞き覚えはなかったが、彼女は豹獣人(パンテーラ)、獣人族の中でも特に速さに優れた種族だ。

「きょ、教官……もう、無理です……」

「なんでだ!!　まだ生きてるじゃないかー！」

「死ぬ……もう死にそう、です」

「死にそうってことはまだ生きてるってことだ！　諦めるなー!!」

すでに彼女の足元には打ち倒された新人たちが死屍累々と転がっているが、そこにクロスの姿はない。辺りを見渡してみると、なぜか彼は一人だけ参加せず、離れた所でブランドンと模擬戦を観戦していた。何かやらかしてしまったのかと一瞬ヒヤッとしたが、これといって変わった様子はない。

「……お前たち。何故ここにいる？」

「い、いやぁ、家にいてもヒマだったからさ。皆で応援に来たんだ」

「なんでお前だけ見物してんだよ？」

「知らん。この金柑……ブランドンに待っていろと言われた」

本人が真横にいるのに大変失礼なことを言おうとした気がするが、それはさておき、クロスはとても不満顔だ。

「ギルマス。指示通りコイツだけ待機させてますぜ」

「手間を掛けた。今回の受講者はどうだね？」

「規格外が二人っすね。コイツら、どっちもランクと腕が全く見合ってねえ」

その返答にヘルマンは目を丸くする。

「――二人？　クロス君の他にもそんな逸材がいるのかね？」

「今ネネットに捕まってるユリウスって名のGランクです。兎獣人はキレると怖えってよく言いますが、ありゃそん中でも特級ですわ。火力だけなら確実にAランク相当はある。まともに食らったら俺でもタダじゃ済まねえと思います」

ブランドンが顎をしゃくって示したのは、胸ぐらを摑(つか)んで揺さぶられている小柄な青年だった。完全に失神してしまっているようで、ピクリとも動かない。自分たちの時もああだったなぁと、苦い思い出が蘇(よみがえ)る。

「……後ほど、彼の評価書を確認しておく」

ヘルマンは神妙な顔でそう言うと、クロスを伴って中央へ歩み寄る。

「ネネット、彼が例のFランクだ。今から相手をしてもらっても構わんかね？」

「いいぞ！　みんな寝ちゃってヒマだったんだー！」

「クロスだ。よろしく頼む」

「クロだな！　アタシはネネット！　よろしくなー!!」

彼女は人懐っこい笑顔でクロスの手を握り、ブンブンと上下に大きく振った。

マウリと変わらないくらい小柄な女性なので、随分と平和的な図に見える。

「――――なるほど。たしかにこれは〝戦う者の手〟だ」

ネネットの手を摑んだまま、彼はニヤリと口許(くちもと)を歪(ゆが)めた。

その獰猛(どうもう)な笑みは、フランツの胸に一滴の不安となって落ちる。

クロスは滅多(めった)に笑わない。たまにマウリやパメラを微笑(ほほえ)ましそうな眼差(まなざ)しで見ていることはあるが、こんな風に笑ったのは初めて会った時以来だ。巨人(トロル)と戦っていた時、彼は狂気をはらんだ笑みを浮かべていた。

「クロス。念のために言っておくけど、これは訓練だからね？　殺し合いじゃない。分かってるよね？」

「…………おっと」

「おい。〝おっと〟ってなんだよ？」

「クロスよ、お前さん……」

「ち、違う。言葉の綾だ。訓練ということくらい弁えている」

いや、絶対に忘れてたな……。

彼の生い立ちや、これまでの旅の話を聞いた時、本音を言えば異常だと思った。〝武士道〟という独特な思想に基づいて行動し、好き好んで戦場を渡り歩き、強者を探しては殺し合って生きてきたのだという。フランツの常識からすれば、そんな人間を表す言葉は一つしかない。狂戦士だ。

「クロスさん、私たちの目を見て約束してください。ネネットさんを絶対に殺さないって」

「馬鹿なことを、パメラ。俺は――――」

「クロス、頼むよ」

仲間たちの真剣な表情に、彼は観念したかのように小さくため息を吐いた。

「武士道に懸けて、殺さないと誓約する。……これでいいか？」

「本当に分かっとるんじゃろうな」

「武士にとって違約は恥だ。もし違えることがあれば腹を断って詫びてやる」

そこまではしなくてもいいが……一先ずはこれで安心だろう。

彼の性格を考えるに、交わした約束を破るような真似はしないと信用できる。

「クロはアタシを殺したいのかー？」

「ネネット。彼は少しばかり変わった冒険者だから、あの発言は気にしなくていい。それよりも、彼は新人だが、恐らくかなりの戦闘経験を積んでいる。同じBランクを相手にするつもりで戦ってくれたまえ」

「？？？」

ネネットは仔猫のようにこてんと首を傾ける。『え、なんで？』と言わんばかりの不思議顔だ。

「……手加減不要ということだ。分かるかね？」

「よく分からないけど、分かったー！」

転がっている新人を協力して訓練場の端に片付け、模擬戦の場を整えた。

ネネットとクロスは距離を取り、互いに訓練用ではない、本身の武器を手にしている。

「手加減するなって言われたから、真剣でいいぞ！　かかってこーい！」

「そうか。では、いざ」

睨み合うことも、語り合うこともなく、実にあっさりと始まってしまった。

先に動いたのはクロスだ。無手のままネネットに向かって走り、十メートルほど離れた位置から急加速。右手は剣の柄に添えられている。

「ちょ――――っ！」

あれは巨人を仕留めた技じゃ⁉

焦りのあまり声を上げそうになったが、ネネットはクロスの一閃を空中に跳び上がって易々と回避した。さらに大きく後方に跳び、一回転して着地する。

クロスはそのまま彼女を追い、着地のタイミングを狙って剣を振ったが、ネネットはグニャリと体を逸らして後方転回することで躱した。

まるで曲芸のような体捌きだ。それに、一つ一つの動きにキレがあって速い。

「お前強いな！　よぉーし、アタシも本気で行くぞー！」

ネネットは腰に吊り下げていた二本の短剣を引き抜き、両手に持った。双剣使いだ。

「フッ！」

短く息を吐いたと思ったら、彼女の姿が視界から、、、、、消えた。

「なっ……!?　どこに――」

一瞬完全に見失ったが、甲高い剣戟の音が耳に飛び込み、その方向へ急いで視線を移す。

そこには目にも留まらぬ速度で斬り合う二人がいた。クロスは足を止めて剣を振っているが、ネネットは現れたと思ったら消え、そしてまた別の場所に現れては消える。

「……おい、豹獣人ってみんなこんなに速えのかよ？　反則だろ、あんなの」

「馬鹿な。普通の豹獣人にあそこまでのスピードはないわい。身体強化の奇跡を使っとるんじゃろう」

「いえ、魔力の動きは感じませんでした。素の身体能力ですよ、あれ。クロスさんも十分速いですけど、ネネットさんはもはや瞬間移動ですね…………」

「ギルドマスター、俺には二人の剣が目で追えません。今はどっちが優勢なんですか？」

ヘルマンは大きく見開いた瞳を一点に縫い付けたまま、独り言のように呟いた。

「……驚くべきことに、互角だね。体捌きはネネットに分があるが、剣速はクロス君の方が上だ」

「動体視力も並じゃねえな。ネネットはスピードと手数で相手を圧倒する短期決戦型だが……完封してやがる」

元Aランク二人の顔にも驚愕の色が浮かんでいる。

「クロ、お前すごいなー！　アタシの速さについてこられるヤツは初めてだ！」

「こちらこそ恐れ入った。これほどの俊足は久しぶりだ。初見なら、疾うの昔に殺られていただろう」

「アタシと同じくらい速いヤツがいたのかー!?」

「ああ、縮地という歩法の遣い手でな。あの時は初撃で片耳を飛ばされたものだ」

……今、〝片耳を飛ばされた〟と言った気がしたが、聞き間違いだろうか。

固唾を呑んで見守っていると、クロスの動きに緩急がつき始めた。

止まったり、走ったり、ふらついたりと、剣舞でも舞っているかのような動作だ。

「なにしてんだ、アレ？」

「ネネットの動きが読まれたな。アイツは速いが直線的だ。相手に複雑に動かれると対応できねえ」

ブランドンの解説を裏付けるように攻守が入れ替わり、ネネットの動きが目に見えて悪くなった。

クロスが常に動き回っているため攻撃できず、後手に回り始める。

「くっそー！　もう怒ったぞぉー!!」

ネネットは双剣を持ったまま地面に手をつき、四足獣のような体勢になると、なんと、訓練場の壁や天井を足場にして縦横無尽に跳ね回り始めた。もはや影すら視認できず、剣がぶつかる音と足場を蹴る音しか聞こえない。

クロスの体から鮮血が飛び散り、風にでも斬られているかのように独りでに傷が増えていく。

「なんだよ……これ………」

初めて見る高位冒険者の実力に戦慄していると、嬉しそうな声が訓練場に響き渡った。

「いいぞッ！　これぞまさしく韋駄天だ‼　愉しませてくれる！」

彼は左手で脇差を抜くと訓練場の角に向かって走り、壁を背にして立ち止まった。

右手を前に、左手を上に伸ばして剣を構えている。

……そうか、あれなら攻撃の方向を絞れる！

あの場所であれば、ネネットが来るのは前か上の二択だ。

次の瞬間――――金属同士が衝突する鋭い音が周囲に轟き、クロスの掲げた脇差に両手の短剣で斬りつけた状態のネネットが姿を現した。

クロスは右手の剣を手放すと彼女の首を鷲掴み、そのまま地面へ叩きつける。

「――――カハッ！」

トドメとばかりに顔の真横に脇差を突き立てた。

「うぅー……！　アタシの負けだー！」

涙目のネネットが降参を宣言し、勝負に終止符が打たれた。

「クロス……。女性相手に少しやりすぎじゃないか？」

「無礼なことを言うな。素人が相手ならその通りだが、剣を握る者に性別など関係ない。手を抜く方が失礼というものだ」

ネネットに手を差し伸べて助け起こす彼の顔には、これまで見たことのないような満足感と充実感が漲って見えた。どうやら講習に参加したのは正解だったらしい。

「楽しかった。礼を言う、ネネット」

「またやろうな！　アタシももっと強くなるぞー！」

二人は固い握手を交わし、お互いの健闘を讃え合う――――のかと思いきや。

「よぉーし！　みんなで飯食いに行こー!!　クロ、行くぞー！」

彼女はそのままクロスの手を引っ張り、こちらの同意を待つことなく訓練場を出ていってしまった。ついさっき激闘を終えたばかりとは思えない元気だ。

慌てて追いかけようとしたが、ヘルマンの声によって前に出そうとした足が止まる。

「フランツ君、君たちのパーティーはEランクだったね？」

「はい、そうです」

「なら、私の権限でクロス君を今日付けで昇格させよう」

フランツは思わず耳を疑った。ギルドマスターが特例昇格の権限を持っていることは知っていたが、それを実際に行使するのは初めて見たのだ。

「――――いいんですか？　本当に？」

「Eランクなら新人講習は受けられないからね……。ディアナは正しかった。彼はとても新人と共に学ぶようなレベルではない。もっと上のランクにしてもいいのだが、パーティー内でのランクは揃っていた方が何かと便利だ」

ヘルマンに礼を言い、この特報をいち早く伝えようとフランツたちは駆け出した。

新人も皆帰り、がらんとした訓練場には二人の男が残っていた。

「ブランドン、どう見た？」

「なんつーか、危うい感じっすね。デカい口叩く冒険者は腐るほどいますけど、アイツの場合は腕がある分、厄介だ。いつ爆発するか分からねえ野郎だと思います。昔の自分を見てるみたいで、イライラする感じですわ」

「同族嫌悪、というやつかね？」

「かもしんねぇですね。俺みてーにはなってもらいたくねえもんです」

「……その足のこと、許してくれとは言わんよ。だが、守ってやれなくて本当にすまなかった」

「馬鹿野郎。何度も言うが、こりゃ自業自得だ。俺が考えなしに飛び出したせいでこうなった。それを言うなら、パーティーは俺のせいで解散したようなもんじゃねーか。詫びんのは俺の方だ」

「…………君は本当に気高い男だ。心から尊敬する」

「んなことより、喧嘩の抗議の件で久しぶりにババアに会ってきたんだろ？　相変わらずかよ？」

「ああ。彼女は今も強く、美しいままだ。赤龍というパーティーに残された、唯一変わらない存在だよ」

　ヘルマンは遠くの音楽に聞き惚れているかのような恍惚とした表情になった。

　それを見たブランドンは対照的に、腐った食べ物を口に放り込まれたような苦りきった顔になる。

「ヘルム、お前さ……。マジでアイツの歳分かってんのかよ？　お前のその顔、貴族ぶった喋り方より気持ち悪いわ」

「……うるせぇな、ブラン。愛に歳は関係ねーんだよ。サリーはいつか必ず俺んとこに戻ってくる。俺たちは結ばれる運命なんだ」

　二人きりの訓練場に、いかにも粗野な冒険者たちの楽しげな声が響いて消えた。

第十九話　お侍さん、傭兵になる

「クロス、やっぱり考え直さない？」

今朝の朝食は黒須のお手製だ。兵糧袋に残っていたなけなしの玄米を使った茸粥。スプーンで掬って口に運べば、紫湿地に似た謎の茸の出汁がよく利いていて旨い。

「ねえ」

この国には箸が普及しておらず、この〝スプーン〟や〝フォーク〟と呼ばれる食器を使うのが一般的だ。田舎者と思われるのも癪なので最初は無理をして使っていたが、慣れれば案外便利なものである。

「ねえってば！」

米のないこの国では珍しい料理ということもあってか、食卓に粥を出した途端、マウリとパメラに思い切り顔を顰められてしまったが、実際に食べてみると旨いと言ってくれてホッとした。五味調和など知ったことかという漢飯で生きてきた粗暴者ゆえ、人に飯を振る舞うのは初体験だったが、見慣れぬ食材や調味料を駆使してそれなりのものができたと自負して――

「おーーーい!!」

フランツの言葉を無視して黙々と食事を続けていたが、耳元で大声を出されてしまい、思わずピタリと手が止まる。

「……もう決めたことだ。お前も昨夜は承諾してくれただろう」

ネネットとの対戦を終えた夜、黒須は仲間たちにある決断を伝えていた。

酒場で大いに酔っ払っていた彼らはその場では了解してくれたのだが、一晩明けて冷静になったのか、思い直すように説得を始めたのだ。

「傭兵ギルドに登録する。今後も人と戦うためには、これが一番手っ取り早い」

「……冒険者は、辞めちゃうってことですか？」

パメラが泣き出しそうな顔でこちらを見るが、そうではない。

昨晩も説明したのだが………。いや、パメラは途中から寝ていたか。

「違う。冒険者との両立を考えている。武者修行の身としては、人との立ち合いも疎かにはできん。傭兵は人と戦う専門職だと前に教えてくれただろう」

ネネットとの戦いでは久々に血が滾るのを感じた。最初は女の武芸者、それも幼女と言っても過言ではない外見の相手に内心失望していたが、とんでもない思い違い。模擬戦という前提もあり互いに本気ではなかったとはいえ、あれほどの絶技は滅多にお目に掛かれるものではない。磨き抜いた武技のぶつけ合い、やはり技比べこそ立ち合いの妙味である。

そして、同時に危機感を覚えたのだ。ユリウスの蹴りで吹き飛ばされ、ネネットには全身に傷を刻まれた。両者とも見事な技量を持つ武芸者だったが、不覚は不覚、相手が獣人だったから仕方がないという話では終われない。武士たる者、壁があるなら乗り越える。更なる研鑽を積み、次は無傷で勝てるよう精進せねばならない。

「ていうか、そもそも掛け持ちってアリなのかよ？」

「うむ、そういう者がおらんこたぁないがの。ランクを上げげんとまともにゃ食えんから、結局はどっちかに専念するモンじゃ」

「パーティーとしては問題ないけど、喧嘩の一件もあるからね。傭兵ギルドで変に因縁つけられないか心配だなぁ…………」

「いや、俺はむしろコイツが暴れねえかの方が心配だけどな。俺たちゃただでさえギルマスに目ぇつけられてんだからよ。もうゴタゴタはごめんだぜ」

「クロスさん、絡まれても絶ッ対に殺しちゃダメですからね！　半殺しまでなら私が許可します！」

……最近、妙に仲間たちが心配性になった気がする。

兄上方からもたびたび指摘をされていたように、気が短いという自覚はあるが……。そこまで傍若無人に振る舞っているように思われているのだろうか。

「善処しよう」

勝負事はさておきとして、好き好んで人を斬りたいという訳ではないのだ。相手が敵対しない限り、こちらから仕掛けることはない。そう、敵対しない限りは――

◆　◆　◆

「では、これで手続きは完了しました。何かご質問は？」

放り投げるようにして渡された登録証を空中で掴み取り、首から下げていた組紐へ通す。冒険者証が角の丸い四角形なのに対して、こちらは楕円形に近く、寸法もやや大きい。銅板と石板が胸の中央でぶつかって、チャラリと小さく音が鳴った。

「…………」

ヤナの店で仕上がった着物に袖を通し、そのついでに傭兵ギルドを訪れたのだが……。

冒険者ギルドと違って、随分と愛想のない受付だ。登録に関することだけを事務的に説明するのみで、規則やランクについても教わっていない。その辺は冒険者とだいたい同じとフランツたちから聞いているので別に構わないのだが、些か虫の居所が悪く、加速度的に増す苛立ちで腸の奥の方がむずむずする。

「では、一つ訊いてもいいか？」

「どうぞ」

一拍置き、黒須は声を低めて相手を睨めつけた。

「――――その殺気、わざとか？」

「……おや、お気付きでしたか」

この受付の男はギルドに入った瞬間からこちらに殺気を向けていた。何のつもりかと黙って観察していたが、周囲の傭兵からも同様の視線を感じている。どうやら歓迎されてはいないらしい。

「我々が貴方のことを知らないとでも思いましたか？　荒野の守人のクロスさん」

手続きに必要な内容しか伝えていなかったはずだが、やはり最初から面は割れていたようだ。

潮時を見計らっていたかのように、たむろしていた傭兵が詰め寄ってくる。

「傭兵ギルドは便利屋ギルドと違って、面子が大切なのですよ。あの事件以降、我々が一体どれだけの依頼を失ったかお分かりですか？　何のケジメもつけないままではギルドの汚名は雪がれない。ギルドマスター同士で和解が交わされたとは聞いていますが、それに納得いかない者も多いのですよ」

したり顔の受付は興奮したように口許を歪めた。

「それで？　納得がいかなければどうする」

「傭兵ギルドには非会員への暴行は罰則処分という規則がありますが、会員同士の〝訓練〟ならば何の問題もない。お付き合い、いただけますね？」

逃がさないとばかりに、背後の連中が武器を構える気配を感じる。

「逆恨みとは言うまい。いいぞ、何処へでも付き合おう」

悦に入っているところ申し訳ないが——こういった状況は望むところだ。


「俺がやる。お前ら手ぇ出すなよ」

ギルドの訓練場に案内され、周囲を傭兵に囲まれた。その中から槍を持った男が前に出る。

「Bランク傭兵団、〝明けの明星〟団長のグランだ。武器は真剣で文句ねぇな？」

「Eランク冒険者のクロスだ。こちらとしては構わんが、訓練とはいえ、多少の事故には眼を瞑ってもらうぞ」

「ハッ！　言うじゃねぇか。あの連中は油断したせいで負けたんだろうが……俺は最初から全力で行かせてもらうぜ!!」

グランは槍を前方へ突き出し、猛然とこちらに駆け出した。

〝右前半身構え〟

本来、柄物とは利き手の威力を発揮するために左前で構えるべきだが、熟練の槍士ほど急所である心臓を晒すことを嫌う。どうやら剣士との戦いには慣れているようだが——

「――ぐあァっ！」

すれ違いざま、柄に沿わすようにして刀を滑らし、前に出ていた右手の親指を斬り落とした。

未熟な相手には通用するかもしれないが、利き足を使わない半端な踏み込みでは当然こうなる。

槍士は剣士以上に間合いに気を付けなければならんものだ。

「次はオレだ！　行くぞっ!!」

一人、また一人と、挑み掛かってくる者たちを流れ作業のように片付けていく。

総じてそれなり。突出した強者はいない。

もし一斉に襲い掛かってきたら遠慮なく斬り殺すつもりでいたのだが、一騎討ちという最低限の誇りは持っているらしく、大人しく順番待ちをする姿は見ていてどこか滑稽ですらある。

「お、おい。これって…………」

「あぁ……。あの野郎、狙って全員の右親指だけ斬り落としてやがる。クソッタレ、討伐証明のつもりかよ」

力の差を見せ付ける残忍な攻撃は、恐怖という名の毒となり、見る者の心をじわじわと蝕む。

十人も斬った頃には連中の顔に怯えが滲み始めた。

多勢を相手にする際の基本的な兵法だ。士気を失えば武者の集団とて烏合の衆に変わる。

そうなればもう、物の数ではない。

「クッソ……!!　おいっ、次お前行けよ！」

「い、いや俺は…………」

案の定と言うべきか、傭兵どもは尻込みしてしまい、誰も前に出られなくなる。

「おい、さっさとしろ。次はどいつだ」

狙ってやったことではあるが、まさかここまで早く怖気付くとは思わなかった。

「誰もいないのか？　では、次はお前だ」

黒須が指名したのは受付の男。

最初は最前列にいたくせに、だんだんと後ろの方へ隠れようとしていることには気が付いていた。

「なっ……！　わ、私は――――」

「あれだけ立派な啖呵を切っておいて、自分は戦えないとは言うまい？　それに……貴様は俺に殺気を向けた。拒否したとしても、見逃すつもりはない」

「ヒッ――。いっ、いえ……。そのっ………！」

男は助けを求めるようにオロオロと周囲を見回し、全員から眼を逸らされて、しどろもどろに脈絡のない言葉を並べ始める。

「そっ、そうだっ!!　ここまでといたしましょう！　貴方様のお力は十分に分かりました！　え、え！　こ、今回は、これで手打ちということでっ!!」

高みの見物を決め込んでいたらしく、その狼狽っぷりは正視に堪えない。わなわなと唇を震わせ、蹴り飛ばされた野良犬のように情けない姿だ。見下げ果てた腰抜けである。

「………………」

一向に前へ出ようとしないため、こちらから歩み寄り、剣を抜こうとした右手を手首の先から斬り落とした。

「ぎゃあぁぁあ――――ッッ!!」

この手の小賢しい馬鹿は、厳重に誡めておかなければ次もまた同じことをする。

パメラとの約束があるため命までは取らないが、心を折っておくことも重要だ。

「次は？　……いや、もう面倒だ。全員で来い」

残っているのは見るからに三下。猛者連中が為す術もなく敗北するのを眼にして戦意を失っているようだが、そんなことはもう関係ない。

「雁首並べて何を惚けている？　来ないならこちらから行くぞ」

こいつらから望んだ決闘だ。一度敵対したのなら、途中で逃げ出すことなど赦しはしない。

徹頭徹尾、完膚なきまでに叩き潰す。

「あの時の連中もそうだったが……。やはり、貴様らは根本的に間違っている。剣を携える者、つまり武芸者とは、極論を言えば他人の命を奪うことに心血を注ぐ者だ。そういう類の者を挑発するということは、当然、命懸けで行うべき行為のはず。旗色が悪くなってから死を覚悟するなど遅すぎる。己の言動に命を懸けられない者は剣など持つべきではない。鍬や鋤を持って、畑でも耕していれば平和に生きられただろうに」

黒須はこの場にいる全員の指を落とすつもりだった。親指がなければ、もう二度と剣は握れない。

――――バンッ！

集団に向かってゆっくりと歩き始めた矢先、突然、訓練場の扉が蹴破るようにして開かれる。

「騒がしいと思って来てみれば……。なんなの、この有様は？」

そこに立っていたのは、美しい白髪を腰まで伸ばした背の高い女だった。

第二十話　お侍さん、邪魔立てされる

その女は妙に人間離れした風情(ふぜい)に見えた。陶器の冷たさを連想させる白皙(はくせき)の肌、びいどろ(ガラス)玉のような紫の瞳、血管の透く細い手足はすらりと長く、背丈は高いが全身がきゅっと小さい。眉目秀麗とは斯(か)くあるべしとでも言わんばかりの美貌には、どこか作り物じみた薄気味悪さを感じる。

〃立てば芍薬(しゃくやく)　座れば牡丹(ぼたん)　歩く姿は百合(ゆり)の花〃

都々逸(どどいつ)の流行(はや)り唄(うた)にそんな表現があった気がするが、まさにそのような人物だ。

女は辺りをぐるりと一瞥(いちべつ)すると、カツカツと威圧するような靴音を立てながら集団に近づき、いまだ鮮血の垂れる右手を庇(かば)い蹲(うずくま)っている受付に視線を向けた。

「リット、説明なさい」

「ギ、ギルドマスター……。その、実は――――」

男が状況を説明するにつれ、女の顔はこれでもかと言うほど不快げに歪(ゆが)んでいく。

元が美しい面貌であるだけに、その落差は一種の迫力を帯びて威光を放っていた。

「つまり、私の裁定を知った上でこの暴挙を仕出かしたと。……リット、貴方(あなた)はクビよ。荷物をまとめて出ていきなさい」

「そんな……っ！」

「指揮官の決定に従えない者に背中を預けることはできない。貴方には失望したわ」

受付の顔が血の気を失って蒼褪(あおざ)めるが、女は関心をなくしたように周囲で押し黙っている人だかりへと視線を移した。

「この場にいる者も同罪よ。傭兵(ようへい)なら、上意下達(じょういかたつ)の重要性は百も承知のはず。全員、二ランクの降格処分とする！」

その無慈悲な宣告に、指を失った者たちから非難の声が上がる。

「ちょ、ちょっと待ってくれよ！」

「姐御(あねご)、そりゃねぇぜ！」

「そうだ！　俺たちゃギルドのためを想(おも)って――」

男たちの不平不満は、しゃらりと鳴る鞘(さや)走りの音によって掻(か)き消(け)された。

「文句のある者は剣を抜きなさい。ここは傭兵ギルド、弱者に発言権はない」

しんと静まり返る訓練場。だがそこに、張り詰めた空気を破るように一人の男の声が響いた。

「文句はないが、抜刀すれば相手をしてもらえるのか？」

怒気を孕(はら)んだ棘(とげ)のある声に、全員の視線が黒須(くろす)に集まる。

「これは俺とこいつらとの勝負だ。そしてまだ決着は付いていない。そこに割って入った上に滔々(とうとう)と下らない御饒舌(ごじょうぜつ)とは、一体どういう了見(りょうけん)だ？」

黒須は闖入者(ちんにゅうしゃ)に向かって大股で歩きながら刀を抜いた。

「貴方が噂(うわさ)の男ね。……なるほど、話に聞いた以上の狂犬――」

「傭兵とは。人と戦うことを生業(なりわい)とする職と聞いていたが」

女の発言を遮り、怒りのままに言葉を紡(つむ)ぐ。

「期待外れも甚(はなは)だしい。多数をもって威勢とし、敗色を見れば怖気(おじけ)づく。勝負に懸ける覚悟もなく、決闘の矜恃すら知らんと見える。上から下まで、つくづく碌でもない連中だな」

〝眥裂髪指〟

舌端火を吐くたびに内臓が熱を帯び始める。真剣勝負への横槍は、武芸者の尊厳を踏み躙る大罪。

たとえここが異国だとしても、剣を持つ者なら誰もが知るべき不文不言の禁忌である。

――武士として、耐え難い侮辱だ。

腸が煮えくり返るほどの嚇怒に駆られ、視界が赤く染まってゆく。洪水のように溢れ出る感情は理性を遥か後方へと押し流し、肉体は湧き上がる殺意と破壊衝動によって突き動かされた。

侏儒、亡状、冥々、管見、大愚、僮昏、固陋、瘋癲、魯鈍……万の言葉で罵倒しても飽き足らぬ痴れ者め。生かしておけるものか――

「私は傭兵ギルドのギルドマスター、サリアよ。今回の件、責任者として謝罪させていただくわ。勝負の邪魔をしたことについても、本来は許されないと理解しているつもりよ。だから――」

「黙れ女郎。もう喋るな」

サリアは手に持った剣を投げ捨てると、黒須の前に跪いて頭を垂れた。しかし、今さら命乞いなどしても火に油を注ぐだけだ。敗軍の将の振る舞いとして、死すべき無恥である。

せめて苦痛なく終わらせてやろうと、黒須は刀を振り上げる――が、次に彼女の口から出た予想外の発言に、手を止めることになった。

「だからどうか、私の命一つで剣を納めてほしい。後生よ、部下たちだけは見逃して」

「……………………」

その自己犠牲の言葉に、ここに来て初めて武芸者の片鱗を見た気がした。

こちらを真っ直ぐに見つめる紫眼の奥を覗き込み、そこに映る感情を読み解いていく。星の如く澄んだ濁りのない少女のようにも、大海の如く澱んだ深みのある老女のようにも見える、不思議な瞳だ。偽りや反抗の意志が僅かにでもあれば即殺してくれようと吟味するが…………。

決意、覚悟、失望、落胆、屈辱、そして孤独。その瞳は、微塵の悪意もなく懸命に哀訴しているように思えた。膨れ上がった怒りが急速に萎んでいくのを感じ、振り上げた腕をゆっくりと下ろす。

「…………もういい、興醒めだ。腹を斬れとでも言いたいところだが、俺は絡まれても相手を殺すなと仲間から念を押されている。だから、今日は謝罪を受け入れよう。次はないと思え」

刀をパチリと鞘に納め、周囲の傭兵どもを睨みつける。

「貴様らにも警告しておく。今回は指だけで済ませたが、次は遠慮なく首を落とす。覚悟があるならまた挑んで来い。決闘でも不意討ちでも構わん」

今し方まで身を沈めていた鉄火の余奮から、突然、つき飛ばされたように醒めていく。早朝の坐禅中に糞尿の気が流れてきたような、愚にもつかない長芝居を見せられたような、そんな感覚。

いずれにせよ、大変に気分が悪い。

……今夜は一風呂浴びてさっぱりしたあと、仲間たちに愚痴を零しながら葡萄酒でも呑るとしよう。

言うべきことも言ったので、さっさと帰ろうと踵を返した矢先、サリアに腕を掴まれた。

「何だ」

「もう少しだけ、時間をもらえないかしら」

「何故だ」

「……そう邪険にしないでよ。リットはどうせ、まともに説明なんてしなかったでしょう？　私から改めて話をさせてほしいの」

「要らん。もう傭兵ギルドには興味が失せた」

離さねば斬ると、絡む視線に殺意を織り交ぜる。しかし彼女は物怖じすることなく言葉を続けた。

「そう言わないで。貴方がここへ来た理由もちゃんと聞いておきたいわ。ねっ？　この通りっ！」

「…………………」

……………責任者だ何だのと言う割に、随分と安い頭だ。

サリアはおどけた様子で地面に手が届くくらい馬鹿丁寧なお辞儀をしてみせた。

その変わり身の早さに毒気を抜かれ、黒須は渋々と同行を承諾した。


案内されたのは最上階にあるサリアの執務室。ヘルマンの質素な部屋とは正反対で、王朝絵巻さながらに煌びやかな内装だ。絵画や武具などの調度品が壁を飾り、室内には香まで焚かれている。伽羅に似た沈香の香りだが――念の為、息吹を内観法に切り替えておく。心拍を落ち着かせ、最低限の空気だけで過ごすための丹田呼吸法の一種だ。

以前、木賃宿で忍どもに襲われた際も毒香によって不覚を取った。気付かぬうちに大麻草を嗅がされていたらしく、無様にも枕元に立たれるまで眼を覚ますことができなかったのだ。その反省を踏まえて香道もそれなりに嗜んだが、結局、あの時の無色無臭の香の正体には辿り着けず、それを防ぐ術を身に付けるに至った。

「さて、第一印象は悪かったと思うけど、できれば仲直りさせてほしいの。私は貴方に興味があるわ」

そう言いつつ、手ずから淹れた茶をこちらに勧めてくる。

「…………………」

信用のない相手から出された物を口にするはずもなく、さっさと続きを話せと眼で促す。

「……まぁいいわ。まず最初に言いたいのは、クロス、貴方は冒険者よりも傭兵の方が向いてるってことね」

よく分からんという表情の黒須に対して、サリアは丁寧に説明を続けた。

「傭兵ギルドのランクは単純な戦闘力で決まるのよ。冒険者ギルドとは違って、依頼の達成率や本人の素行はあまり考慮していないの。私たちは戦争への参加が主な仕事だから、部隊を編成するにはこのやり方が一番適しているのよね。貴方の腕ならきっと、すぐ高位ランクになれるわよ」

「そんな肩書きに一体何の意味がある？　人品を伴わぬ身分など匹夫と同断。仮に高位ランクになったとして、それを恥じることはあっても誇ることはない。現に、これまでに逢った傭兵はどいつもこいつも剣を持っただけの破落戸だった」

「……そんな者ばかりじゃないわと言いたいところだけれど、貴方にしてしまった仕打ちを考えると返す言葉もないわね。それじゃあ、話題を変えましょう。今回は何のためにここへ来たの？」

その後しばらく、サリアの質問に黒須がつっけんどんに返答する居心地の悪い時間が続いた。

「――なるほどね、だいたいの事情は分かったわ。他に何か、聞いておきたいことはあるかしら？」

傭兵についてはどうでもいいが、とりあえず気になっていたことだけ質問しておこうと、黒須はこの部屋に入って初めて彼女の顔に眼を向けた。

「こういったことを正面から尋ねるのは失礼に当たるのかもしれんが……。お前は、人間ではないのか？　すまんが、この国に来て初めて他種族の存在を知ったのだ」

近くで見て気が付いたのだが、サリアの頭の両側には尖った耳が二つ、にょっきりと突き出していたのだ。獣人のような頭頂部にある獣の耳ではなく、位置は普通だが巨大な耳。耳の大きな女は総じて幸運に恵まれると言うが、福耳と呼ぶにしても些か大きすぎる。

これで何らかの病であったのなら、大変破廉恥な問い掛けになってしまうが…………

「私は森人族よ。繁人族に比べると身体能力は若干劣るけど、魔術に優れている者が多い種族ね。それと、人間よりも十倍ほど長生きするわ」

――――十倍、だと？

「……数百年を、生きると言うのか？」

彼女の口振りが真剣でなかったら一笑に付していたところだ。

驚きを通り越して呆れる黒須を余所に、サリアは皮肉を含んだ人の悪い微笑を口元に浮かべる。

「貴方、本当に何も知らないのね。正確な年齢は黙秘させてもらうけど……。私も、貴方の曾々々々お祖父さんより歳上だと思うわよ」

「…………八百比丘尼という名に聞き覚えはあるか？」

人魚の肉を喰らって不老不死となり、八百余年を生きたとされる伝説の尼僧の名だ。

別名、白比丘尼とも呼ばれ、サリアのように髪も肌も真白な漂泊巫女だったとされている。

よくある御伽噺の類とばかり思っていたが――――もしかするとあれは、森人族に関する話だったのかもしれない。となれば、自分が知らないだけで日本にも他種族が暮らしていた可能性がある。

「誰よそれ？」

期待を込めて返答を待っていたが、サリアはキョトンとした顔でこちらを見つめ返したのだった。

その晩、荒野の守人の拠点はなんとも言えない空気に包まれていた。湯上がりの湿った長髪を結ぶこともせず、葡萄酒片手に不機嫌そうに話す黒須を、仲間たちはそれぞれ微妙な面持ちで眺めている。

「それで……いきなり、Cランクになったの？」

「ああ」

サリアはその権限で黒須をCランク傭兵に認定した。これはギルドマスターが持っている裁量の上限らしい。

もう二度と傭兵ギルドに行くつもりはないため、何の意味もない肩書きではあるのだが。

「トラブルがあるかもとは思っておったが、まさか、登録初日に中位傭兵になって帰ってくるとはの……。四階級の飛び級なんぞ、前代未聞じゃぞ」

「ま、まぁ、誰も殺してねえんだし、大丈夫なんじゃねえの……？」

「すごいですっ！　すごいですっ‼　お祝いしましょう！」

自分のことのように喜びはしゃぐパメラを、黒須は微笑ましい気持ちで見つめる。

この国に来て、随分と見識が広がった。もはや彼らを〝異人〟と十把一絡げに見ることはない。

善人もいれば、悪人もいる。最初は文化の違いに戸惑ったりもしたが、そういう意味ではこの国も、日本となんら変わりないのだ――

◆　◆　◆

その日以降、ある変化があった。

「おい、テメェら道空けろ！　荒野の守人の皆様がお通りだ!!」

「お、お疲れ様っす!!」

「クロスの兄貴！　冒険者業、頑張ってくだせぇ!!」

道々で傭兵から声を掛けられ、仲間たちの顔にはうんざりとした辟易の色が浮かんでいる。

「ねぇ、クロス…………」

「知らん。俺に言うな」

「お前さ、俺らに少しモメただけだって言ってたよな？　……おい、こっち見ろテメー」

「クロスの〝少し〟は信用ならん。絶対に大揉めしたじゃろ、これ」

「…………………」

強面の連中に注目され、パメラはバルトの背中に張り付いて動けなくなってしまっていた。

あちらこちらからコソコソと、密談する声が漏れ聞こえてくる。

「あのフランツさんってお方がパーティーのリーダーらしいぜ。兄貴が下についてるってことは、あの人も相当なバケモンに違いねえ」

「だな、絶対に怒らせないようにしようぜ。他のヤツらにもよく言っとかねぇとな」

フランツが泣きそうな表情でこちらを見ているが……そんな顔をされてもどうしようもないのだ。

あの後サリアが傭兵ギルド内をどう収めたのかは知らないが、機会があれば必ずこの落とし前はつけさせようと、黒須は決意を新たにした。

第二十一話　冒険者さん、調査依頼を受ける

「なぁ、たまには魔の森以外の依頼も受けようぜ。最近同じ魔物ばっかで、あんまり訓練にもならねえしよ」

依頼を終えてギルドの食堂で早めの夕飯を食べていると、掲示板を眺めていたマウリが一枚の依頼書を持ってきた。旅行小人（ハーフリング）はその名が示す通り、一所（ひとところ）に留（とど）まることを極端に嫌う種族。彼もその例に漏れず、昔から他の街へ遠征したがる傾向が強い。しかし、近頃は森狼（フォレストウルフ）の毛皮が高く売れる時期ということもあって、魔の森の依頼ばかり受けているのもまた事実だ。

「えーっと、『マイカの東鉱山に魔物が出現。坑道内で鉱夫三名が襲われたが、正体や数は不明。採掘作業が中断しているため、早急な対応が求められる。原因となった魔物を調査し、可能であれば排除せよ。なお、現地にて責任者に話を聞くこと』、だってさ」

クロスにも分かるように内容を読み上げていると、パメラが隣から依頼書を覗（のぞ）き込んできた。

「Dランクの調査依頼ですか。魔物の正体を報告するだけで金貨五枚、もし討伐できたら追加報酬ですって」

「ぼちぼち昇格狙うってのも悪かねえだろ？　ここらで壁に挑んでみようぜ」

調査依頼は俗に〝中位昇格の壁〟と呼ばれている。ただ単純に現地を調べればいいというものではなく、依頼人とギルドに対して詳細な調査報告書を提出しなければならないからだ。文字の読み書きに加えて資料の作成能力も問われるため、避けられない難関として低位冒険者たちの前に立ち

塞がっている。書類を書いてもらうためだけに別の冒険者と連携する者も珍しくないくらいだ。

「マイカという街は遠いのか？」

「アンギラから馬車で丸一日、そっから東鉱山までは徒歩で半日は掛かるじゃろうな」

「往復で三日か……。坑道の広さにもよるけど、調査にも数日掛かると思った方がいいね。仮に一週間で金貨五枚って考えるなら……ちょっと安いかなぁ」

いつも受けているEランク依頼の単価は銀貨五～八枚だ。毎日依頼に出たとして、七日で銀貨三十五～五十六枚。そこから装備の修理や買い足しなどの諸経費を除けば、手元に残るのは銀貨三十～五十一枚というところだろう。坑道内の探索ということは相応の準備も余計に必要になるため、そう考えると七日で金貨五枚という数字は二の足を踏んでしまう金額である。

「へへっ、そう言うと思ったぜ。ほら、こっちの依頼も一緒に受ければそれなりの額だろ？」

マウリは調査依頼の羊皮紙と重ねるようにして、もう一枚依頼書を持っていた。

「アンギラからマイカまでの護衛依頼、片道で金貨一枚か。……うん、これならなんとか採算は取れるかな」

魔物の正体は分からないが、討伐が無理だったとしても探索日数によっては黒字が見込める。

「〝護衛依頼〟とは何だ。貴族でも護(まも)るのか？」

「そりゃあ傭兵(ようへい)ギルドの要人護衛じゃな。冒険者ギルドに出される護衛依頼は、人ではなく、商隊(キャラバン)の物資を守る案件じゃ。今回は……トト商会からの依頼か。恐らくは食料品の運搬じゃろう」

「トト商会って、いつもご飯を買いに行く雑貨屋さんですよね？　マイカにも出店してたんですか。知らなかったです」

「そういえば、息子さんに店を任せて二号店を出したいって、前に言ってたような――――」

「んじゃ、受注手続きしてくるぜ～」

上機嫌で受付へ向かうマウリを眺めつつ、フランツは頭の中で遠征に必要な経費の計算を開始する。先日、拠点の屋根に雨漏りが起きて補修費用が掛かってしまったので、パーティーの活動資金がそろそろ危険水域に達しそうなのだ。

「角灯（ランタン）が人数分に、油、保存食、水薬（ポーション）もあった方がいいかな……」

少しでも多くの利益を得るためには、なるべく節約して準備をしなければならない。クロスの訓練を受け始めてから装備の破損は減ったものの、それでも依然、吹けば飛ぶような生活だ。

一応、一発逆転の腹案（ふくあん）があるにはあるのだが――――

◆◆◆

二日後の早朝、一行は東門の前で依頼者を待っていた。

「あっ、あの馬車じゃないですか？」

幌（ほろ）を被（かぶ）せた荷馬車が三台、ガタゴトと音を立てながらこちらに向かってやって来る。

パメラの言う通り、先頭の御者の姿には見覚えがあった。

「皆さん、おはようございます！　今回はよろしくお願いしますね」

御者席から降りてきたのは旅行小人（ハーフリング）のトトだ。

親しいと言えるほどの間柄ではないが、買い物で何度も顔を合わせたことがある。

「おはよう、トト。会頭自ら御者とは、精が出るね」

「いやぁ、ウチは商会って言っても行商人くずれのチンケな一人親方ですからね。他の二台も息子らなんで、先に紹介させてもらいます。おーい、お前たち！　冒険者の皆さんにご挨拶しなさい！」

トトの呼び掛けに、それぞれの荷馬車から小さな御者が飛び降りた。

「ロロっす！」

「ルルです〜」

やんちゃそうな子と、眠たそうな目をした子、どちらも父親によく似た賢そうな男の子だ。

こちらも挨拶を返してパーティーメンバーを紹介していると、後ろの方でコソコソと話している声が聞こえてきた。

「マウリ……マウリ……」

「あん？　なんだよ」

「あの者らの歳(とし)はどれくらいだ？　俺には皆、同じような童子(こども)に見える」

「お前、前から思ってたけど、やたらと相手の歳を気にするよな……。まぁいいや、トトは俺と同じ三十そこそこじゃねえか？　子供らはどっちも十五かそこらだ」

「いや、武士にとっては長幼(ちょうよう)の序(じょ)も大切なもので――」

様々な種族が暮らすファラス王国において、年齢による上下関係はあまり意識されることはない。というよりも、外見では年齢を判断できないため、いちいち気にしても仕方がないのだ。

「フランツさんたちが依頼を受けてくれて助かりましたよ。守人(もりびと)の皆さんならお得意様だから、こちらも安心できますからね」

短い期間とはいえ寝食を共にすることになる護衛依頼では、依頼人にとってどんな冒険者が来るかは一種の賭けだ。目に余るような乱暴者はギルドが受注を許さないが、それでも態度の悪い冒険者は大勢いる。

「そう言ってくれて嬉しいよ。それじゃ、早速だけど護衛計画を決めようか」

相談の結果、先頭の馬車にマウリ、中央にフランツとクロス、最後尾にパメラとバルトが分乗することになった。なるべく車間を空けずに進み、進行方向をマウリが警戒、何かあればフランツが前後に指示を出す。今回はクロスにも弓を持ってきてもらっているため、彼が中央にいれば遊撃として臨機応変に対応可能な布陣だ。

魔物が出現した場合にはどう動くかを一通り皆で確認し合い、東門を出発した。

「ロロは若いのになかなかの手綱捌きだな。こういう職は永いのか？」

御者席の後ろに設けられた狭い座席からひょっこりと首を伸ばし、クロスがロロに声を掛ける。

「仕事を手伝い始めたのは最近っす！　でも、小さい頃から遊び相手っていやぁ馬しかいなかったもんで、気付いた時には御者も慣れっ子になっちまいました」

「元は行商人だったってお父さんから聞いたけど、ロロも色々な街を旅してたの？」

「地方で仕入れた特産品を都会で売って儲けるのが行商人っすからね。王国の主要都市にはだいたい行ったことあるっすよ」

世間話をしながらのんびりと街道を進む。

そんな時間が数時間続き、一度、街道沿いの空き地で休憩を挟むことにした。

「今んとこは平和なもんだな」

「まだ人通りも多いからね。もう少し進むと森が近くなるらしいから、そこからが本番だよ」

「野営はせずに、今日中に到着する予定でしたよね。進み具合はどうですか？」

「途中で渋滞に捕まったせいで、ちと遅れとるな。日が落ちる前に着くにゃあ少々急がんとならん。トトと話してくるわい」

唯一マイカへ行った経験のあるバルトの判断で、ペースを上げて進むことになった。

休憩前と違って馬車が大きく揺れるため、尻に伝わる振動に思わず顔を顰(しか)めてしまう。少しでもマシにならないかと、荷物の中から寝袋を取り出して座席に敷いていると、先頭車両から大声が聞こえてきた。

「フランツ！　百メートル先で馬車が立ち往生してる！　車輪が外れたみてえだ！」

「分かった！　全車停止しろ!!」

フランツの号令で一斉に車列が止まる。馬車から降りて道の先を見てみれば、マウリの報告通り幌馬車(ほろばしゃ)が街道を塞いでいた。右の後輪が外れてしまったらしく、道の中央で大きく傾き、行商人と思われる男が一人頭を抱えて右往左往している。

「フランツさん。ウチは念のために予備の車輪も積んでますんで、よかったら手を貸してやろうと思うんですが」

男一人で馬車を持ち上げて車輪を修理するのは難しい。それに、もう数時間もすれば日が暮れてしまうだろう。素知らぬふりをして見捨てるのも後味が悪いか。

「そうだね。じゃあ――――」

「待て」

トトの提案を了承して手助けに入ろうと考えていたが、それを口に出す前にクロスに遮られてしまった。彼は眉間に皺を寄せ、なんだか難しい顔をしている。

「どうしたんじゃ？」

「思い過ごしならいいが……。どうにも、地形が気に食わん。見通しの利かない両脇の藪、弓を射るにはちょうどいい岩山。伏兵を置くには絶好の環境に見える」

くだけた雰囲気から一転、瞬時にして場の空気が凍りつく。

「まさか、盗賊？」

「私には普通に困っているようにしか見えませんけど………」

「いや、ああやって囮に馬車を停めさせてから、一斉に襲い掛かる連中がいるって話は聞いたことあるぜ。……待ってろ、先行して様子を見てくる」

「これこれ、待たんか！」

勢いよく駆け出そうとしたマウリの肩をバルトが摑んで引き留める。

「弓士がおるなら、鉄鎧の儂かフランツが行くべきじゃ」

「……トト、子供たちを連れて荷馬車の中へ。声を掛けるまで絶対に顔を出さないように。皆はここで馬車を守ってくれ。俺が行く」

バルトは日々の特訓でかなり素早く動けるようになったが、それはまだごく短距離に限った話。これだけ遠く離れているのであれば、自分の方が適任だ。

「フランツ、俺も付き合おう」

相手側に不信感を悟られないよう、横目で周囲を警戒しつつ幌馬車に向かって歩いていると、クロスが横に並んできた。

「ありがとう。でも、クロスは革鎧だから危ないよ」

「素人の矢など俺には当たらん。それに……お前は人を斬ったことがないだろう」

その唐突な発言に、思わず胸がドキリと跳ねる。

確信に満ちていて、断定するかのような言い方だった。

「…………なんで、分かった？」

図星だった。フランツは冒険者として活動する中で対人戦闘も何度か経験しているが、人を殺したことはない。それはルクストラ教の教義に反するという理由だけではなく、自分自身が〝人の命を奪う〟という行為に対して、強い嫌悪感があるからだった。

◆　◆　◆

子供の頃、飼っていた豚に石を投げつけて遊んでいた。寝ている豚が飛び上がったり、きいきい鳴きながら逃げ回るのが面白くてたまらなかったのだ。と、不意にがっしりとした手に肩を掴まれた。くるりと振り向くと、すぐ目の前、鼻先が触れそうな位置に鬼のような祖父の顔があった。

「今度そんなことをしているのを見かけたら、腰が抜けるまでぶちのめしてやるからな。分かったか？」

いつも自分に優しい祖父の初めて見る本気の怒りは、強烈なトラウマとなって脳裏に刻まれた。

大泣きして謝りながら、なぜ祖父があんなにも怒ったのか、子供心に考えた。

食べるために育てている家畜。可哀そうには思うが、彼らの運命は明確に決まっている。しかしどうやら、その結末とは関係がないらしい。

どうせ殺すのだから、徒に傷つけたって構わない。そんな考え方は間違っているのだと知った。

それ以来、生き物を傷つけることに根源的な恐怖を抱くようになった。略農家の息子なのに、鶏一羽絞められない。そんな子供が成長し、歳を重ね――なぜだか自分でも分からないが、動物や魔物は平気で殺せるのに、人が相手だと萎縮してしまう、情けない大人が出来上がっていた。

◆
◆
◆

躊躇なく人を殺せることが正しいとは今でも思わない。しかし、冒険者としては恥ずべき軟弱さだ。いくら魔物狩りの専門職とはいえ、依頼中にならず者と戦う場面などザラにある。誰かに知られれば笑いものにされるに違いないと、フランツはこれまでその弱点をひた隠しにしていた。

「お前は優しいからな。相手が悪人であっても、手心を加えてしまうのだろう？」

苦しい胸の真中を、グサリと射抜かれたように感じた。

「……………そうだね。俺はできれば、人を殺したくない」

「不殺の武芸者か。俺のように戦うことしか能がない者には理解し難い信念だが……。それがお前の道ならば、否定はすまい」

血に染まった道を歩む彼の口から出た言葉としては、意外な返答だった。

「……クロス」

「何だ？」

「俺は——甘ったれた考えかもしれないけど、自分の見える範囲では、なるべく人に死んでほしくないんだ。だから、殺さずに済むなら生かして敵を捕らえたい」

綺麗事を言っている自覚はある。押し付けがましい話なのもよく分かっている。

平静を装ったが、声は自分でも分かるくらいに上ずっていた。

「……………善処する、という答えでもいいか？　リーダー」

苦虫を噛み潰したような顔で答える彼に、なぜだか笑いが込み上げてきた。

「うん、ありがとう。それで構わないよ」

きっと、その頼みはクロスにとって本来受け入れ難い願いなのだろう。彼は敵対する者に一切容赦しない。それでも、自分を仲間と認めてくれているからこそ、譲歩してくれたのだ。

そんな気持ちを嬉しく思いつつ、気を引き締めて幌馬車へ近づいた。

「こんにちは。お困りですか？」

「おお、冒険者さんかい？　見ての通り車輪がイカれちまってね。すまねえが、手を貸してもらえんかね？」

男は大袈裟な身振り手振りで窮状を説明する。商人お馴染みの、ありふれた話し方だ。

頭髪を清潔に整え、服装も身綺麗。一見して不審な点は見当たらない。

勘違い、だったか……？

「構いませんよ。外れた車輪はどこに？」

「こん中だよ」

男はノックでもするかのように幌馬車をトントンと叩いて見せた。

「そうですか。なら――――ッ！」

次の瞬間、男が叩いた場所から幌を突き破って槍が飛び出した。

警戒していたので咄嗟に身を引いて躱したが、勢い余って尻もちをついてしまう。

「野郎ども！　今だっ!!」

幌馬車の中から薄汚い格好をした連中が三人現れ、周囲の藪からも一斉に雄叫びが上がる。

「死ねッ！」

こちらの心臓に向かって槍が伸びるが、その槍先はクロスの剣によって斬り落とされた。

「フランツ、そっちの御者を任せる」

言うが早いか、彼は三人相手に斬り掛かった。

フランツも急いで立ち上がり、剣を抜いて行商人のフリをしていた男へ向かい合う。

「チッ！　さっきので死んどけよ、マヌケ野郎が!!」

男はどこから取り出したのか両手に手斧を握っており、片方を投擲してきた。

勢いはあるが狙いはいい加減――――盾を使うまでもない。

軽く避けながら踏み込み、顎を狙って殴りつける。

「ぐはッ！」

相手が失神したのを確認し、素早く周囲の状況に目を向けた。

クロスはすでに三人を倒して、藪からワラワラと湧いて出た集団相手に大立ち回りを演じている。

トトの荷馬車には矢が飛んでいるが、バルトが前に立って防ぎつつ、マウリとパメラがそれぞれ撃ち返していた。パメラの炎が藪に引火し、弓士のいる岩山からちょうどいい目隠しになっている。

「くそっ！　おい、魔術師を先に殺せ!!」

「させんわいッ！」

集団から飛び出した数人が被弾覚悟で特攻するが、バルトの盾突進によって弾き飛ばされる。

「近づいちまえばこっちのもんだ！　オラァ!!」

辛うじて回避した一人が剣を振り上げパメラに襲い掛かった――が、彼女は易々と相手を投げ飛ばし、後頭部に杖を叩き込んだ。

「魔術師に接近戦ができないと思ったら大間違いですよっ！」

荷馬車は大丈夫そうだと判断し、フランツはクロスの援護へ向かう。

「一人増えたぞ――ぐエッ！」

「ダ、ダメだ！　コイツら強え！」

「高位冒険者かよ！　ちくしょう、逃げっぞ!!」

数人を伸したところで、盗賊が散り散りに逃走を始めた。

「逃さん」

「クロス！　逃げるなら追わなくていい！　俺たちの役目は荷馬車の護衛だ！」

護衛依頼中の冒険者にとって、最優先に考えるべきは依頼人の安全と物資の保護。

ここで奴らを逃がせば二次被害が発生する恐れもあるが、優先順位を間違えてはならない。

フランツは駆け出そうとしたクロスを引き留め、仲間のもとへと引き返した。

第二十二話　冒険者さん、立ち尽くす

「ほら、クロス。もう戻ろう」

盗賊が逃げていった方向を未練たっぷりに睨みつけているクロスの肩をぽんぽんと軽く叩く。

「……ああ」

フランツは歩き出した彼の様子をこっそりと見て、すぐに前方へ視線を戻した。

――やっぱり、そうだ。

以前からなんとなく抱いていた違和感。彼の戦闘を見るたびに漠然と思っていたこと。

傭兵との喧嘩の時もそうだったが、クロスはまるで心の中にスイッチでもあるかのように、有事と平時で纏っている空気が激変する。彼にとっては他愛のない相手だったとしても、命のやり取りという〝非日常〟を体験した直後にも拘らず、もうすっかりそのことを忘れてしまったかのような澄まし顔だ。

「…………」

多分、クロスと自分たちとの間には、大きな隔たりがある。

宗教の違いなどという言葉では決して埋まることのない、隔絶した死生観の差だ。

死を恐れていない、と言うべきか。

勇敢さ、とは違う気がする。

血気盛ん、ではない。

悟っている、も的外れ。

命を軽んじている――――には、少し近い。

上手く言えないが、クロスは人の生命のことごとくを、取るに足らないものとして認識しているような気がするのだ。それは他人の生命だけでなく、自分の生命さえも。

彼のことをよく知らなかった頃はその勇猛さを頼もしく感じていたが、今となっては冒険者として彼の強さを羨む気持ちよりも、友として彼の強さを哀れむ気持ちの方が大きくなり始めていた。

きっと、生死が身近にありすぎたのだと思う。殺し合いが〝日常〟になってしまうくらいに。

彼が望んでそういった人生を歩んでいるとは理解しながらも、フランツはその無惨なほど痛ましい生き様に胸が締め付けられるような同情を覚えた。

一方で、自分は……。

戦いを終えたあとの緊張と興奮で全身が熱気を帯び、疲労で脱力しているはずなのに、顳の辺りがドクドクと脈打っているのを感じる。落ち着け、落ち着けと念じてみても、顔の筋肉は石のように強張り、口の中はカラカラだ。

「ふぅ……」

こんなみっともない姿をトトや子供たちには見せたくなくて、水筒の水を飲むついでに頭からもぶっかけた。濡れた顔を革手袋をした両手でゴシゴシと擦り、騒ぎ立った心を落ち着かせる。

「…………」

クロスは何も言わずに、こちらの心を何もかも見透かして優しく理解するような瞳で、その様子を眺めていた。

荷馬車に戻ると、こちらも戦闘は一段落したらしく、皆が外に出てきていた。

「みんな、怪我は？」

「トトたちも含めて全員無事じゃ。奴ら、一斉に逃げ出しおったわい」

「けど、荷物に何本か矢が刺さっちまった。すまねぇな、トト」

その言葉通り、荷馬車はまるで針鼠の様相を呈していた。

中の荷に突き刺さったのは数本だけのようだが、これでは幌は買い替えだろう。

「とんでもない！　命あっての物種ですからね。皆さんのおかげで助かりましたよ！」

積荷の破損を理由に依頼失敗と断定することもできる状況だが、トトはそんな態度はおくびにも出さず、仲間たちの手を握って一人一人に感謝を述べた。

「オレ、絶対死んだと思ったっす……」

「冒険者さんって強いんですね～」

こちらを見るルルのキラキラした瞳に、先ほどまでの気の昂りが嘘のように消えていくのを感じる。

「子供たちも無事でよかったよ。それにしても、結構な規模の盗賊団だったね」

「この辺に盗賊が出るなんて噂ありましたっけ？」

「聞いたことねえな。大勢逃げられちまったし、ギルドには報告しとこうぜ」

冒険者ギルドの掲示板には、依頼書だけでなく、各地から寄せられた危険情報や注意事項も合わせて掲示されている。この依頼を受ける前に内容はチェックしていたが、盗賊の情報など一切書かれていなかったはずだ。

「私も長年この街道を使ってますが、まさかここで襲われるとは夢にも思いませんでしたよ。ウチからも商人ギルドに伝えておきます」

あの人数の多さや馬車の故障を偽る巧妙な手口からして、新興の盗賊団とは思えない。十中八九、どこか他所の土地から移動してきた連中だ。ギルドへ報告しておけば、傭兵ギルドや領軍と連携して討伐隊を派遣してくれるだろう。

「倒した盗賊はどうします？」

「マイカで門兵に引き渡すよ。とりあえずロープで拘束しよう」

「こっちは全員生かしてるが……。クロスがやった方は皆殺しか？」

「いや、手加減はしていないが峰打ちで済ませた。死んではいないだろう」

その返答にマウリとバルトは目を丸くする。

「なんと、殺しておらんのか。どういう風の吹き回しじゃ？」

「…………ただの気紛れだ」

そっぽを向いて答えたクロスに、フランツはこっそり微笑んだ。

気を失っている連中を手分けして集め、片っ端から縛っていく。捕らえたのは襲ってきた盗賊団のおよそ半数、十四人にもなった。

自分たちでやったこととはいえ、たった五人でよく凌ぎ切ったなと改めて思う。着実に日頃の特訓の成果が出ているようで、仲間たちの顔にはホクホクとした隠し切れない達成感が滲んでいた。

「クロス、これでいいか？」

「ああ、最後に先端を輪に通して首へ一周する。こうしておけば動くと首が絞まって逃げられん」

最初は普通に後ろ手で縛ろうとしたのだが、クロスがそれでは不十分だと特殊な縛り方(ロープワーク)を披露した。体の前後に腕を固定して、首に縄を掛ける複雑なものだ。

「ぬぅ、難しいのう」

「〝早猿結び〟と言ってな、これでも縛法(ばくほう)の中では簡単な方だ。縄術(じょうじゅつ)は覚えておくと便利だぞ。今度、縄抜けの術と一緒に他の結び方も教えてやろう」

「クロスさーん、こっちも確認してくださーい！」

途中で手持ちのロープが足りなくなってしまったが、トトが積荷の中にあった衣料用の革紐(かわひも)を気前よく提供してくれた。

「………っと。よし、これで全員かな？」

「だな。どうやって連れてく？　誰か一人、歩いて引率するか？」

「そうだね、じゃあ俺が――――」

「ちくしょうッ！　ほどけゴラァ!!」

全員を縛り終えた頃、何人かが目を覚まして暴れ始めた。

武器や鎧(よろい)は当然取り上げているが、ぎゃあぎゃあと口煩(うるさ)く騒ぎ立てている。

「オレらの仲間がすぐ助けに来るぞ！　そうなりゃお前ら皆殺しだ!!」

「大人しくしてくださいっ！」

「離しやがれクソ女(アマ)が！　テメー、俺らが自由になったらボロボロに犯して――ぎィッッ!!」

「一度だけ警告する」

汚い言葉を口にする男の鼻を、クロスが指先で捻りあげた。

凄まじい握力によって真横を向いた鼻からは大量の血が流れ、ミチミチと嫌な音が鳴っている。

「俺は野盗という連中が心底嫌いだ。吐き気を催すほどに憎悪している。仲間は貴様らに情けを掛けているが、俺は今すぐにでも殺したくて仕方がない」

憮然とした表情が、みるみる、雑巾を絞るように歪み始める。

「やべでっ！　やべでぐだざい！　なまいぎいってずいまぜんでじだ！　だがらばなしてぇえっ！」

彼は必死に手をどかそうとする男を無視して盗賊たちを睨みつけると、ついに男の鼻をむしり取った。

「あぎゃぁぁぁああ――――ッッ!!」

「いいか、次に罵詈雑言を吐いてみろ。耳と鼻を引きちぎり、眼玉を潰して四肢を斬り落とす。その後は首に縄をかけて、マイカまで馬車で引きずり回してやるぞ」

底冷えするような冷酷な声で脅しかけ、手に持った肉塊をビチャ！　っと地面に投げつける。

盗賊たちは震え上がり、無言のまま何度も頷くことで無抵抗を示した。

「クロス……」

この怒り様を見るに、やはり、相当我慢をさせてしまったらしい。

「「…………………」」

彼の唐突な豹変に、トト親子も身を寄せ合って完全に怯えてしまっている。

「む？　どうした」

「いっ、いえっ……！　そ、その――――」

クロスに視線を向けられて、トトは咄嗟に子供たちを背に庇った。自分たちはもう慣れたものだが、至近距離からこんな殺気を浴びせられれば、こうなって当たり前だ。

「トト、大丈夫だよ。クロスはこんな感じだけど、敵対しなければ優しいから」

「敵には容赦ねぇけどな……。どうすんだよコイツ、このままじゃ失血死するぞ」

「捨て置け。死んだら死んだで構わん」

「そういうワケにもいかんじゃろ。パメラ、包帯を貸しとくれ。儂が処置する」

バルトの治療を待ってから盗賊たちを何人かずつに分けて縄で繋ぎ、それぞれの馬車でゆっくりと牽引することにした。全員観念したのか、悲愴な顔でトボトボと下を向いて歩いている。

……いや、誰かさんと目を合わせないようにしているのか。

「みんな大人しくしてるっすね」

「そうだね。このペースなら日没までにはマイカに着けそうだ」

「間に合いそうになければ奴らを走らせればいい。ロロ、速度を上げてやれ」


その後は魔物の襲撃に遭うこともなく、ようやくマイカの門が視界に入った。

門兵に事情を説明し、連中の身柄を引き渡す。これまでこの近辺に盗賊の目撃情報はなかったとのことで、とても感謝されてしまった。

「大した金にゃなんなかったな」

「賞金首はいなかったみたいだからね」

ファラス王国では盗賊の犯罪奴隷化が奨励されており、冒険者や傭兵に限らず、誰が捕縛しても報奨金が貰(もら)える仕組みになっている。悪名高い賞金首であれば高額の懸賞金が出ることもあるらしいが、今回は一人頭銀貨一枚、合計金貨一枚と銀貨四枚を受け取った。名のない盗賊などこんなものだ。

「本当にありがとうございました！　みなさんは命の恩人です。今度店にいらっしゃった時は、精一杯サービスさせていただきますね！」

……普段は依頼人と直接顔を合わせる機会など滅多(めった)にないので、なんだかこそばゆい感じがする。

親子揃(そろ)って深々と頭を下げるトトに笑顔で応じ、依頼書に完了の署名(サイン)をもらって別れた。

魔物ではなく人と戦う羽目になるとは思わなかったが、いずれにせよ、これで護衛依頼は達成だ。

「やけに鍛治人(ドワーフ)が多い街だな」

「そりゃあ鉱物の集まる街じゃからの。鍛冶屋が増えりゃあ自然と鍛治人も吸い寄せられるわい」

この小さな街はその昔、鉱山で働く鉱夫たちの手によって築かれたそうだ。アンギラと違って街灯はなく、家屋の窓から漏れ出す蜂蜜色の光に照らされた路地を挟むようにして、くすんだ色の古めかしい建物が無計画に建ち並んでいる。全体的にごちゃごちゃとした印象の街だ。

小石の転がる未舗装の道をにぎやかに歩く住民は、ほとんどが鍛治人。

さらに言えば、そのほぼ全員が酔っ払いである。

「バルトは来たことあるんですよね？　おすすめの宿屋とか知ってたりします？」

「美味(うま)い酒を出す店なら分かるが……。前に来た時にゃ金がなくての、馬小屋の隅(すみ)を借りて寝泊まりしたもんじゃ」

「宿代より酒代かよ……。いかにも鍛治人らしい言葉だな。なら腹も減ったし、飯屋でよさそうな宿がないか聞いてみようぜ」

呆れた様子のマウリに促され、宿の予約の前に遅い夕飯を摂ることにした。

バルトの案内で大通りに面した〝がさつな黒山羊亭〟という一軒の食堂に入る。

街一番の人気店というだけあって、狭い店内は労働の疲れを癒やそうとする人々で満員御礼、壁も砕けんばかりの大合唱と熱気で煮えくり返っていた。

「うぇぇ……。不味いですぅ………」

「苦い酒だな……。俺の口にも合わん」

運ばれてきた料理を前に乾杯するやいなや、パメラとクロスは眉を顰めて杯を置いてしまった。

「そう？　俺は割と好きだけど」

「飯と合わせると結構イケるな。なんて酒だ？」

「麦酒じゃ。その独特の苦味がええんじゃがな」

甘い物好きの二人には不評だが、喉越しが良くてクセになる味だ。まろやかな麦の風味に加え、舌先が微かにピリピリするような清涼感がある。マイカでは葡萄酒よりも麦酒が主流らしく、荷物に余裕があればお土産に一樽買って帰ろうと思うくらいには気に入った。

「麦酒が苦手なら、こっちを試してみるか？　ちっとばかし酒精が強いから気を付けるんじゃぞ」

バルトは一人で飲んでいた無色透明の酒を二人へ差し出す。

「ブフゥ――――ッ!!　な、なんですかコレ!?　喉がっ！　喉と胃が痛いですっ!!」

「……これは旨いな。昔呑んだ消毒用の焼酎に似ている」

「なんてもん飲んでんだお前。てか〝ショーチュー〟ってなんだよ。ニホンの酒か？」

真っ赤な顔でゲホゲホと咳(せ)き込むパメラに対して、クロスは何でもないような顔をしている。

以前から少しそんな気はしていたが、どうやら彼はかなりの酒豪らしい。

「こいつは芋酒(ブレンヴィーン)と言っての。鍛冶人の国が造っとる火酒にゃ遠く及ばんが、王国にある蒸留酒の中じゃあ上等な酒よ」

蒸留酒は樽杯(ジョッキ)で飲むようなものじゃないと思うんだけど………

「明日は鉱山まで歩きっぱなしになるだろうから、ほどほどにね」

フランツは苦笑しながら半泣きのパメラのために果実水を注文してやった。


「おう、ベルガン。久しぶりじゃの」

「あァ？」

両手に六つもの杯を満載し、テーブルの脇を通ろうとした髭面(ひげづら)がくるりと振り向く。

男は面倒な酔客に向けるような顔色をしていたが、相手が誰だか理解するとすぐに相好(そうごう)を崩した。

「おぉ、バルトじゃねえか！　元気にしてたかよ⁉」

鍛冶人だらけのマイカだが、身長から見てこの店員は繁人族(レギオン)らしい。

顔の半分を埋め尽くすモジャモジャの髭が長髪と合体して、まるで毛玉が喋(しゃべ)っているかのようだ。

「今日は仕事で来とっての。五人なんじゃが、ここらでいい宿を知らんか？」

「……何度も飲みに来といてフザけてんのか？　ウチは食堂兼、宿屋だ！　オメェも何回か酔っ払って泊まってっただろうが‼」

手に持つ杯から飲み物が零(こぼ)れんばかりに興奮するベルガンに、バルトはキョトンとした表情になる。

「そうじゃったかの……？　まったく覚えとらんが……」

「記憶が飛ぶほど飲むんじゃねえっていつも言ってんだろ！　だいたい、前に来た時も――」

「思わぬ形で宿が見つかり、そのままこの店で一夜を明かした。」

翌朝、一行はギルドで護衛依頼の達成報告を済ませ、今回の目的である調査依頼の依頼人に会うべく、採掘事務所を訪れていた。依頼書には現地で責任者から話を聞けと指示があったため、暇そうにしていた受付の男性に声を掛ける。

「どうも。依頼を受けた冒険者ですが、責任者はいらっしゃいますか？」

つまらなそうに唇に挟んだ羽根ペンを上下に動かしていた受付の動きが、ピタリと止まった。

「へっ……？　アンタらもかい？」

その反応に嫌な予感がしたが、とりあえず責任者の部屋まで案内してもらう。

「すまねえっ!!　やっちまった……！　アンギラに依頼を出してもなかなか受注されねぇもんだから、マイカのギルドにも依頼したんだ。先週、取り消しの手紙は送ったんだが、入れ違いになっちまったみてぇだ…………」

赤髭の鍛冶人は依頼書を見せた途端、名も名乗らずに真っ青になって謝罪した。

「――二重依頼（ダブリ）か。褒められた話じゃあ、ないの」

いつも温厚なバルトの瞳に剣呑（けんのん）な光が宿る。

冒険者ギルドの規約上、複数の支部に対して同じ依頼を出す行為は禁止されている。依頼を出し直す際は最初に訪問した支部へ変更の申し立てを行い、ギルド間で引き継ぎ処理をしてもらう必要があるのだが――――今回はどうやら申告をせずに、自分たちで勝手に変更しようとしたらしい。正規の手続きにはとても時間が掛かるため、気持ちは分からなくもないが、明確な規約違反である。

「えっと……それじゃあ…………」

「本当に申し訳ねぇ……。おとといマイカのCランクパーティーが受注してくれて、魔物も退治されたんだ。だから――――」

フランツは途中から頭が真っ白になってしまい、もう男の言葉は耳に入っていなかった。マウリとバルトが怒鳴り散らす声も酷く遠くに聞こえる。

今回の遠征のために、パーティーの運営資金のほとんどを費やしている。護衛依頼の報酬と盗賊の捕縛で得た報奨金を合わせても、たかだか金貨二枚と銀貨四枚。仮に皆で分配すべき報酬を全額運営費に回したとしても、こんな端金では来月まで到底持たない。

血の気が引き、手足がやけに重く感じる――――

どうすればいいのか分からず、フランツは足に根が生えたようにその場に立ち尽くした。

第二十三話　お侍さん、金策する

「………お金が、足りない」

蚊の鳴くような弱々しい声。目的だった調査依頼が御破算となり、一行は重い足取りでがさつな黒山羊亭に戻ってきていた。テーブルの上には昼食が並んでいるが、誰も手を付けようとしない。

「――あの馬鹿依頼者め」

「許せませんね………」

「アンギラに戻ったら、二度と依頼受けけんなってディアナに告げ口してやる………」

他の面々は依頼主に対して怒り狂っていたが、黒須はその辺の規則をよく知らず、あまり状況が飲み込めていない。どうやらマイカまでの遠征が無駄足になったらしいとは察しているものの、宿までの道すがら、仲間たちは死人のように蒼白い顔で一言も発さず、説明を求められるような空気ではなかったのだ。

「………そんなに、拙い状況なのか？」

黒須は彼らと寝食を共にする中で、彼我の間には貧富に対する価値観の差があるように感じていた。以前聞いた話によると、風呂付きの大きな屋敷で毎晩酒を呑めるような暮らし振りであっても、この国では貧しい部類に入るのだとか。

〝武士は九百九十九石まで鼻紙を使わぬ〟

清貧を信条とする武家に生まれた黒須にとって、現在の生活は罪悪感を覚えるほどに裕福な暮らしと言える。生家での食事は朝夕二回、玄米飯に梅干しか漬物、狩りで得た肉が一品加われば豪勢な方だった。父上は酒気（しゅき）を嫌ったため、食卓に酒が出たことなど一度もなく、長兄が煮売茶屋（にうりぢゃや）から仕入れてきた玉割り（たまわり）の安酒（どぶろく）を御相伴（ごしょうばん）に与るのが精々の贅沢（ぜいたく）。旅に出てからも三食どころか数日食えない日々も多くあったので、今の暮らし向きには何の不自由も感じていない。

「パーティーの活動資金が空っぽなんだ。正直、来月までの食費も持たないと思う」

「すまねえ……。俺がこんな依頼受けようって言わなきゃ………」

「そりゃあ違うわい。二重依頼なんぞ、誰にも予想できんことじゃ」

「そうですよ！　マウリのせいじゃないです！」

二重依頼が発覚した場合、依頼人には違約金を徴収するなどの罰則が発生し、不利益を被（こうむ）った冒険者にはその一部が支払われることになっているらしい。ただし、事件の内容を精査してからの支払いとなるため、数か月待たされることもザラにある上、補塡（ほてん）される金額は微々たるものなのだそうだ。ある意味ギルド側の不手際と言えなくもないが、文句があるなら辞めてもらって結構と言われてしまえば、冒険者には返す言葉がない。なんとも世知辛い世の中である。

マウリは責任を感じているのか、机に突っ伏して落ち込んでしまっており、黒須も事の深刻さを徐々に理解し始めた。

「俺がお前たちとは別行動で、毎日豚鬼（オーク）を狩ってこよう。そうすれば食費も浮いて報酬も稼げる」

「クロスさん………」

「お前さん一人に頼るわけにゃあいかんわい。それなら、二人組と三人組に別れて――」

「いや、それなんだけどさ。実は、少し前から考えてたことがあるんだ」

まるで会話に入る隙を狙っていたかのような口の出し方で、フランツが議論を遮った。

「俺たちもクロスに鍛えてもらって、それなりに強くなったと思う。今回盗賊と戦ってみて、皆もその実感はあるんじゃないか？」

ここで一度言葉を区切り、同意を確認するように一人一人の眼を見渡す。

「…………………」

実を言うと、黒須もあの戦いで彼らの成長には少々面食らっていた。以前のようなドタバタとした焦燥感は鳴りを潜め、指示がなくとも全員が自分の役割をきっちりと全う(まっと)する。何より、普段は極めて慎重なフランツが荷馬車ではなく、こちらの加勢に入るという選択をしたことには驚いた。いくら素人の野盗(ムシケラ)相手とはいえ、多勢による奇襲戦であのような動きはなかなかできるものではない。冷静に戦況を見極める判断力が備わってきた証拠である。

仲間の首肯を見たフランツは満足気に頷(うなず)くと、戦(いくさ)が始まる前のような思い切った表情で言った。

「――俺たち、そろそろ迷宮(ダンジョン)に挑戦してみないか？」

「そりゃあ……面白そうじゃな。儂(わし)は賛成じゃ」

「俺もだ。なんつーか、いよいよって感じだよな！」

「いいですね！　私も賛成です！」

「…………………？」

何やら急に息を吹き返したように盛り上がっているが、金策と迷宮に一体何の関係があるのか。

「〝迷宮に挑戦する〟とはどういう意味だ？」

「迷宮っていうのはね――――」

単語の意味を尋ねたつもりではなかったのだが、この国では巨大な魔物の巣窟のことを〝迷宮〟と呼んでいるらしい。

「では、何故これまで行かなかった？」

「危険だからだよ。迷宮の中は外界とは全く違う環境なんだ」

「〝冒険者の墓場〟とも呼ばれておっての。常に魔物が彷徨いておる上に、出入り口は一か所しかない。怪我を負ったとしても簡単にゃ外に出られんから、踏み込んだまま戻らぬ者も多いんじゃ」

「その代わり、外にはねえ希少なお宝が手に入る場所なんだよ。当たり外れはあるらしいが、当たった時の一発がデカい。迷宮探索を専門にしてる冒険者もいるんだぜ」

「なるほど………？」

彼らの口ぶりからして危険な場所らしいが……どうにも、自分の頭に浮かんでいる迷宮とは趣が違うような気がする。

黒須の知っている迷宮とは、空き地に作られた竹藪による興行場のことだ。神隠し伝説で有名な〝八幡の藪知らず〟という禁足地を真似て、囲いで覆った土地に複雑な迷路を作り、入場料を取って無事に出てこられた者に賞品を出すという、遊戯の一種。自分で入ったことはないが、八幡不知や八陣、隠れ杉などと呼ばれて巷の若衆どもの間で流行っていたと記憶している。

「それで、どの迷宮に行くかは決めておるのか？」

「ちょうど遠征の準備もしてるからね。アンギラには戻らずに、このまま直接ガーランドの〝混沌の迷宮〟に挑もうと思うんだけど、どうかな？」

「いいんじゃないですか？　〝不死者の迷宮〟は聖水とか、お金の掛かる装備が必要になりますし」

「〝天空〟でもいいんじゃねぇか？　俺、クロス、パメラ、遠距離攻撃持ちが三人もいるんだしよ」

「いや、迷宮に潜るとなれば必然的に長期滞在になるからの。最初に挑むなら混沌の環境が一番難易度は低いじゃろ。天空は空気が薄く、常に暴風に晒される上に気温も低いと聞く。魔物と戦う以前に野営すらままならんわい」

「…………」

やることがないので、魚の開きを閉じてみる。

よく分からない会話が展開されているが、門外漢は黙ってついていくべきだろう。

そう判断した上で、異論を唱えないという消極的な形で賛同したつもりだ。

大きめの竹籔ごときに大層な名前を付けたものだと思いつつ、酒盃に手を伸ばし、苦い酒の味に眉を顰めながら黒須は一人黙々と食事を続けた。

第二十四話　冒険者さん、迷宮に挑む

「迷宮と言うからもっと辺鄙な場所を想像していたが……。存外、賑わっているな」

「逆だろ？　なんで迷宮があんのに田舎だと思うんだよ」

「王国各地から冒険者が集まるからね。俺はガーランドしか知らないけど、迷宮のある街はどこもこんな感じみたいだよ」

迷宮都市ガーランド。マイカと同じく広大なアンギラ領を構成する衛星都市の一つで、混沌の迷宮を管理するために創られた街だ。周囲を囲む堅牢な城壁は外敵から街を守るためのものではなく、迷宮から溢れ出た魔物を内部に押し止めることを目的としている。面積としてはそこまで大きな都市ではないが、街中の活気は領都にも引けを取っておらず、よく注意して見れば行き交う人々はそのほとんどが冒険者。大通りに建ち並ぶ商店は酒場に宿屋、武器屋に魔道具屋と、冒険者ご愛顧の店だらけ。路肩に陣取って好き勝手に商売をする露天商も、大半が迷宮関連の商品を陳列している。

「ニホンの迷宮は人気がなかったんですか？」

「一時はそれなりに流行っていたが、行楽地と呼べるほどではないな。わざわざ遠くの町から来遊するのは、よほどの好事家か酔狂人くらいだ」

「にしても、魔物のおらん迷宮なんぞに何のために挑むんじゃ？」

「俺は実際に入っていないからよくは知らんが……この国の迷宮と同じ理由だろう。踏破すれば賞品が手に入ると聞いたことがある」

ガーランドへ向かう馬車の中で、クロスの故郷にも迷宮があったと聞いた。冒険者でもない一般人、それも子供や若者を対象とした遊び場として存在していたらしい。自分たちにとって〝迷宮で遊ぶ〟という感覚は理解し難いものがあるが、彼のような狂戦士、もとい武士がそこら中にいる国だ。きっと、住民にも屈強な者が多いに違いない。

「あっ、迷宮初心者セットとか売ってますよ！　保存食に調理道具、寝袋、地図もありますね」

「迷宮に、地図………？」

「あちゃー、どうせならこっちで準備を済ませた方が楽だったかな」

もともとは坑道探索用の備えだったが、ガーランドの露店の方が明らかに装備の品揃え（しなぞろえ）が良い。調査依頼のために一日中、あちこちの店を渡り歩いた手間が悔やまれる。

「うんにゃ、よう見てみい。どれも値段がアンギラの倍近くになっとる。こりゃあ初心者をカモにしとるようじゃな」

「うげ、マジだ。俺らも知らなきゃ騙（だま）されてたかもな。まぁ、あとは地図を手に入れるだけだろ？　さっさとギルドに行こうぜ」

迷宮の地図には様々な種類、入手方法がある。今回ギルドで購入する予定の正規品には、探索が完了している各階層の経路図や出現する魔物の情報、野営ポイントなどが大まかに記載されているらしい。対して、露店や迷宮の入り口にたむろしている〝地図屋〟と呼ばれる個人商から買う手段もあるのだが、これには隠し通路や罠（わな）の位置、過去に特殊な魔物が出現した危険地帯など、正規品にはない事細かな情報が載っているそうだ。ただし、情報の信憑性（しんぴょうせい）が低い物も多い上に値段もピンキリであることから、信頼できる業者を知らない初心者は避けるべきだと言われている。

迷宮内で地図は生命線。魔物の大群に追われて地図を頼りに逃げ込んだ挙句、行き止まりでしたなどという事態になれば後悔してもし切れないのだ。

「あの建物がギルドですかね？　すっごい人だかりですよ」

「アイツらみんな冒険者かよ。すげぇなこりゃ」

「今のご領主に変わってから迷宮の入場が無料になったからの。昔はもうちと閑散としとったもんじゃが」

ガーランドの冒険者ギルドは迷宮の入り口を塞ぐような形で建てられており、建物内を経由しなければ迷宮へ入ることができない仕組みになっている。逆に言うと、迷宮に挑む者全員がこのギルドに集まるのだ。混み合うのも無理はないだろう。

中に入ると想像通り、前にも後ろにも身動きできないほどの群衆でごった返していた。

「マウリ、逸（はぐ）れないようパメラと手を繋（つな）いでおけ」

「俺はお前より年上だっつってんだろうが！　まだ信じてねえのかテメー!!」

「マウリ、どうぞ」

「なんだその手！　いらねぇよ馬鹿！」

人混みを掻（か）き分（わ）けてどうにか地図を購入し、アンギラのギルドには存在しない〝迷宮専用〟の窓口へ並ぶ。入場手続きを待つ屈強な冒険者たちの行列に加わると――――なんだろう、うきうきというか、わくわくというか、初めて英雄譚（えいゆうたん）を読んだあの時の気持ちに似た何かが、腹の底からせり上がってくるのを感じた。

……ようやくだ。実家を飛び出してから苦節七年。ようやく、ここまで辿（たど）り着（つ）いた。

冒険者の代名詞とも言われる迷宮探索。随分と遠回りをしてしまったが、やっと一人前になれたような気がして、青臭い達成感で息苦しいくらいに胸がいっぱいになる。

ソロでいた頃はまだ双葉だったのかもしれない。でも、育った。時間はかかったが、茎を伸ばし葉を広げ、ようやく蕾の萌芽を見せたのだ――

万感の想いに駆られ、思わず目頭が熱くなる。フランツは仲間に感涙を見られることを恥じ、手のひらで顔を撫で下ろしてどうにかそれを誤魔化した。


「Eランクパーティーですね。それでしたら五階層付近が適正階層となりますので、正門からの入場をお願いいたします。初挑戦でご無理はなさりませんように」

「はい、ありがとうございます」

混沌に限らず、全ての迷宮には〝正門〟と〝直通門〟が存在する。正門は地上から一階層へ入るための入り口で、直通門は深層へ繋がる近道になっているそうだ。原理は判明していないが、誰かが十階層踏破するたびに新たな直通門が地上に出現するらしい。

現在、四十六階層まで踏破されている混沌の迷宮には四つの直通門があり、入場手続きの際には冒険者ランクに応じた門の使用許可証が発行される。G～E：正門、D：十階層直通門、C：二十階層直通門、B：三十階層直通門、A～S：四十階層直通門、という具合だ。ただし、低ランクであっても深層へ到達した場合には、例外的に直通門の使用を許可される。迷宮では階層ごとに特定の魔物が棲息しているため、討伐証明を提出することで踏破者として記録されるのだ。

「誰でしたっけ、これ？　かわいらしい子ですね」

「共和国の〝破軍〟じゃな。史上最年少でSランクに到達した神童じゃ」

受付で正門用の許可証を受け取り、高名な深層踏破者の肖像画が飾られている長い廊下を抜けて迷宮の入り口へ向かう。建物の裏手に出ると、訓練所としての機能も兼ねているのか、高い塀に囲まれた運動場のような広場になっていた。武器を持った大勢の職員が許可証の審査をしている。たった今受付を済ませたばかりなのに、またしても順番待ちだ。

「やけに厳重な警備だな。野武士の入城でもあるまいに」

「昔は一攫千金を夢見た一般人がこっそり忍び込む事件も多かったからの」

「それに、もし魔物が溢れたらここが防衛線になるからね」

迷宮内では常に魔物が生まれ続けるため、居場所を失った群れが地上に押し出される〝大暴走〟が発生することがある。もっとも、冒険者が頻繁に訪れるようになった現在では滅多に起きないのだが、過去には年に数回の頻度で溢れた時代もあったそうだ。

他愛もない話をしている内に審査が終わり、五人揃って正門の前に立つ。開け放たれた高さ二十メートルはあろうかという巨大な鋼鉄の門。横にもずらりと似たような門が並んでいるが、そのサイズは端にいくにつれて少しずつ小さくなっている。恐らく、あれが直通門なのだろう。

「――――よし、行こう」

人波に続いて正門に足を踏み入れると、そこは地下に向けて緩やかに下る階段になっていた。壁そのものが淡く発光しているらしく、薄暗いが、角灯が必要なほどではない。

「…………」

まだ魔物が出現するような場所ではないと頭では分かっているつもりだが、その異様な雰囲気に呑まれてしまいそうだ。周りを歩く冒険者たちの顔にも薄く緊張の色が浮かび、皆一様に口数が少なくなっている。

いよいよだと気迫を込めて頬を叩いていると、緊迫した空気を破るようにクロスが尋ねた。

「おい、これは何処へ向かおうとしている？　何故地下に潜る」

「今さら何言ってんだよ。だから迷宮だって」

「…………地下に、竹藪があるのか？」

「「「「はあ？」」」」

その素っ頓狂な質問に、フランツたちだけなく、周囲で聞いていた他の冒険者からも当惑の声が上がった。

第二十五話　冒険者さん、宝箱を開ける

「だからよ、兄ちゃん。迷宮（ダンジョン）にはまだ分かってねえことの方が多いんだって」

「入り口の門やこの階段も独（ひと）りでにできたと言うつもりか？　これはどう見ても人の手による普請（ふしん）だ。断じて自然物（しぜんぶつ）などではない」

「本当に頭の堅い人ですね……。いいですか？　迷宮とは、それ自体が一匹の魔物だと提唱する学者もいるのですよ。つまり我々は今、巨大な怪物の体内にいるようなものなのです」

「迷宮の壁や床は壊しても勝手に直るし、この中で死ぬと、いつの間にか死体も消えちゃうんだよ。ねっ？　魔物っぽいでしょ？」

「俺は自分の眼で見た物しか信じん。……試しに壁を斬ってみるか。お前たちの言葉が事実（まこと）なら、すぐに直るのだろう」

「いや、そんなすぐには直んねーよ！」

「それでも、生き物であれば血が噴き出るはずだ。どれ…………」

「やめとけって！　剣が折れちまうぞ！」

「おい、コイツの仲間どこ行ったんだよ!?　誰か止めろ――――っ!!」

「「「…………」」」

フランツたちは少し離れた場所から大勢に囲まれるクロスの様子を窺（うかが）っていた。

「……いいんですか？　止めなくて」

「パメラ、あんま見んなって。仲間だってバレるだろ」

「放っておけ。あれは飛び切りの頑固者じゃ。儂らが止めても聞くまいよ」

「俺さ、初めての迷宮探索でちょっと胸が熱くなってたところだったんだけど………」

緊張が和らいだのはよかったが、それと同時に感動や意気込みさえも影のように薄れていった気がする。大事な話の途中で腰を折られたような気分になり、フランツは前を向いたまま他人のフリを続けることに決めた。


「だんだん人が少なくなってきましたねぇ」

迷宮に入ってから二〜三時間が過ぎただろうか。最初は皆がガヤガヤと同じ方向に進んでいたが、分岐のたびにその数は減ってゆき、今では片手の指で数えられる人数になっていた。

「持ってる地図によってオススメの道順が違うみたいだからね。最短距離を進む人や素材を求めて脇道に行く人、目的も皆バラバラなんだと思うよ」

「しっかし、マジで似たような通路ばっかだよな。こりゃたしかに地図がねえと迷っちまうわ」

階段を降りた先は横幅の広い洞窟のような場所になっていた。しんと沈んだ湿気の強い空間には自分たちの声や足音が重く反響し、不気味さをより一層際立たせている。壁や天井が剝き出しの岩肌なのに対して、なぜか床だけは整然とした石畳。その奇妙な歪さを通して、迷宮自身が『この場で常識が通用すると思うな』と、挑戦者に知らしめているような気さえする。

「ここからは接敵頻度も上がるじゃろう。ぼちぼち気を引き締めんといかんぞ」

「やっとか。そろそろ飽きていたところだ」

ここまで何度も魔物には遭遇していたが、どれも先行している冒険者が先に倒してしまっていた。多勢に無勢ということもあって目視する前に瞬殺されるため、フランツたちはまだ一度も剣すら抜いていない。

「おっと、言ったそばから魔物だぜ」

マウリが指差した先を見ると、通路の端に小山のようなゲル状の塊が蠢(うごめ)いていた。

最下級の魔物と呼ばれる粘魔(スライム)だ。体内にある魔石を壊すだけで死ぬ、棒切れを持った子供でも簡単に倒せる魔物である。

「数が多いな。パメラ、頼むよ」

「了解ですー」

彼女は一撃で群れを焼き尽くし、跡には小さな魔石だけが転がっていた。

売っても大した額にはならないが、一応回収しておく。

「粘魔か……」

「そう残念がんなって。まだ一階層だぜ？　雑魚(ざこ)しかいねぇよ」

そういえば、魔の森で粘魔に遭遇した際、クロスがそれを食べてみたいと言い出して酷(ひど)く驚いたことがある。なんでも、彼の国にある〝トゥコロテン〟とかいう食べ物に似ているらしく、仲間たちが必死に止めるのも構わず拠点へ持ち帰り、砂糖を振りかけて口に放り込んだ。あの時の彼の引(ひ)き攣(つ)った顔は忘れたくても忘れられない。

「地図によるとしばらくはここと同じ洞窟型らしいけど、次の階層からは徐々に魔物の出現率が上がるみたいだよ。もうすぐ〝門番の間〟だから……今日中に四階層の中間までは進んでおきたいね」

迷宮には下層に降りる階段の前に門番の間と呼ばれる広間があり、そこいる魔物を倒さない限り先に進めない仕組みになっている。門番を倒すと何かしらの道具（アイテム）が入った宝箱が現れるため、冒険者の大半はそれを目当てに迷宮へ集まるのだ。

「最初の門番はどんな魔物なんじゃ？」

「小鬼（ゴブリン）の群れだってさ」

「小鬼………」

「あっ、ほら。あそこがそうじゃないですか？」

見れば、行き止まりにある両開きの扉の前で数名の冒険者が思い思いに休憩していた。

最後尾に座り込んで酒らしき物を飲んでいる鍛治人（ドワーフ）の集団に声を掛ける。

「やあ、俺たちはEランクパーティーの荒野の守人（もりびと）だ。今は何番目かな？」

「よお、こっちもEランクの〝戦鎚（せんつい）〟だ。お前らは四番目だから、二時間弱は待ち時間になると思うぜ」

親切な相手で助かったが、酒の匂いまで伝わってきそうな赤い声である。

一階層とはいえ、門番を前にしてこの余裕。迷宮初心者（ビギナー）ではなさそうだ。

「教えてくれてありがとう。のんびり休みながら待つとするよ」

迷宮内の不文律（マナー）として、門番の間へは基本的にパーティー単位で入ることになっている。これは宝箱の中身を巡って不要な諍（いさか）いが起こらないようにするための措置だ。深層になると複数のパーティーが共同で門番に挑むこともあるそうだが、それには入場手続きの際に共闘（レイド）申請をしておく必要がある。そして、挑戦する順番は門番の間に到着した先着順。門番は倒されても三十分ほどで復活するため、順番が回ってくるまでは嫌でも待機しなければならないのだ。

「さて、しばらくは休憩じゃの。茶でも淹れるわい」

「おう兄弟！　鍛冶人が茶なんてガラじゃねえだろ！　お前らもこっちきて一緒に飲めやい!!」

「……それは芋酒か？　馳走になろう」

「クロス、一杯だけだからね？」

「俺は昼寝でもしてるわ。順番がきたら起こしてくれよ」

「わ、私も遠慮します」

戦鎚と情報交換をしながら時間を潰し、ようやく順番が回ってきた。

そっと扉を開き、中の様子を覗く。鍋墨を塗ったような漆黒の室内は広く、天井が異様に高い。所々に大きな石柱があり、その一つ一つに設置された松明が辺りを明るく照らしている。空気さえも煤を溶かしたようにどす黒く淀んで見え、なんというか、邪教の神殿といった雰囲気に思えた。

「――――いたぜ。部屋の中央、小鬼が十匹だ」

「魔術は温存しよう。マウリ、クロス、弓で何匹か仕留めてくれ。その後は乱戦だ。バルトは一応、パメラの護衛を頼むよ」

「マウリ、俺は右側から射る。この距離なら互いに二匹ずつは仕留められるぞ」

「あいよ」

タイミングを合わせ、二人の矢が同時に放たれる。

「「ギッ――――!?」」

見事頭に命中し、二体がその場で崩れ落ちた。

「「「グギャッ!!」」」

小鬼たちがこちらに気が付き駆け出すが、接近までに更に二体が矢によって倒される。

「やっべ、二本目ズレちまった。残り七！　瀕死が一だ！」

「接近戦用意！　来るぞ！」

バルトが盾を構えて突撃すると、騎馬にでもぶつかったように三体が為す術もなく吹き飛ばされた。フランツとクロスはそれぞれの相手を即殺し、倒れている小鬼にトドメを刺しに向かう。パメラとマウリも残る一体を協力して危なげなく仕留めた。

「――――よし、みんなお疲れ。討伐証明と魔石を回収して宝箱を探そう」

宝箱は石柱の陰ですぐに見つかった。

罠が仕掛けられている可能性も考慮し、念の為、マウリにチェックしてもらう。

「………問題ねぇな。へへっ、初の宝箱だぜリーダー。お前が開けろよ」

高揚を隠し切れない、子供のような笑顔だった。

でも、その気持ちはよく分かる。多分だけど自分も今、同じような顔をしているに違いない。

「一階層だから大した物じゃないと思ってても、なんだかドキドキするね。迷宮に取り憑かれる冒険者の気持ちがちょっと分かったよ」

フランツは皆にも見えるようにして、ゆっくりと宝箱を開いた。

「何だこれは。小箱？」

「着火の魔道具ですね………」

「うむ……。微妙じゃのう」

着火の魔道具は最も広く普及している魔道具の一つだ。生活には欠かせない必需品として、平民でも一家に一つは必ず持っている。銅貨数枚で購入でき、消耗品の小魔石だけ交換すれば数年は壊れない。大昔に構造自体も一般化し、魔道具師によって量産されている市販品である。

「こんなに便利な道具が銅貨で買えるのか」

「いや、便利っちゃ便利だけどよ。そもそもウチにはパメラさんがいるんだぜ？」

皆から注目された彼女は、ドヤ顔で人差し指に小さな火を灯してみせた。

「そうか……。日本なら金貨十枚でも売れそうな品だがな」

「魔道具がないと生活も大変じゃろうの。普段はどうやって火を熾しておったんじゃ？」

「……なんと、火打鉄か。随分とまぁ原始的じゃのう」

黙ったまま腰にぶら下げていた袋を外し、バルトに手渡す。

クロスは自他共に認める筋金入りの風呂好きだ。毎晩せっせと湯を沸かしては一番風呂を楽しんでいる。彼と暮らし始めて以降、フランツたちもその恩恵にあやかって毎日の入浴が習慣になりつつあるのだが、こんなに不便な物を使っていたとは知らなかった。

「クロス。よかったら、これ君が使いなよ」

「…………いいのか？」

「売っても銅貨数枚だし、パメラも含めて俺たち全員持ってるからさ」

「それなら、遠慮なく頂こう。有難う」

嬉しそうに火を付けたり消したりしている様子を微笑ましく眺めたあと、一行は広間の奥にあった階段を降りる。

「ここからは少し、ペースを上げて進もうか」

　四階層の中間地点までは順調な行程だった。代り映えのしない洞窟。魔物の出現率は上がったものの、粘魔（スライム）・小鬼（ゴブリン）・犬鬼（コボルド）と、低級な敵ばかりで数も少なく、特に苦戦することもなかった。

　二階層の門番は犬鬼の群れで、宝箱にはなんの変哲もない銅製の腕輪。三階層の門番は小鬼頭（ホブゴブリン）が一体だったが、接近する前にクロスとマウリの矢によって仕留められた。宝箱の中身は麻布で作られた安っぽいローブ。売れはしないと思うが、野営の時に毛布代わりに使えるだろうと回収した。

「結構な人数が野営してんな。おっ、あそこに水場もあるぜ」

　迷宮内には魔物が出現しない場所が点在しており、安全地帯（セーフゾーン）と呼ばれている。

　洞窟をくり抜くようにして空いた巨大な空間。おあつらえ向きに噴水のような湧き水が中央に設置され、それを囲むようにぽつぽつとテントが張られている。天井は高いが、煮炊きの煙が充満しているせいか、ツンとした臭いが鼻につく。

「水筒がもう空（から）だったから助かるよ。じゃあ、手分けして野営と夕飯の準備だ。迷宮内では冒険者同士の揉め事（もめごと）も多いらしいから、他のパーティーとはなるべく距離をあけて設営しよう」

　夕飯の準備といっても、買ってきた保存食を出すだけだ。干し肉（ジャーキー）、乾燥果物（ドライフルーツ）、堅焼きパン、どれも決して上等とは言えない食べ物だが、常温で一月以上も携帯可能な優れものである。

「かッッたいですね、このパン!!　全然歯が立ちません！」

「石でも齧（かじ）っている気分だが、味は普通だな。パメラ、寄越（よこ）せ。砕いてやろう」

「干し肉は硬えし塩辛えし、ひでぇ味だ。なんの肉だよコレ」

「乾燥果物は割かしイケるぞい。妙に甘いから晩飯という気はせんが」

「明日には五階層に入るから、今日だけは我慢しよう。……クロス、俺のも頼めるかな」

拳骨一発で粉砕された堅焼きパンを口へ放り込む。大袈裟ではなく、しばらく口に含んでいないと歯が折れてしまいそうな食感だった。

あまり満足とは言えない食事を済ませ、さっさと寝る支度をする。クロスは一人用のテントも持ってきているが、迷宮内は気温も快適なので壁を背にして眠るとのことだ。

彼は僅かな物音や気配でも飛び起きることができるため、今夜は不寝番を立てる必要もなく、フランツたちは明日の探索に備えてゴソゴソと寝袋に潜り込んだ。

第二十六話　お侍さん、仰天する

「…………」

　眠りについた仲間の寝床を眺めつつ、黒須は背を預けている迷宮の壁を一撫でして今日聞いた話の内容を思い返していた。お節介な冒険者どもが口々に説明するところによると、ここは巨大な魔物の腹の中だとか。異国を知る前であれば一笑に付していたところだが、未だ全容の見えないこの国においては、笑止千万、笑い草と断じるのも些か憚られる。

　幼少の頃、母上が寝物語に語ってくれた御伽草子に今と似たような話があった。身の丈一寸の男が武士を志し旅に出て、出会した鬼に呑み込まれながらも腹の中で暴れまわって退治する、そんな物語。耳にした当時でさえ、幼心に下らぬ婦女童幼の読み物だと感じていたが、よもや自分が同じ状況に立たされるとは。見ぬは極楽、知らぬは仏と言うが、真に人の一生とは何が起こるか判らぬものである。しかし、武の本体は破邪顕正の道を歩み、大義を明らむること。己の常識を何度も覆した国にいる以上、事の真偽はこの眼で見極めねばなるまい。

　いずれにせよ、こんな奇怪な場所で、それも武器を持った冒険者に囲まれた状況で眠る気には到底ならず、黒須は脈動を探る医師のように壁を撫で回しながら一夜を明かした。

　安全地帯を出発してからしばらく、ようやく四階層の門番の間に辿り着いた。

　扉の前に人影はなく、今回は順番待ちをせずともよさそうだ。

「えーっと、ここの門番は小鬼頭が三体だね。上の階層と違って武装してるみたいだ」

「前と同じ作戦でいきますか？」

あの程度の魔物であれば一匹でも三匹でもさして変わらん。

そう思い、肩にかけていた弓を手にしたが――

「俺、教わった手裏剣術を試してみてぇんだが、いいか？」

「構わないよ。……それなら折角だし、俺も寸鉄と袖鎖を使ってみようかな」

「では、儂とパメラで一体引き受けようかの」

必死になって身に付けた武技というものは、どうしてもすぐに実戦で試したくなる。

いよいよ彼らにも武芸者としての性が芽吹いてきたらしい。ただ、そうなると――

「小鬼頭なら腕試しには丁度いい相手だと思うが、俺の獲物がいないな……」

しょんぼりとした黒須を見て、慌てたようにフランツが言う。

「なら、俺の代わりに指示役を頼むよ。今回は訓練ってことでさ！」

「そういうことなら……承知した」

扉を開いて中へ入ると、広間の中央にいた三体がこちらに気が付いて駆け出した。

「パメラとバルトは棍棒、マウリは槍、フランツは剣をやれ」

黒須の指示で散開し、それぞれが相手のもとへ向かう。

「バルト、豚鬼の拳を防ぎ切ったお前なら小鬼頭など相手にならん。パメラは攻撃だけに集中しろ」

バルトの盾は棍棒を易々と弾き返し、その隙にパメラの杖が爪先を強襲する。小鬼頭は素足だったため、痛々しい悲鳴を上げて蹲った。

パメラが相手の握る棍棒を杖で打ち、遠くへ転がす。丸腰になったところでバルトが横殴りに盾を顔面へ叩き込むと、ゴキリという鈍い音と共に小鬼頭の頭が引きちぎれるほどに横を向いた。

「マウリ、お前の腕力ではあの兜は貫けん。狙うなら顔面、胴、脚だ。近づかれる前に仕留めて見せろ」

マウリは両手に二本ずつナイフを構えると、腕を思い切り後ろに振りかぶり、力いっぱい放り投げた。一本目が太腿に刺さり、動きを止めたところで二本目、三本目が立て続けに胴へ。小鬼頭は革鎧を着ていたが、マウリのナイフは根元まで深く食い込んでいた。心臓に肝臓、狙いもいい。

相手が口から血を吐き、膝をつく。最後の一本を顔面へ投げ込むと、小鬼頭は猫が伸びをするように突っ張った手足を震わせ、グゥと喉を鳴らして倒れ込んだ。

「フランツ、袖鎖で剣を奪い、寸鉄で止めを刺せ。相手は鈍いが、指を斬られないよう注意しろ」

フランツは敵が近づくのを待って数撃を盾で防ぐと、上段からの振り下ろしを両手で持った袖鎖で受け止めた。鎖をジャラリと刀身に巻き付け引っ張ると、小鬼頭の手から剣がすっぽ抜ける。

流れるような動きで鎖を解き、先端についた錘で至近距離から側頭部を殴打。遠心力の乗った打撃は鉄兜越しでも相手を昏倒させるに十分な威力がある。兜が吹き飛び横倒しになった敵に歩み寄ると、左手に隠し持っていた寸鉄を剝き出しの頭頂部へ振り下ろした。

「全員、美事な戦いだった。文句なしだ。よくやった」

黒須は満足げに頷き、感投詞を奉呈する。場当たり的な攻撃は一つとしてなく、全ての動作が次の一手を意識できていた。皆して初手に敵の動きを止めにいく点が少々気になったが、恐らくは魔物の強情さを警戒してのことだろう。そろそろ〝懸ノ先〟〝待ノ先〟〝対々ノ先〟など、仕掛け技を教えてやってもいい頃合いかもしれない。

「なんつーか……。自分で言うのもアレだけどよ、思ったより楽勝だったぜ」

「俺もだ。前よりも相手の動きを見る余裕があるというか、動きがゆっくり見えるというか……」

「気持ちにゆとりが生まれたということかの。殴られながら次の手を考える暇さえあったわい」

「私も最近は敵に近づかれても全然焦らなくなりましたね」

皆の顔にじんわりとした笑みが浮ぶ。

幸福と達成感の入り混じった、周りの景色まで明るく見えるような表情だ。

「然もありなん。お前たちは日々の鍛錬で武技を眼に焼き付け、体感し、身に付けるに至った。もうあのような素人の棒振りなど児戯に見えるはずだ」

フランツたちが互いの健闘を称え合うのを微笑ましく思いつつ、黒須は宝箱を探し始める。

迷宮もそうだが、この〝宝箱〟というのもよく分からん代物だ。これまた御伽草子に登場する玉手箱や葛龍のように、開いて年寄りになったりしなければいいのだが。

「あったぞ、マウリ」

「おう、ちょっと待ってろよ。…………げっ、罠つきだ」

地面に這いつくばるようにして宝箱を調べていたマウリの動きがピタリと止まる。

「罠のある宝箱は初めてだね。解除できそう？」

「多分、振動で作動するタイプだ。全員離れてろ」

十歩ほど離れた場所からナイフをぶつけると、宝箱の蓋から刃が飛び出した。

もし知らずに手を出していたら、ちょうど顔面に突き刺さっていたであろう位置だ。

「よし、これで問題ねえはずだ。　開けるぜ」

刃物に気を付けつつ宝箱を開くと、そこには薄汚れた皮袋が入っていた。

「また外れか」

「いや、これってもしかして――ッ！　バルトっ!!」

フランツが興奮した様子で皮袋を手渡すと、バルトはじっくりと時間をかけて調べ、満面の笑みを浮かべた。

「――大当たりじゃ!!」

皆が一斉に歓声を上げる中、黒須だけが一人ポカンとした表情のまま取り残される。

「こんな袋（もの）が嬉（うれ）しいのか？」

「そうですよっ！　これは魔法袋（マジックバッグ）と言って、迷宮でしか見つからない超お宝です!!」

「この袋は見た目と違って、大量の荷物を入れられるすごく便利な魔道具なんだ！　冒険者なら誰もが憧れる貴重品だよ！」

「浅い層で見つかるのは相当レアなはずだぜ！　これだけで最低でも金貨二十枚は間違いねえ！」

「詳細な性能は鑑定してみんと分からんが、ともかく、容量を試してみようぞ!!」

説明を聞いても今一つ釈然としない――と、思っていた矢先。有り得ないことが起きた。

バルトが袋を押し当てた途端、大盾が、煙のようにふっと消え失せたのだ。

……莫迦（ばか）な。　何だ、今のは。

唐突すぎて事態が呑み込めない。

その袋は精々、人の頭が収まるかどうかという大きさだ。畳に近い寸法の大盾が入るわけがない。

しかし、なんとも形容し難いが、袋の口に触れた瞬間、盾そのものが急激に縮んだように見えた。

「ほれ、皆も荷物を下ろさんか！」

各自が背負っていた荷物をその場に置くと、バルトはまるで散らかった毬栗(いがぐり)でも拾い集めるような手軽さで、次々と摑(つか)んでは消し去っていく。袋は依然として膨らむ気配すらない。

「おいおい、容量もそこそこデカいんじゃねぇか⁉」

「まだ入りそうだね！　手持ちの荷物、全部いけるかな？」

夢か幻か、はっきりと間近に見ていながら、狐(きつね)につままれたような感覚。

黒須はしばし言葉を失い、口を軽く開いたまま、ただぼんやりとその作業を眺めていた。

「全部入っちゃいましたね！　すごいですっ！」

「これは……魂消(たまげ)た。信じられん、何だこれは」

恐る恐る魔法袋をつまみ上げ、何か仕掛けがないかと念入りに観察する。

以前、小屋掛けの寄席(よせ)で似たような奇術を見たことがあるのだ。あの時は巾着袋に入れた卵を消してみせるという演目だったが、手妻師(てづまし)が明らかに不審な動きをしたため、袖を振ってみろと無粋を言って場を白けさせてしまった。後から知ったことだが、手妻とは見物人も仕掛けを分かった上で楽しむ趣旨なのだそうだ。

「あれだけの荷物を入れたのに、重さはほとんど無いようなものだ。……本当に、この中に入っているのか？」

「そうですよ。試しに手を入れてみてください」

言われるがまま手を差し込むと――たしかに、色々な荷物の感触がある。肩まで腕を突っ込んでいるのに、全く袋の底に手が触れない。感触を頼りにバルトの大盾を取り出してみると、ずるりと簡単に引っ張り出すことができた。

「凄いな……。いや、それ以外の言葉が思い付かん」

「これで探索もずっと楽になりますね！」

「野営の時に湯を入れて時間経過の有無も試してみんとな。もし時間停止の魔法袋なら、金貨百五十枚は下らんぞい」

「〝時間停止〟とは何だ？」

「魔法袋にも善し悪しがあってね。高位の魔法袋は中に入れた物の時間が経過せずに、そのままの状態が保たれるんだ。つまり、お湯を入れておけばいつまでも冷めないし、食べ物はいつまでも腐らずに持ち運べるんだよ」

黒須はあまりのことに驚天動地、眼を剝いた。

永い旅暮らしをしてきた身としては、その有用性は嫌というほどに理解できる。

「学のない俺でも無数に使い道が思い浮かぶ。商人どもには垂涎の代物だろうな」

「〝商人の格は魔法袋の格と同義〟と言われるくらいじゃ。一般に流通するモンじゃあないからの、いつでもどこでも奪い合いじゃわい」

大興奮の仲間たちと魔法袋について話しながら階段を降りる――と、そこに広がる光景に、期せずして全員の足が止まった。

「……俺ら、さっきまで洞窟の中にいたよな？」

「ああ、間違いなく洞窟を地下に向かって下ったはずだ」

「道を間違えて外に出ちゃったんじゃないですか……？　お空が見えますよ」

「いや、道はこれで合ってるはずだよ。地図には五階層から九階層は〝森林地帯〟と書いてある。信じ難いけど、ここはまだ迷宮の中だ」

階段を降りた先は、背の高い木々が生い茂る鬱蒼(うっそう)とした森の中だった。空には太陽も浮かんでおり、暖かい日差しや首筋を撫でるそよ風も感じる。とても地下とは思えない。

「…………日本から魔の森に迷い込んだ時と同じ気分だ」

「恐ろしいことを言うでないわっ！　ほれ、ちゃんと帰り道はそのままじゃ」

振り返ると岩山があり、そこには降りてきたばかりの階段がしっかりと残されていた。

「ここからは魔物の種類もガラッと変わるみたいだ。樹上からの襲撃も警戒しながら慎重に進もう」

フランツの号令に、一行は顔を引き締めながら謎の森に足を踏み入れた。

第二十七話　貴族さん、凶報を受ける

「旦那様、そろそろお休みになられては…………」

「この書類が片付けば休む」

深夜の領主城、壮年の男が紙の山に埋もれる執務机から無愛想に返答した。

もう肌寒い季節にも拘らず、暖炉に火はなく、窓の一つが開け放たれているせいで室内は氷室のように冷え切っている。老いた家令の視線はチラチラと窓に向けられているが、自らの主が眠気を誤魔化すために行う悪癖と承知しているので忠言はしない。

「冬期対策の報告書だけで一晩明けてしまいますよ。旦那様ももうお若くはないのですから、ご自愛くださいませ」

「我が領はまだ成長途上にある。これしきの書類仕事で音を上げていられるか」

アンギラ辺境伯領は領都だけで八万、全体で二十四万の人口を抱えるファラス王国でも有数の巨大領地だ。海岸線を持つ特性を活かして他領との海路を開拓し、少数ながら東のレトナーク共和国から商船隊が来ることもある。魔物が多数棲息する海を渡る遠洋航海は極めて高い危険を伴うものだが、船に腕利きの冒険者を同乗させることによって安全性を担保し、二の足を踏む各国各地との貿易路をじわじわと拡大してきた。アンギラが王国における海洋貿易の玄関口となるのも時間の問題だ。

魔の森に隣接する王国最西端の辺境という恵まれない立地でありながら、何故ここまで領地が発展したのか。それは、偏に辺境伯が冒険者の有効活用に着目したからだ。

元来、王国貴族は冒険者という存在を重視してこなかった。各地の領主には『民は税を納めるために生きている』と本気で考えている者も多く、税を免除される流民などには目もくれていない。

そんな風潮の中、アンギラ辺境伯領の当代領主であるジークフリート・アンギラは、魔物の素材を輸出する道に辺境領地の活路を見出した。魔の森や迷宮という、領地にとっては一長一短の魔境を多額の費用を掛けて整備し、王都にある本部へ根回しして冒険者ギルドを領内各地に誘致、関係商会に便宜を図り、冒険者を集めるためなら手段を問わず、ありとあらゆる優遇措置を講じた。〝冒険者の楽園〟という異名も、辺境伯が手の者に吹聴させて広めたものだ。その甲斐もあって、現在では先代当主の時代を遥かに上回る利益が生まれ始めている。この調子で王国の海運業をアンギラが牛耳れれば――――

「もう陸爵も目前なのだ。休んでなど、いられるものか」

「……どうか、ご無理だけはなさいませんよう」

何を言っても無駄らしいと察し、家令はせめて体を温めてもらおうと紅茶の入ったティーポットへ手を伸ばす。と、そこへドタドタと廊下を走る音が近づいてきた。鎧の擦れる音からして従士の誰かだろうが、この時間にこの慌てよう、ただ事ではない。入室を許可する僅かな時間を惜しみ、ジークフリートは家令に目配せして部屋のドアを開けさせた。

「――――閣下!! 緊急のご報告ですっ!!」

執務室に乱入してきた従士長は、呆気に取られる家令を無視して部屋の中央で片膝をつく。

「騒がしい。落ち着いて報告しろ」

「も、申し訳ございません！　つい先ほど、北部地域にオルクス帝国が侵攻したとの報せが届きました！　本日の午前のことです！」

やはり凶報だったかと、ジークフリートは一つ舌打ちをする。

「相手は正規軍か？」

「いえ、ドリス侯爵家の私設兵と確認しております！」

「またか……。成り上がり者の山賊侯め」

ミハエル・ドリス侯爵。密林や山中におけるゲリラ戦術で軍功を挙げ、平民の身分から一代で侯爵の地位にまで上り詰めた帝国貴族だ。宥和政策の一環で開かれた会食の場で五年ほど前に顔を合わせているが、いかにも粗野で、いけ好かない男だった。

歴史と伝統を重んじるファラス王国に対し、オルクス帝国は完全なる実力主義。貴族の顔ぶれも毎年のようにころころと変わるため、あのような金と銀との違いも分からない愚か者が領主の座につくこともある。そんな愚行ばかりしているから、帝国では貴族の威光が薄れ、恐怖政治を布くしかなくなるのだ。

「で、被害は？」

国境には侵略に備えて複数の砦を設置しているが、連中は索敵の目をくぐり抜けてたびたび嫌がらせを行ってくる。忌々しくは思うが、これもまた辺境領主の宿命だ。

「ムユリム村の住民、およそ三十名が死亡、五名が重傷！　女子供の遺体が見当たらないため、拉致されたものと思われます！　住居は全て焼かれ、田畑や井戸も荒らされている模様です！」

その報告の内容を咄嗟に理解できず、ジークフリートは固まった。数秒の間を置いて口を開く。

「――――なんだと!?　住民に手を出したというのか!!」

「はっ！　村は壊滅状態とのことであります！」

これまでも侯爵領との小競り合いは幾度となくあった。しかし、それは整備された街道を荒らしたり、砦のある土地に捕獲した魔物を放ったりといった、戯れ合いに近いものだ。

「ドリス侯爵、気でも触れたか……!?」

今回の襲撃はお遊びでは到底済まされない。宣戦布告に等しい暴挙だ。

覇権主義のゴミクズ共がッ……!!

「村を焼いた連中の規模と足取りは！」

「騎兵部隊のようですが、規模は不明！　北部国境沿いの川を東に向かったようです！」

「大至急、王都に使者を送れ！　帝国の本格侵攻の可能性があると伝えろ！　周辺貴族とアンギラ領内の各地代官には援軍要請だ！」

「はっ！」

「門兵と衛兵を残し、その他の兵力は戦時態勢に移行！　傭兵ギルドにも派兵依頼を出し、三日以内に全戦力を北門へ集結させせろ！　行けッ!!」

尻に火がついたように駆け出した従士長と入れ替わるようにして、寝巻き姿の二人の青年が部屋に入ってくる。

「父様、何事ですか？」

「従士長が血相を変えて走っていきましたよ」

「帝国に北の村が焼かれた。どうやら、今回は本気で我らとやり合うつもりのようだ」

「「――――ッ！」」

家臣の醜態に薄ら笑いを浮かべていた二人の顔から血の気が引き、場に重苦しい空気が充満する。

「トーマス、お前は私と共に戦地に出ろ。明日の朝一番に先遣隊と北の砦へ向かう」

「……承知致しました。しかし、父様自ら前線に出向かれるのですか？」

状況の深刻さを理解できていない愚息に苛立ちが増すが、喉元にせり上がってくる熱い言葉の塊をティーカップの中の液体と一緒に飲み下す。

「当然だ。国境を守護するアンギラが破られることは、王国西部一帯の壊滅を意味している。それだけは何としても阻止せばならん。ジェイド、お前には私が不在の間、アンギラの一切を任せる。領主代行として振る舞え」

「かしこまりました。先日のボレロ男爵からの奏上はいかが致しましょうか」

「……………………」

〝奏上〟などという言葉を平然と使う傲慢さに、呆れを通り越して眩暈がする。

国王にでもなったつもりなのか、この馬鹿は。

「……減税の嘆願だったたか。開戦も有り得る状況だ。丁重に断りを入れておけ」

「袖にしてもよろしいのでは？　なにせ、あの男爵は――――」

「ジェイド、何度も教えたはずだ。この地は王国中から冒険者の集う多様性の街だと。それに、ボレロ男爵は近頃では珍しい高潔な貴族。あの男が嘆願するということは、相当の窮地に違いない。無下に扱うことは許さん」

「……………分かりました」

難色を隠しもしない息子に一抹の不安を覚えるが、この場で一から道徳を説くほどの余裕はない。

一刻も早く先遣隊を組織すべく、ジークフリートは家令を伴い足早に兵舎へと向かった。


翌日、領主の執務室にはよく似た顔の二人の姿があった。顔立ちは双子と見紛うほどにそっくりだが、片方は執務机にふんぞり返り、片方はその前で片膝をついている。

「兄様、お呼びでしょうか」

「レナルド、帝国が攻めてきたことは知っているな?」

「はい。騎士たちが話しているのを耳にしました。父様とトーマス兄様が戦地に出られたとか」

「そうだ。その間は私が領主代行を命じられた。で、早速だが……お前に一つ、仕事を頼みたい」

ジェイドは冷ややかな、意地の悪い微笑みを口元に浮かべてレナルドを見下ろした。

「領主の名代としてナバルへ向かい、代官に減税の件は却下だと伝えろ。急ぎの案件だ。詳細は道中にその書面で確認しておけ」

拒否権はないとでも言うかのように、バサリと床に数枚の紙束が放り投げられる。

「兄様、ナバルまでの道中にはガレナ荒野があります。ですので、その……。護衛を付けては頂けないでしょうか。一人か二人でも構いません」

必死の面持ちの弟の哀願を、兄は嘲るように鼻で笑った。

「お前には立派な専属護衛がいるだろうが。それとも、この有事に兵を貸せと我儘を言うつもりか?」

「………いえ、申し訳ございませんでした。なるべく急いで出立致します」

◆
◆
◆

「護衛が出せない、ですと？」

「ごめん、ラウル」

しょんぼりと肩を落として謝る主に、ラウルと呼ばれた大柄な騎士は首を振って答えた。

「レナルド様に非はございません。ですが、ガレナ荒野には魔物だけでなく盗賊も多いと聞きます。我らだけでは心許ないですな」

「だよね……。アクセルとオーリックは…………」

「あの二人にも護衛訓練は積ませておりますが、まだまだ見習いの身です。……致し方ありません、私が護衛を見繕って参りましょう」

「見繕うって、どうする気なんだい？　騎士団や領兵は兄様の許可がないと動かせないよ」

「傭兵ギルドのギルドマスターとは旧知の仲です。戦時となれば傭兵たちも招聘されるでしょうが、鎮護の者に腕利きがいないか当たってみましょう。……そう暗い顔をなされずとも大丈夫です！このラウルめに万事お任せください！」

不安げな主を少しでも勇気付けようと、ラウルはドンと胸を叩いてみせた。

第二十八話　冒険者さん、お侍にキレる

「魔猪(ワイルドボア)が二体だ！　気付かれてる！　突進してくるぞ！」

「先行してる方に弓だ！　後続は接近戦で仕留める！　バルト、動きを止めてくれ！」

巨大な猪(いのしし)の後ろ脚に矢が命中し、猛スピードで走っていた勢いそのまま、土埃(つちぼこり)を上げて転倒した。

続く一体の突進をバルトが歯を食いしばって受け止める。

「ぬぅううッ！　今じゃッ！　やれぃ!!」

フランツの片手剣が横腹を抉(えぐ)り、パメラが脳天に杖(つえ)を叩(たた)き込む。

フラついた魔猪の脇にクロスが剣を突き刺し、心臓を破壊してトドメを刺した。

「こっちも終わったぜ～」

転ばせた猪を仕留めに行っていたマウリがプラプラと手首を振りながら戻ってくる。

「みんなお疲れ。やっぱり、洞窟の時よりも魔物が手強(てごわ)くなってきたね」

「そうじゃの。あの突進はなかなか堪(こた)えたわい」

「でも、これでやっと保存食とおさらばできますよ！　コレ嫌いですっ!!」

パメラは余程嫌だったのか、おもむろに魔法袋から干し肉を取り出して遠くへブン投げた。

わざわざ捨てなくてもいいのに………

「近くに水場もなさそうだし、ここで解体しちまおうぜ。肉と魔石でいいんだよな？」

「牙も売れたはずじゃ。毛皮は大した値にゃならんが……荷物には余裕があるからの、回収してお

くとするか」

〝余裕がある〟という部分を強調して、バルトはニッと明るく笑った。

手分けして猪を解体し、大きな肉の塊に切り分けていく。水場がないため両手は真っ赤に汚れてしまっているが――そんな不快感はどうでもよく、毛ほども気にならない。

「フランツ、尻尾はどうする？　筆としてなら使えそうだが」

「…………………………」

「フランツ？」

「クロスさん、今は…………」

「……ああ、またか」

生まれたての赤ん坊を見守るような眼差しを魔法袋に向け、感動に打ち震えているフランツの耳に、仲間の声は届いていなかった。

低位冒険者の憧れであり、高位冒険者には必須とまで言われる逸品。金があれば買えるという代物ではないため、中位の者たちですら血眼になって探しているお宝だ。

栄光への階段を何段かすっ飛ばして駆け昇ったような気分。じーんと胸が熱くなって、思わず涙が出てきそうになる。運良く手に入れた魔道具一つで舞い上がるのも大人気ないと思い、仲間の前では平静を装っていたが、本当は雄叫びを上げて小躍りでもしたいくらいだった。青臭いと笑われるかもしれないが、自分にとって、今、この瞬間が、間違いなく冒険者人生の絶頂期なのだ――

まさに有頂天。行軍と戦闘で溜まった疲労はどこへやら、体中に充実感が漲っていた。

「獣くせぇが……。めちゃくちゃ美味（うめ）えな」

「私、今なら一人で丸々一匹食べられそうな気がします」

ちょうどいい時間だったので、その場で昼食を摂（と）ることにした。

狩ったばかりの猪肉に香草（ハーブ）と塩をまぶして焼くだけの簡単な料理だったが、これまで食べていた保存食と比べると、感動的なまでに美味（おい）しい。誰もがしばらく無言で食事を続けたほどだ。

「次の門番はどんな魔物でしたっけ？」

「蜘蛛猿（スパイダーモンキー）が二体だね。弱いけど、動きが素早くて身軽な魔物らしいよ」

「あの広間の中を逃げ回られると厄介じゃな。さて、どうやって仕留めたもんかの」

「とりあえずは弓で狙うとして、それがダメなら連携して広間の隅（すみ）に追い込むしかないかな。今日中に六階層の安全地帯（セーフゾーン）まで行きたいから、余計な体力は使いたくないんだけど——」

ああでもない、こうでもないと作戦について話し合っていると、夢中で肉を貪（むさぼ）っていたマウリが思いついたように顔を上げた。

「おい、どうしたんだよ？」

その声に釣られるようにして、皆の視線がクロスに集まる。

食事中はいつも静かなので気付くのが遅れたが、彼は手を止め、目を瞑（つぶ）って静止していた。

「……森の気配が変わった。先ほどまで聞こえていた鳥や獣の鳴き声が止（や）んでいる。近くに何か、大物がいるかもしれん」

そう言われて耳を澄ましてみれば——たしかに、妙に静かだ。

全員が示し合わせたように武器を取って立ち上がり、警戒態勢に入る。

フランツは地図を開いて五階層に記されている細かい注釈を読み込むと、ある文言に目を付けた。

「まずい……！　この辺りにはCランクの鬼熊が出没するみたいだ。食事の匂いで引き寄せてしまったかもしれない」

その発言で場が急転し、にわかに慌ただしさを増す。

「焚火を消すんじゃ！　急げッ!!」

「は、はいっ！　マウリ、水筒貸してくださ――」

次の瞬間、遠くの木々がバキバキと音を立てて揺れるのが見えた。

驚いた小鳥の群れが潮騒のような羽音をさせて頭の上を飛び過ぎていく。

「……まだ俺たちには気が付いていないはずだ。急いでここを離れよう」

大木を揺らすほどの巨体、まず鬼熊で間違いない。ただ、幸いにして距離は遥か彼方、手荷物は全て魔法袋の中だ。さっさと動けば逃走する余裕は十分にある。

仲間たちもその事実に思い至ったらしく、幾分か落ち着きを取り戻した様子だった。

「あっちって、門番の間がある方向ですよね？」

「だな。面倒くせぇけど、引き返すしかねえか」

「しかし、それじゃと今日中に安全地帯まで辿り着けんぞ。どうにか迂回する手はないかの？」

「遠回りになるけど、西側の丘をぐるっと周ればうまく避けられると思う。……よし、行こう」

フランツの方針を受け、移動を開始しようとした矢先。

「巨人と同格か。俺が狩ってきてもいいか？」

「「「…………………」」」

魔の森で窮地を救われ、生活を共にすること一月半。フランツたちは彼の性格を概ね把握していた。一言でいえば、戦闘狂。普段は紳士的で仲間想いの好青年だが、強者の存在を知ると戦わずにはいられない難儀な一面を持っている。

案の定、彼はキラキラと期待に満ち溢れた少年のような顔をしており、とても断れそうな雰囲気ではない。いや、断ったとしても受け入れてくれるかどうかは別の話だが。

フランツは観念したように一つ大きなため息を吐いた。

「クロスなら大丈夫だと思うけど、それなら俺たちもついていくよ………」

肩で風を切って堂々と歩くクロスの後方を、茂みに身を隠しつつ静かに追う。

足音にすら気を遣っている四人に対して、彼は自らの存在を誇示するかのように調子外れな鼻歌を唄いながら、時折、手に持った枝でパシパシと木を叩いてご機嫌な様子だ。

「た、楽しそうですね。あの歌……〝キンタロー〟って何なんでしょうか」

「あの後ろ姿だけ見れば子供のようじゃがの」

「恐怖心ってモンがねぇのかアイツには」

「クロスからすればただの熊なのかもね。……俺はただの熊でも怖いけど」

そんな風にしばらく進んでいると、脇道の木々をへし折りながら鬼熊が姿を現した。

「グゥォオオォォオオォォオォッッ!!」

周囲の枝葉が一斉にざわめき、腹の底にズンと響くほどの凄まじい咆哮。近くで受ければ卒倒してしまったかもしれない。巨人を上回る体軀はまるで毛皮の山だ。両手の爪は一本一本がよく研がれた剣のように鋭く、剝き出しの牙は見る者を圧倒する――――

「立派な熊だな」

えぇ……？　あの化け物を見た感想が、それ……？

鬼熊は巨体に見合わない機敏な動きで立ち上がり、風切り音を立てて左右の腕を振り回した。

クロスはひらりひらりと、木の葉が舞うような動きで紙一重に躱し続ける。

顔のすぐ真横を爪が掠めているにも拘らず、剣を抜こうともしない。

それどころか、いまだに木の棒を肩に担いだまま、腰に手を当て傍観の姿勢だ。

「……アイツ、わざとギリギリで避けてんのか？　相変わらずイカれてやがる」

「完全に間合いを読み切っとるな。だとしても、普通はやろうと思わんが」

「からかっているようにしか見えませんね………」

「あれって、やられた方はつらいんだよ。実力差を感じて戦意がごっそり削られるんだ」

毎朝の模擬戦で嫌になるほど体験している。何をやっても無駄な気がして、そのうち、剣を振るう気力さえ失ってしまうのだ。

「羊頭狗肉……見掛け倒しか。蝿が止まるぞ」

挑発の言葉を理解したのかは分からないが、鬼熊は不機嫌そうに低く唸って四足になり、大口を開けて突進を仕掛けた。が、これもまたヒョイと簡単に避けられる。

緊迫した状況にそぐわないが、なんというか、じゃれつく犬でも相手にしているみたいだ。〝造作もない〟とは、きっとこんな様子のことを指すのだろう。

そんなやり取りが何度か繰り返され、ついに鬼熊の動きが止まる。

「ブフ――ッ！　ブフ――ッ！」

「どうした、もう疲れたのか？　…………おい！　お前たち、出てこい！」

茂みに隠れていたフランツたちは、その呼び声に顔を見合わせた。

――すごく、すごく嫌な予感がする。

「こいつはあの巨人よりも弱い！　お前たちで斃(たお)してみろ！」

予想した通りの展開に、フランツは思わず目を覆って天を仰ぐ。

「じょ、冗談だろ？　Cランクだぞ……!!」

「……先に言っておくが、儂(わし)、あの突進は絶対に止められんからの」

「どど、どうしましょう……？　クロスさんが諦めるまで、このまま隠れてます？」

「クロスは一度言い出したら聞かないよ……。出ていくしかない」

一行はのろのろとした重い足取りでゆっくりと茂みから出た。

優に五十メートルは離れているのに、ここからでも鬼熊の威圧を感じる。

「おお、よく出てきたな！　では、今からそっちに――――」

「ちょっ、ちょっと待ってくれクロス！　まだ心の準備ができてないんだ！」

「そうか！　ならもう少し俺が遊ん……相手をしておくから、用意ができたら知らせろ！」

こちらを気遣うような言葉だが、気遣ってほしいのはそこじゃない。

「おい、今アイツ遊んでおくって言ったぞ」

「間違いなく言いましたね」

「そんなことより、どうするんじゃ？　まともにぶつかって勝てる相手じゃあないぞ」

「…………………」

緊張のあまり、胃が痛む。あたかも胃にネジのようなものがついていて、それをギリギリと締め付けられているかのような痛みだ。

しかしその一方で、今の俺たちならあるいは——という淡い希望が、どこか心の片隅にある。盗賊との乱戦を無傷で乗り越えたという自負が、依頼人を守り切ったという成功体験が、逃げ癖のついた弱腰を黙らせ、僅かな勇気を奮い立たせるのだ。

何かを吹っ切るようにはあっと短い息を吐くと、くるくる回って止まらなかった方位磁針がピタリと動きを止めた気がした。

「あの突進を止めるのは無理だ。バルト、受け止めるんじゃなくて、逸らすことはできる？」

「それならば——……。うむ、なんとかしてみよう」

「よし、なら初撃は魔術と弓だ。その後、突っ込んできたらこっちへ逸らしてくれ。俺が正面に立ってどうにか時間を稼ぐから、その間にマウリとパメラは中・遠距離から攻撃を続けてほしい。二人は絶対にアイツの間合いには入らないように。いいね？」

全員の瞳に覚悟の光が灯るのを確認してから、フランツは大声で合図を送った。

「クロス、準備完了だ！　やってくれ！」

「承知した！　……ほら、熊公。あっちに旨そうな餌がいるぞ」

彼は巨大な鼻面を蹴り飛ばし、無理やり顔の向きを変えさせる。

目の前の手強い相手より、数が多くても弱そうだと判断したのだろう。鬼熊は猛然と駆け出した。

黒い背中を鷹揚にうねらせ、脇目も振らず、口から白い蒸気を漏らして荒い息遣いで向かってくる。あまりにも現実的すぎて、かえって悪い夢のような光景に思えた。

「てめぇクロス、聞こえたぞ！　誰がエサだちくしょうっ!!　パメラ、やるぞ！」

「はいっ！　撃ちますよー！」

パメラの火砲（フレイムバレット）とマウリの矢が立て続けに頭部を襲う、が――――

「――――直撃してもコレかよ!?」

鬼熊は一瞬足を止めて怯（ひる）んだものの、前脚で顔を拭うような動作の後、すぐに疾走を再開した。

「パメラ、弱くても構わねえ！　連射しろ!!」

「火弾（ファイアボール）の奇跡を撃ちますっ！」

パメラの杖先から次々と連続して火の玉が飛ぶ。火弾が眉間の辺りで炸裂（さくれつ）し、鬼熊は嫌がるように小さく唸った。その間もマウリは懸命に矢を射続け、一本が右目に突き刺さる。

「ギャォオオオッッ――――!!」

「よっし、片目は潰したぜ！　だが矢が切れた！　残りは投げナイフが十本だ！」

「私は残り火砲二発か火炎嵐（ファイアストーム）一発です！」

「二人ともよくやった！　一旦下がって息を整えてくれ！　バルト、頼む!!」

「おうッ!!」

ボタボタと涎（よだれ）を垂らし、残った瞳に燃えるような憤怒を滲（にじ）ませ、鬼熊の勢いがぐんと増した。

「ぬぁああ――ッッ!!　どうじゃっ!!」

鉄槌（てっつい）が振り下ろされたような、けたたましい衝突音。

作戦通り斜めに受けて逸らしたが、その反動でバルトは大きく吹き飛ばされてしまった。

盾と兜（かぶと）が激突したらしく、額からは鮮血が舞っている。

「来いよ熊野郎!!　俺を喰（く）ってみろ!!」

左腕の盾をガンガンと剣で叩いて挑発すると、その音が癪（しゃく）に障ったのか、鬼熊はこちらに狙いを定めて立ち上がった。

「――――――ッ!!」

轟音（ごうおん）を立てて振るわれる大振りの一撃を死に物狂いで躱す。

頬（ほお）を撫（な）でる強い風圧、焼け焦げた体毛の臭い、背中にはダラダラと嫌な汗が流れるのを感じる。

眼前を通り過ぎる爪を見た瞬間、鎧（よろい）ごと引き裂かれる心象（イメージ）が現実味を帯びて脳裏に浮かんだ。

この爪が掠（かす）っただけで死ぬ……っ!!

右腕を振り上げて二発目の用意があることを示す怪物に、こんなことなら鎧を脱いでおくんだったと今更な後悔が頭を過（よぎ）る。

「クッソ……!　いい加減止まりやがれバケモンが!!」

マウリのナイフが刺さるたびに少しずつ動きが鈍くなっているが、それでも依然、必殺の剛腕は変わらない。窒息してしまわないのだろうかと思うほどの連続攻撃を、目を見開いて必死に凌（しの）ぐ。

「フランツ!!　上じゃ!!」

「――――――ッ!?」

フランツが咄嗟（とっさ）に身を屈（かが）めるのと、頭上で鬼熊の大口がガチンと閉じられたのは、ほとんど同時だった。フェイントのつもりはなかったと信じたいが、左右の腕にばかり集中しているとこういう憂き目に遭（あ）うらしい。もしバルトの警告がなかったら、確実に終わっていた。

耳に、自分の歯がガチガチと鳴っているのが聞こえる。恐怖のせいで手足が泥酔したように狼狽えていて、剣を握る手も、踏ん張ろうとする足も、思うように焦点が合わない。

〝攻撃の拍子は目・肩・膝の動きに顕著に表れる〟

あの時の指導の言葉が走馬灯のように頭を駆け巡る。たしかに肩と膝を見れば攻撃のタイミングが、目を見ればどこを狙っているかはだいたい読めるが、刹那にも満たない判断。こんなのをいつまでも続けられるわけがない。

そんな命懸けの回避が何分続いたのか、何時間続いたのか。周囲から音が消え、一秒が永遠にも感じられるような不思議な感覚に陥っていたが、不意に届いた絶叫でハッと意識を取り戻した。

「撃てますっ!!」

「俺が離れたらすぐに撃て――――ッ!!」

フランツが目の前の藪に頭から飛び込んだ瞬間、敵の全身が業火に包まれる。夢に出そうなほど壮絶な断末魔を上げながら、誰にともなく数回爪を振るったあと、ようやく鬼熊は崩れ落ちた。

◆　◆　◆

「クロスさんのアホ――――っ!!」

「このクソボケ戦闘狂が！　テメー俺らを殺す気か!!」

「い、いや、俺は今のお前たちの実力であれば必ず勝てると信じていたからこそ――――」

「馬鹿もんッ!!　勝ちは勝ちじゃが、気力も体力も全部出し切ってしもうたわい！　儂はもうここから一歩も動けんぞ！　ここで寝るッ!!」

　パメラは魔力切れでヘロヘロ、マウリの指先は酷使によって血が滲み、バルトにいたっては現在も額から流血している。約一名を除き、満身創痍の状態だ。

「クロス。今日は六階層の安全地帯まで辿り着きたいって、今朝予定を話したよね？　俺はみんなの体力やペースを考えて毎日のスケジュールを立ててるんだよ？　いや、たしかに戦ってもいいって言ったのは俺だ。でもまさか、俺たちに代わりに戦えなんて言うと思わなかったよ。あんな怪物とこんな場所で、勝てるかどうかのギリギリ勝負なんて、どう考えても有り得ないだろう？　全員無事だったのはただの奇跡だ。一歩間違えたら誰かが死んでいたかもしれないんだよ？　だいたい、危険な迷宮の中で訓練みたいな全力戦闘だなんて――………」

　フランツの説教は小一時間続いた。

第二十九話　冒険者さん、仲直りする

「お、おい……。そろそろ機嫌を直してくれ。この通りだ。俺が悪かった」

　ここで野営せよと言わんばかりにぽっかりと空いた森の空閑地。上層の安全地帯(セーフゾーン)と比べると人影も疎(まば)らで静寂がしんと響く中、クロスは珍しい困り顔でフランツたちに頭を下げた。

「う、うむ……………」

「えーっと………」

「いや……。なんていうか、こっちこそゴメン」

　彼と向かい合う仲間の顔にはすでに怒りの感情はこれっぽっちもなく、逆に、良心の呵責(かしゃく)に胸が締め付けられるような後ろめたさが浮かんでいる。なぜかと言うと――

　鬼熊(マーダーベア)を倒した翌朝から、『そんなに戦いてえならお前が一人で戦え！』というマウリの言葉を皮切りにして、道中全ての戦闘をクロスがこなしていたのだ。ちょっとした罰のつもりだったので、疲れを見せればすぐに助けるつもりでいたのだが……。なまじ彼の戦闘力が高いために道程はすこぶる順調で、むしろ以前より探索ペースも上がり、現在は九階層の中間地点である。

　たった一日で五・六・七・八階層を踏破するという、高位冒険者も真っ青な進軍速度だ。彼は異常な索敵能力で有象無象(うぞうむぞう)の魔物を軒並み回避し、それぞれの階層の門番すらたった一人で瞬殺してのけた。遠距離・中距離・近距離と武器を使い分け、さらには斥候(せっこう)まで自由自在。改めて〝武士〟という戦士がいかに万能であるか、痛感させられた気分である。

クロスは知らないと思うが、上級者に先導してもらって迷宮を進む行為は〝寄生〟と呼ばれ、冒険者の間では恥ずべき非行とされている。しかし、全く音を上げる気配がないため、こちらとしても許すに許せない状況になってしまい――――内心は罪悪感でいっぱいになっていた。

「まぁ、もう二度としねえって誓ってくれたしな。〝武士の頭は軽々しく下げるものではない〟んだろ？　頭上げろよ」

「そ、そうですね！　クロスさんがそこまで謝るなら許してあげてもいいですよ！」

「パメラよ、実は『こっちの方が楽チンです！』とか思っておったじゃろ？」

「し、失敬な!!　そそ、そんなことは微塵も考えておりませんとも！　えぇ！　私は純粋に反省してもらいたい一心でした！」

「実際、俺たちはただ後ろを歩いてただけだったしね。クロス、かなり無理をさせたんじゃないか？」

「いや、俺が軽率な行動を取ったせいだ。気にするな」

「ほれ、仲直りしたところで腹も減ったわい。そろそろ晩飯にしようぞ」

空腹は人の心を荒ませるが、満腹はどんな時だって気持ちを豊かにしてくれる。

丸一日ぎこちない雰囲気が続いていたので、フランツは今晩の料理は豪華にしようと決めた。といっても、持ち込んだ調味料には大した種類もないので、調理法と食材を工夫するしかないのだが。

そろそろ焼肉にも飽きてきたし……煮込み料理がいいかな。

鍋に肉と香草を放り込み、道中で採取した食用の野草も入れてコトコト煮込んでいく。肉の占める圧倒的な比率に野菜不足の感は否めないが、幸いにして荒野の守人は全員が肉好きだ。今晩くらいは栄養より味覚優先でいいだろう。パンなどの付け合わせもないので、あまり濃くなりすぎないように注意しながら味を整えて仕上げを終えた。

「できたよー。ここまで狩った魔物の肉を全種類入れた肉シチューだ。食べ比べしてみよう」

「わぁー！　美味しそうですねぇ！」

ゴロゴロと大雑把に切られた具材を山盛りに盛り付け、仲間たちに器を配る。

「こりゃ豚鬼肉だな。いつも食ってる慣れた味だ」

「これは何だ？　あっさりとしていて旨い」

「斧鳥だよ。ほら、斧みたいな嘴ですごい速度で走ってた白い鳥」

「――むぅ⁉　こりゃあ美味いぞ！　皆もこの肉を食ってみい！」

バルトのフォークに突き刺さっていたのは、昨日倒した鬼熊の肉だった。

これを食事に出すと気まずい空気になるかもしれないと思って、ずっと温存していた食材だ。

脂身の多い肉質で、赤身との割合が半分もある。

「美味えっ！　なんつーか、高級な味がする！」

「脂がトロトロで、口の中であっという間に溶けますね！」

「昔食った熊は臭くて硬くて食えたものではなかったが……。たしかに、これは絶品だな」

「流石はCランクだね。全部は売らずに、自分たちで食べる分も少し確保しておこうか」

「そりゃええな。この肉でベーコンでも作ってみるかの」

「やったぁ！　バルトのベーコン大好きです！」

みんなが同じ程度に喋り、笑い、頷き合う。やっと仲睦まじい和気あいあいとした雰囲気が戻り、
フランツは肩の荷が下りたようにこっそりと胸を撫で下ろした。

「そういや話は変わるけどよ、ここまでの宝箱の中身ってなんだったんだ？　俺、罠(わな)の確認だけして見てなかったんだよな」

「五階層の蜘蛛猿(スパイダーモンキー)が鉄のナイフ、六階層の豚鬼の群れが下級治癒の水薬(ポーション)、七階層の豚鬼頭(ハイオーク)が魔道具っぽい指輪、八階層の魔犬(モディ・ドゥー)が衝撃波(ティルト)の巻物(スクロール)だね」

「ふーん……。指輪と巻物は当たりだな」

　巻物とは、込められた奇跡をほぼ速攻(ノータイム)で発動できる便利な魔道具だ。使い切りの品ではあるのだが、緊急時の〝奥の手〟として冒険者や傭兵(ようへい)からの需要は高く、攻撃系の巻物は特に人気がある。

「これがあれば俺にも魔術が撃てるのか？」

「どうだろうね？　魔力が全くない人には使えないって聞くけど………」

「おい、試そうとすんなよ？　それ店で買うと結構高(たけ)ぇんだからな」

　手に持つ巻物を好奇心に染まった瞳で凝視しているクロスにマウリが釘(くぎ)を刺す。

「ならこの、〝指輪〟だったか？　これなら試してもいいか？」

「ダメですよ！　鑑定してもらわないと、どんな効果があるか分からないんですから！」

「そうか………」

　がっくりと肩を落としてしまった彼には申し訳ないが、魔道具の中には使用者を弱体化させるような品も多数存在しているのだ。過去には、悪意ある者がそういった魔道具をわざと放置して通行人に拾わせ、弱ったところを襲って金品を略奪するという事件もあったらしい。

「まぁ、浅層の魔道具なんぞ大したモンでもなかろうがの。魔法袋の例もあるから、妙に期待してしまうわい」

初探索の成果に夢を見つつ、食器を片付けて野営の準備をする。次の門番の間まであと僅かだ。

「ここの門番は邪鬼だ。Dランク下位の魔物だけど、動きが速いみたいだから気を付けよう」

地図に記載されている注意事項を共有し、慎重に扉を開く。

昨日はずっと戦闘をクロスに任せていたため、なんだか久しぶりに戦う気がする。

「ウォウオオォウッッ!!」

広間に足を踏み入れた途端、邪鬼が奇声を上げながら両手を振り回し、物凄い勢いで向かってきた。角の生えた厳つい顔面に鬱血したような赤黒い肌、血管の浮き出た筋骨隆々の体躯は二メートルほどの大きさだが、手足がやけに長いので見た目よりもずっと大きく感じる。

「やかましいわッ!!」

相手は矢を放つよりも速くこちらに肉迫したが、素早く前に出たバルトの盾に跳ね飛ばされた。

「クロス、パメラ！　やるぞっ！」

仰向けに転がったところに三人の遠距離攻撃が雨のように降り注ぎ、邪鬼はそのまま立ち上がることなく絶命した。扉を開けてから約十秒、秒殺である。

「……なんか、あっけなかったですね」

「うむ。やはり鬼熊との死闘を終えたあとじゃと、どうにもな」

「これでも一応、格上の魔物なんだけどね。俺なんて今回は何もしてないよ」

立ち上がってきた場合に備えて抜いていた剣を鞘に納める。

誰かさんとは違うと思いたいが、どこか味気なく、物足りない気分だ。

「血の沸くような修羅場を越えたあとはそんなものだ。生半な敵では達成感は得られず、逆に虚無感に襲われる。それ故、武士は自ら死地を探して飛び込むのだ。どうだ、少しは俺の気持ちが分かってもらえたか？」

「言いてえことは分かるけど、自分もやろうとは思わねえよ」

恐れいらぬかという表情で鼻息も荒く語る戦闘狂を、マウリはバッサリと斬って捨てた。

「ところでパメラよ。お前さん、魔術の発動が随分と速くなったのう」

「ふふふ……。そうでしょう、そうでしょう。鬼熊との戦いで必死に連射した時にコツを摑んだのですよ。それに、これまでは自分の近くでは怖くて魔術を使えませんでしたけど、なんとなーく安全な距離も分かってきました」

得意満面に胸を張るパメラを横目に、フランツは解体作業に取り掛かる。

〝戦闘で活躍できなかった者が率先して雑務をこなす〟

口に出して言ったことはないが、それが荒野の守人における暗黙の掟なのだ。

「――――よし、っと」

邪鬼は角と魔石しか売れる素材がないので、さっさと解体を済ませ、宝箱の前に集まっていた皆の所へ合流する。マウリが罠のチェックを終えて蓋を開くと、そこには、一見して使い道の分からない代物が入っていた。

「なんだこりゃ。虫眼鏡か？」

「それにしては小さすぎません？」

「………これ、度が入っていないみたいだ。ただのガラスだよ」

「こりゃあ片眼鏡（モノクル）じゃな。目の悪い者がこうやって眼窩（がんか）に嵌（は）めて使うモンじゃが……。何も見え方は変わらんな」

バルトは片眼鏡を装着した右目で周囲を見渡したが、左目で見える景色と相違ないとのことだった。他の者が試してみても結果は変わらず、これもまた魔道具だろうという結論で魔法袋に放り込む。ちなみに、クロスも意気揚々と挑戦したのだが、凹凸が少ない彼の顔の構造ではどうやっても眼窩（がんか）に嵌（は）まらず、ポロポロと片眼鏡を落とす姿にフランツたちは大いに笑わせてもらった。


「これはまた……。急に様子が変わったな」

「わぁー！　綺麗（きれい）な景色ですねー！」

「ほんとだね。風が気持ちいいや」

「ここが迷宮の中じゃなきゃあ、あそこの丘で酒でも飲みたいところじゃな」

階段を降りた先に広がっていたのは、見渡す限りの草原だった。所々に起伏の大きな丘や背の高い草むらはあるものの、森に比べれば木々も少なく、通り抜ける風が爽やかに感じる。

振り返ると降りてきたばかりの階段があるが、今回はその隣にもう一つ、小さな門が存在していた。あれがきっと地上への直通門なのだろう。

「で、どうするよ？　ここから先はDランク推奨の階層だぜ」

「そうだね。とりあえず適当な魔物の討伐証明だけ手に入れて、今回は地上に戻ろうか」

十階層の直通門を使用するには、この階層の魔物を討伐して許可証を発行してもらう必要がある。つまり、許可証（それ）さえあればいつでもここへ戻ってこられるのだ。無理をしてまで先に進む必要はない。

「フランツー！　これって魔物じゃないですかー？」

タイミング良く、パメラが階段の近くで絶叫草という植物系の魔物を見つけた。パッと見はどこにでもありそうな雑草だが、よく観察すると葉が脈打つようにウネウネと蠢いているのが分かる。

「こんな魔物もいるのか。引っこ抜いて――」

「待て待て！　やめんかっ!!」

おもむろに葉を鷲掴んだクロスを、バルトが慌てて引き止めた。

「……なんだ。狩らないのか？」

「絶叫草は地面から出た途端、とんでもない声で叫ぶんじゃ。気の弱い者が間近で聞けば、即死するとすら言われておる」

「叫ぶ……？　草がか」

「そうだよ。でも、絶叫草には簡単な倒し方があるんだ」

フランツは葉を束ねるようにしてロープを結びつけ、皆を連れて遠くへ離れる。

「前にギルドの資料室で読んだんだけど、アイツは日光に弱いから、距離を取って抜くとしばらく叫んだあとに死ぬんだって」

「………草のくせに日の光が苦手とは。道理に合わん生き物だな」

全員が耳を塞いだことを確認してロープを引くと、天地も張り裂けんばかりの大絶叫が響き渡る。

鳥類を連想させるキィーッという甲高い声が耳を塞いでいても聞こえるが、その声は徐々に小さくなり、十秒も経たない内に消えた。

もう一度叫ばないとも限らないので、ある程度放置してから歩み寄る。

「うーわ……。俺、絶叫草って初めて見たぜ」

「キモいですねぇ……」

地上に出てきた根の部分は、土塊(つちくれ)を固めて作った、しわがれた赤子のような姿をしていた。

あまりにも不気味で触れるのも躊躇(ためら)われたが、葉の部分を指で摘(つま)み、なるべく見ないようにして魔法袋に入れる。

「これでよし。じゃあ、帰ろうか」

フランツの掛け声で地上へと続く長い階段を登っていく。盗賊の襲撃に始まり、調査依頼の頓挫など、散々な目に遭(あ)った遠征だったが、久しぶりに帰宅する一行の足取りは軽かった。

第三十話　お侍さん、手紙を受け取る

「素材の買取価格が合計で金貨十三枚。そしてこちらが直通門の使用許可証です。凄いですね！　初回で十階層踏破はEランクパーティーでは快挙ですよ！」

「ありがとうございます!!」

一行は迷宮を出てすぐに素材の売却と許可証の申請を行っていた。

アンギラと違い、狩場とギルドが近いというのは便利なものである。

「聞きました？　快挙ですって！」

「後半はクロスのおかげじゃがの」

「でもまぁ、悪い気はしねぇよな！」

「…………………」

受付の女に褒められて仲間たちは喜色満面、嬉しくて堪らないというように顔を輝かせているが、黒須は一人、釈然としない心境だった。

迷宮という場所が尋常ならざる魔境だと納得はしたものの、たかが穴蔵を潜ることに一体なんの栄誉があるのか、正直言って理解に苦しむ。巷の若侍どもの間では〝肝練り〟と称した度胸試しが流行っており、冬眠している熊の巣穴に潜り込むような余興、乃至は胆力鍛錬法が行われていると耳にしたことがあるが、それと似たような趣意なのだろうか。

皆がニコニコと上機嫌なので野暮なことは口にしないが、迷宮探索に金を稼ぐ以上の意味合いがあるとは俄に思えず、むしろ、受付の賛辞には冒険者をより深く潜らせるための取って付けたような作為の意図を感じた。ギルドとしては魔物の素材、冒険者としては素材を売った金。互いの利害が一致していたとしても、若人を焚き付けるような姑息な手段は虫が好かない。

〝寸善尺魔〟

後継指名の際に兄上が申しておられたように、人の世とは是、地獄に似たり。一寸の善意には一尺の悪意が必ず付いて回るものだ。誰も信用できない旅の身の上だった故の穿った物の見方やも知れないが、友に向けられる害意は自分こそが蹴散らしてやらねばなるまい。

「クロスさん？」

「おい、難しい顔してねぇでさっさと行くぞ」

黒須は腕組みをして悶々と考え込んでいたが、二人に袖を引かれてギルドを後にした。

次は戦利品を鑑定してもらうための店へ向かうらしい。

「えーっと、どっちだったかな」

「ガーランドにゃ魔道具屋はいくつかあるが、儂の知っとる店はこっちじゃ」

バルトの先導で奥まった路地を進み、ひっそりと佇む一軒の古びた店に辿り着いた。大通りはあれだけごった返しているのに、ここだけは人を寄せつけない磁場のようだ。人通りがほとんどない。

立て付けの悪い扉を押して中へ入ると、薄暗い店内には埃をかぶった雑貨が犇くように置かれており、奥の帳場に白髪の老婆が座っていた。

「すみません、鑑定をお願いしたいのですが」

「あいよ。一つにつき銀貨一枚いただくが、構わんかね？」

「お願いします。鑑定してもらいたいのは――」

フランツは魔法袋・指輪・片眼鏡を取り出して台の上に並べる。

「おやおや、魔法袋かい。アンタら随分と運が良いんだねぇ。さて、ちょいと見てみようか……」

老婆は袋を左手に載せ、右手を翳(かざ)すようにして静かに瞼(まぶた)を閉じた。

傍(はた)から見れば胡散臭(うさんくさ)い卜占師(うらないし)そのものだ。

「……おい、眼を瞑(つぶ)ったままどうやって鑑定するつもりだ」

「へっ？」

「あっ、いや、すみません。続けてください」

こちらの問い掛けに店主は鳩(はと)が豆鉄砲を食ったような顔になり、黒須は慌てた様子のフランツに店の隅へグイグイと連行される。

「クロス、鑑定(アイデンフィファイ)の奇跡っていうのは、哲学者(フィロソファス)以上の魔術師にしか使えない闇属性の魔術なんだ」

「哲学者？」

「あーっと、そっちもまだ教えてなかったっけ……。えっと、パメラが魔術師ギルドにも所属してるのは知ってるよね？」

「いや、初耳だが」

「…………うん、その辺は今度パメラから詳しく教えてもらおうか。とりあえず、使い手の少ない珍しい魔術でね――」

なにやら途中で説明を諦められたような気がしたが、〝鑑定〟とは言葉通りの意味ではなく、この店のように素性の知れない雑貨を買い取る場合や、商人が物の真贋(しんがん)を見極める際に重宝される魔術らしい。説明を聞いてもいまいちピンと来ないが、要するに、よく分からない道具の正体を暴くことができるという意味か。未知の情報を誰が、何処から、どのようにして教えてくれるのかなど、湧き出る疑問は尽きることがない。しかし、どうやら魔術とは想像していた以上に万能なようだ。

「アンタら、本当にツイてるよ。こりゃ中位の魔法袋だ。容量はだいたい馬車三台分で……重量軽減効果もあるね。時間停止は付いちゃいないが、ウチで買い取るなら金貨六十枚は出すよ。もし王都で競売にかけるなら、運が良きゃ金貨七十枚はいくかもね」

仲間たちは手を叩いて歓声を上げた。

金が足りないと意気消沈だった姿を思い出し、黒須の頬も僅かに緩む。

「たった一回の遠征でコレかよ！　迷宮ってやべぇな！」

「いつも受けてる依頼とは比べ物になりませんね！」

「初回探索の成果としちゃあ、間違いなく大金星じゃな！」

「おやまあ……。これが初めての挑戦だったのかい？　女神様の祝福だねぇ」

「金貨、七十枚……ッ!!」

フランツは感極まったように顔を背け、わなわなと震え始めた。

本人はあれで上手く隠しているつもりらしいが、黒須も仲間たちも、彼がよく泣いていることには当然気が付いている。今も店主以外はわざとらしくフランツを視界から外し、眼を見合わせて『まただよ』というニヤけ面だ。

しかし……金貨七十枚、か。

黒須の認識からすれば、それでもまだ飛びっきりに安い。

その性能を考えれば文字通りの値千金、百萬両に匹敵する価値が十二分にある。

〝夜討ち朝駆けは武士の習い〟

もしこれを奇襲戦に転用するならば、その威力は絶大だ。この袋がいくつかあるだけで兵站・軍備の輸送も思うがまま。圧倒的な進軍速度で以て、町一つと言わず、国一つさえ容易く奪ることが叶うだろう。希少な品らしいが、今後また手に入るようなら是非とも生家への手土産にしたい。

「この指輪は弱いが魔力回復の効果があるね。買い取るなら金貨三枚と銀貨八枚だ。こっちの片眼鏡は…………」

手元に向けられていた老婆の顔が、突然、汚物でも見たかのように顰められる。

「最後の最後でツイてなかったね。こりゃアタシらからすりゃ天敵みたいな魔道具でね、鑑定の片眼鏡だ。使い方を知ってりゃ鑑定料は掛からなかっただろうに。買取額は金貨六枚だね」

店主によると、この片眼鏡を装着して魔力を込めることで、鑑定の奇跡と同じように品物の詳細が分かるのだと言う。つまり、魔力が何なのかも分からない自分にとっては無用の長物だ。

「で、どうするね？　売ってくれるならアタシとしちゃあ嬉しい限りだが」

「そう、ですね…………」

フランツは碁盤を睨む棋士のように腕を組み、眉を八字に寄せて永い間考え込んだ。

◆　◆　◆

「守護塔が見えましたよ！」

「やっとだな。尻が痛てぇ……」

ガーランドで一泊し、馬車を二度乗り継いでようやくアンギラの城門を潜る。乗合馬車の揺れの酷さは筆舌に尽くし難く、ロロの御者としての腕前がいかに優れていたか思い知らされた。

「行きに比べたら荷物がない分、まだマシだけどね」

フランツは大事そうに抱えていた魔法袋をぽんぽんと叩き、苦笑する。

「……本当によかったのか？　金貨七十枚は大金だろう」

一行は魔道具を売ることはせず、店主に礼を言って持ち帰ってきていた。

皆して最後の最後まで頭を抱えて悩んでいたが。

「どれも今後の冒険に役立つ物ばかりだからね。それに、魔道具は破損して効果が消えない限りは価値も下がらないんだ。いざとなったら、その時に売ればいいよ」

「素材の買取額だけでもしばらくは安泰じゃからの」

……顔色にやや翳り。半分本音で半分建前といったところか。

「三人とも！　話してないで行きますよー！」

久々の帰宅に浮かれるパメラに急かされるようにして脚を早める。朝一番にガーランドを出発したのでまだまだ日は高いのだが、彼女の気持ちもよく分かるため、誰も文句は言わなかった。

「ただいま戻りましたー!!」

「誰に言ってんだよ」

「やっと帰ってこられたね。はぁ、疲れた……」

「風呂に入る」

「儂は酒じゃ！」

到着するなり黒須は風呂へ向かい、バルトは酒を呑み、他の三人は昼寝をすると言って自室へと消えた。


「――――ふぅ」

湯に浸かり、海藻のように頼りなく揺蕩う髪を弄りつつ、細く長い息を吐く。

自分の身体から立ちのぼる湯気が生きている証に思えて、裸で自然に囲まれているせいもあり、野性的な気分になる。この風呂桶から眺める景色も今では見慣れ、川瀬のせせらぎに耳を傾けながら過ごす時間は、いつの間にか至福のひと時になっていた。

眼を閉じて、ただぼんやりと湯に身を任せる。

本来この国に帰る場所などないはずの男の顔には、隠し切れない安堵の色が浮かんでいた。


「みんな、初めての迷宮探索はどうだった？」

その日の夕食には、遠征中に各自が恋しいと漏らしていた料理が勢揃いしていた。露店で買った串焼き、柔らかいパン、新鮮な野菜のサラダ、瑞々しい果物、葡萄酒。どれも久しぶりのご馳走だ。

「初見の魔物も多かったが……。意外と危険は少ない印象かの。ともかく、全員が無事に帰れてなによりじゃわい」

「宝箱を開ける時のワクワク感はたまりませんでしたね！　この指輪みたいに、便利な魔道具が手に入るのは嬉しいです！」

パメラは見せびらかすようにドヤドヤと右手を前へ突き出した。

その顔は満足げで、芳香を嗅ぐように鼻孔が広がっている。

「罠だらけとか危ねえ噂もあるから最初はビビってたけど、聞いてたほどじゃなかったよな。それに、なんてったって迷宮は金になるぜ」

順調な探索だっただけに、皆の反応は概ね好意的だ。

「魔の森と違って、わざわざ探さなくても魔物がいる環境はよかったな」

今回は取るに足らない雑魚ばかりだったが、先に進めば進むほど強力な敵が現れるというのは面白い。いずれ腕試しに足るような相手が登場するのであれば、穴蔵を進むのも悪くはないだろう。

「俺も正直、今回の探索は余裕を持って終われたと思う。でさ……俺たち、今後しばらく迷宮探索を主軸に活動しないか？」

「いいんじゃねえか？　十階層から先は格上の階層だが、調子に乗らなきゃまだ進めたと思うぜ」

「俺も異論はない。最近は剣と弓ばかり使っていたからな……。次は槍か薙刀でも持っていくか」

「手に入れた魔道具も迷宮探索向きだしの。特に魔法袋があるのは大きい。お前さんの武器くらいなら、いくらでも持ち込めるぞい」

「今回の探索で足りなかった物も持っていけますからね。柔らかいパンに調味料、雨対策の装備に予備のブーツ。あっ、意外と水場が少なかったから、大きめの水筒もあった方がいいですね」

フランツたちも驚いていたが、なんと、迷宮内にも雨が降ったのだ。就寝中に突然の大雨に見舞われ、為す術もなくずぶ濡れのテントを眺めていた。ガッポガッポと情けない音を鳴らして歩く姿に、ブーツを買わなくてよかったと一人素知らぬ顔をしていたものだ。

「よし、それじゃあ明日からは休息期間にして、その間に長期で迷宮に潜るための準備を整えよう」

話を総括するようなその言葉に、皆は同意を示す相槌を打った。

「――――ん？　なんだこれ」

「どうした？」

今後の方針も固まり、次は何を持って行くかと話し合っていると、床に落としたパンを追ってテーブルの下を覗き込んでいたマウリが不思議そうな声を上げた。

椅子に座り直したその手には、装飾の施された薄い紙。いや、色味からして獣の皮か。

「手紙？　珍しいね。留守中に誰かがドアの隙間から入れたのかな」

マウリから手紙を受け取ったパメラがくるりと裏返して観察する。

「これ、クロスさん宛のお手紙ですよ」

「………俺か？　この国にお前たち以外の知り合いはいないはずだが。誰からだ？」

「傭兵ギルドの……サリアさんって人からですね。お知り合いですか？」

その不愉快な名を聞いて、つい先ほどまで食事を楽しんでいた黒須の眉間に深い皺が刻まれた。

サムライ転移 ～お侍さんは異世界でもあんまり変わらない～ 1

2023年2月25日　初版第一刷発行

著者　四辻いそら
発行者　山下直久
発行　株式会社KADOKAWA
〒102-8177　東京都千代田区富士見2-13-3
0570-002-301（ナビダイヤル）
印刷・製本　株式会社広済堂ネクスト

ISBN 978-4-04-682199-7 C0093

担当編集　森谷行海
ブックデザイン　AFTERGLOW
デザインフォーマット　ragtime
イラスト　天野英

本書は、2020年から2021年に「カクヨム」（https://kakuyomu.jp/）で実施された「第7回カクヨムWeb小説コンテスト」で特別賞（異世界ファンタジー部門）を受賞した「お侍さんは異世界でもあんまり変わらない」を加筆修正したものです。

この作品はフィクションです。実在の人物・団体・事件・地名・名称等とは一切関係ありません。

ファンレター、作品のご感想をお待ちしています

宛先
〒102-0071　東京都千代田区富士見2-13-12
株式会社KADOKAWA　MFブックス編集部気付
「四辻いそら先生」係「天野英先生」係

二次元コードまたはURLをご利用の上
右記のパスワードを入力してアンケートにご協力ください。

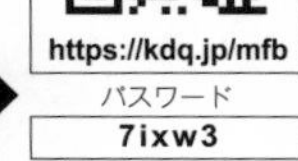

https://kdq.jp/mfb
パスワード
7ixw3

● PC・スマートフォンにも対応しております（一部対応していない機種もございます）。
●アンケートにご協力頂きますと、作者書き下ろしの「こぼれ話」がWEBで読めます。
●サイトにアクセスする際や、登録・メール送信時にかかる通信費はご負担ください。
● 2023年2月時点の情報です。やむを得ない事情により公開を中断・終了する場合があります。